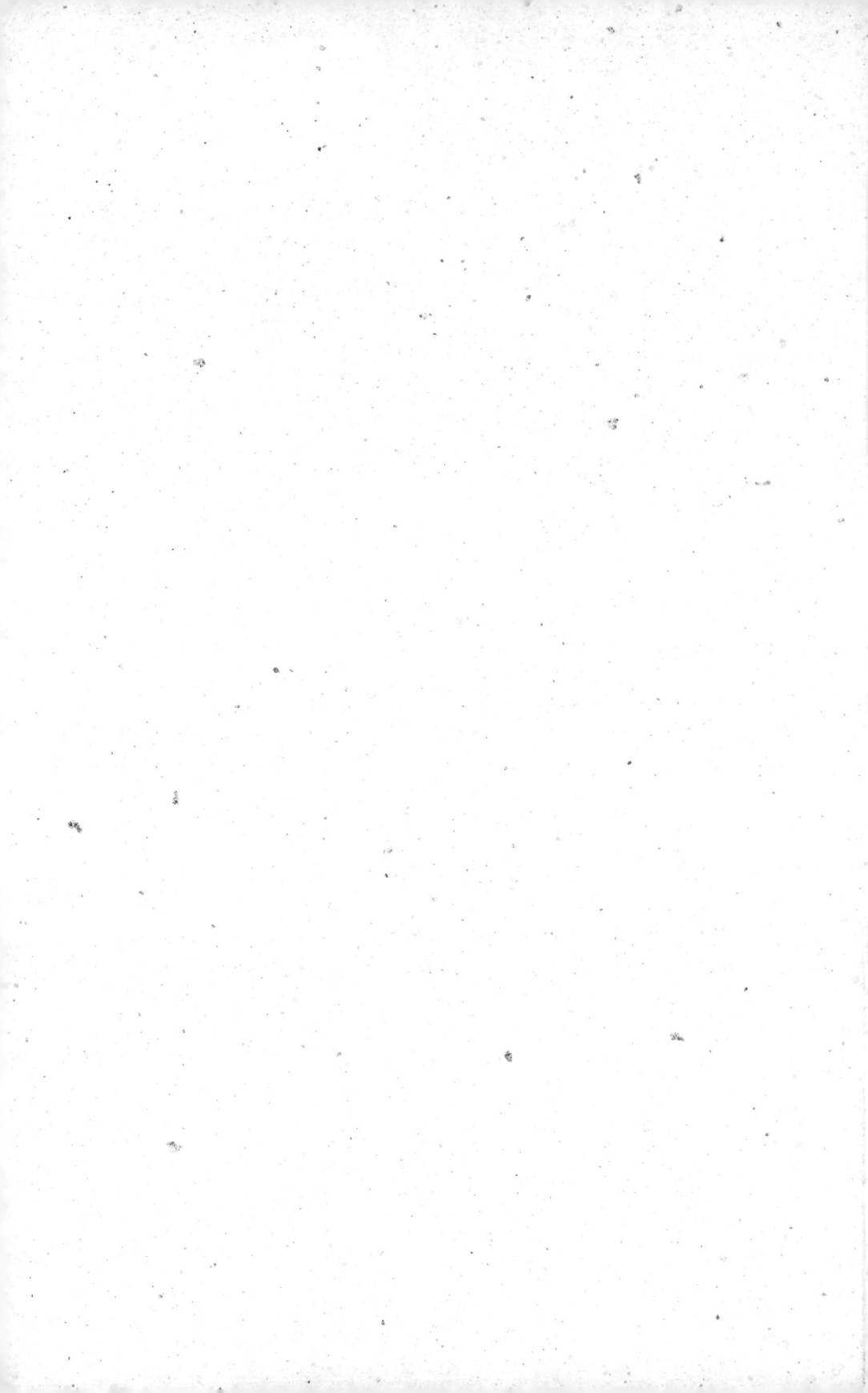

致敬英雄

——2020抗疫报告文学集

光明日报文艺部 ◎ 编

天津出版传媒集团

百花文艺出版社

图书在版编目（CIP）数据

致敬英雄：2020抗疫报告文学集 / 光明日报文艺部编. —— 天津：百花文艺出版社，2020.6
ISBN 978-7-5306-7870-1

Ⅰ.①致… Ⅱ.①光… Ⅲ.①报告文学–作品集–中国–当代 Ⅳ.①I125

中国版本图书馆 CIP 数据核字(2020)第 065751 号

致敬英雄——2020抗疫报告文学集
ZHIJING YINGXIONG——2020 KANGYI BAOGAOWENXUE JI

光明日报文艺部　编

出 版 人：薛印胜
责任编辑：赵世鑫　邱钦雨
装帧设计：郭亚红
出版发行：百花文艺出版社
地址：天津市和平区西康路 35 号　　邮编：300051
电话传真：+86-22-23332651（发行部）
　　　　　+86-22-23332656（总编室）
　　　　　+86-22-23332478（邮购部）
网址：http://www.baihuawenyi.com
印刷：山东临沂新华印刷物流集团有限责任公司
开本：787×1092 毫米　　1/16
字数：211 千字　插图：127 幅
印张：13.25
版次：2020 年 6 月第 1 版
印次：2020 年 6 月第 1 次印刷
定价：68.00 元

如有印装质量问题，请与山东临沂新华印刷物流集团有限责任公司联系调换
地址：山东省临沂市高新技术产业开发区新华路 1 号
电话：(0539)2925659　邮编：276017

编辑委员会

2020 的春天

王　蒙
(作家、中央文史研究馆馆员)

病毒迎面而来

2020 年 1 月 14 日与几个老友聚会，听到了武汉可能出现流行病的消息，朋友说已有专家建议采取严格的隔离措施。我想，这得多大的代价？多大的影响？不免忧心忡忡，但愿不会闹大。

9 天后，春节假期前一天，我得知了武汉前所未有的控制进出交通的决定，完全可以想象做出这个决定会有多么艰难，明白了严重性，预计将有一系列重大严肃的部署。我又总是想着，即使是劫难，终将在有力的措施下平安渡过，不能紧张，不能慌乱，天塌不下来。这一天本来预订了晚上与家人在餐馆聚餐，去，不去？全家人参与，意见来回变了 6 次，最后改为取饭回家与部分家庭成员享用，算是迎接春节。我自觉态度还算淡定，但仍觉此次疫病像一辆邪恶列车，直对着庚子春节冲撞而来。

有道是："对于灾祸，第一是要承认，第二是不怕，第三是要战胜它。""承认"云云，曾觉得是废话，灾祸有什么承认不承认的呢？

现在终于明白了：这确实是个问题。须要承认，须要面对，须要正视！准备最坏的，争取最好的。这就叫实事求是。世事多艰，不能不丢掉侥幸心理。

大疫情大部署

面对疫情，迎战开始了。我们的文化传统、革命传统里，从来就有的战斗精神，团结协作、众志成城、一呼百应，随之激发。毕竟我们是多灾多难的民族，中国共产党是苦难辉煌的党，中华人民共和国是在血与火的战斗中建立起来的社会主义国家，我们走过的每一步，都不是容易的。中央下了决心，做了部署，我们就会像革命战争中那样，调动起人民力量，进行总体战、阻击战、围歼战、遭遇战、肉搏战，而且是科学迎战、行业迎战、全国一盘棋迎战，集中优势兵力谋求绝对优势，咬紧牙关，排除万难，不怕付出代价，一定要达到共克时艰、转危为安的目标。

宅在家里的这段日子，除了天天看疫情报告，看电视新闻与各项决策以外，又正好认真看了一遍中央电视台中文国际频道播放的电视剧《解放》。我看到了在解放战争时期一些大战役、大布局过程中，党中央领导层磋商乃至于不同意见的交换，看到了在某些战役前的顾虑与选择；而人民解放军最终总是棋高一着、抢先一步，等到冲锋号吹响，我们集中三四倍于敌的力量，压倒敌人而不是被敌人所压倒。我为之赞叹，也更理解了大变局中的大运筹、大部署。

人民战争是我们的看家本领

到湖北去,到武汉去。抗疫开始,首先是各路医护人员,他们以尖兵出击的献身精神,冲在了最前面。他们是真正的白衣战士,冒着被感染的危险,近距离面对面地展开分秒必争的营救,从死神魔掌中夺回一条条生命。他们穿的防护服装,让人想起防化兵装备,这分明是人类与新型冠状病毒展开的现代化战争。他们的勇敢令人肃然起敬。

当我们看到各地援鄂的医护人员回家时受到英雄般欢迎的时候,不能不想起同在抗疫拼搏中付出了生命与健康代价的医务工作者,想起病殁同胞与他们的亲人。死生大矣,岂不痛哉!先天下之忧而忧,后天下之乐而乐。我们沉重地、小心翼翼地珍藏着对他们的纪念与哀思,思考着应尽的责任,顾念着仍在病榻上的重症患者们。

在白衣战士身后,是全体中国人民。他们中有忙碌的志愿者,有穿梭的快递小哥,有较真儿的检疫人员,有交通要道上奔驰的司机,有严格的公安干警,有不厌其烦的社区工作人员,有每日运送大量医疗垃圾的保洁员,还有深入重症监护室(ICU)采访的新闻工作者……尤其要向解放军致敬,子弟兵从来都是我们的保护神。还要向那些医学专家道一声"辛苦",你们以专业精神和不倦的调研,发挥了专业建言、引领普及的领军作用。

这是一场人民战争!是上上下下团结一心互相支援互为后盾的人民战争!

我们这些别无选择的宅家的众生,心系武汉,心心相印,时时牵挂。我们为火神雷神的"显灵"而鼓舞,为每一个出院的患者而高兴,为每一句温暖的话语而动情,为医患的共同奋斗而欣慰。我们在思考:我们的人民是多么可爱的人民,他们人性中的善良是多么的真诚。对于医患关系、警民关系、干群关系,如何引导使之更加和谐,如何奖励褒扬以正祛邪,如何激发人们相互温暖、相互理解、相互支持的意愿,如何改变与消除戾气,化消极因素为积极因素,如何化解社会风气痼疾与多种纠纷,如何建立更加健康的人与人之间的关系,如何使全体人民更加团结起来,见贤思齐,向各行各业的专家学习,向勤奋的劳动者学习。

我们看到了引领的力量、动员的力量、爱心的力量,我们看到了人性的可塑造、可教化,看到了人民坚毅负重、顾全大局。民为邦本,人心可用。我们也看到了科学的力量、医药学的力量、中医药学的力量、心理关怀的力量、各行各业的力量、舆论的力量。钟南山等专家频频出镜,防疫卫生知识空前普及、措施到位雷厉风行……这些,正是党的领导的力量,是社会主义中国的力量。人民是中心,疫情是命令,防控是责任,我们经受住了考验,我们还必须迎接更多的考验。生于忧患,死于安乐,这是中华民族伟大复兴的应有之义。

以百姓之心为心

大家业、大发展、大格局、大事件,当然会有各种声音。我们听到了万众响应的朗声呼喊,我们看到了严格防控的行动力量,我们收到了来自国外的各种赞扬,我们歌颂着各条战线先进人物的模范事迹。

同时我们也听到了多种多样的声音,这些声音需要我们了解与参考,警醒与注意。其中有困惑与忧疑,见解与角度,宏论与争议;还有诚恳的但不可能都是精当的出谋划策;也有信口开河,磨磨叽叽。当然还有起哄与假新闻,有性急的吹嘘和居心叵测的谣言。

我们的初心,我们的根本,在于为人民服务。发展迅速,成绩卓著,但显露一些短板,遇到各种考验,听到各种兴观群怨,实属必然。尤其在面临新的挑战的时候,我们需要更多的信心更多的担当,更多的包容更多的耐心,更有力的决断和更紧密的与群众的联系。毛主席有名言:只有代表群众,才能教育群众。这个春天的抗疫,让我们看到了中国特色社会主义制度的优越性,也显现出我们治理体系和治理能力的短板。但是只要"以百姓之心为心",及时"反省""自省",短板可以补齐,教训可以汲取,困难可以克服,消极可以化解。经过抗疫的锤炼,我们的地方官员与行业官员,独当一面敢于担当的精神、处理突发事件与危机公关的能力,应该得到提升;我们的医疗体系与预警体系,应该更加缜密完善;我们的信息传播、舆论引领,可以更加切近贴心、入理入情、亲和周密。"得民心者得天下",各行各业,东南西北,没有最好,只能更好。可以慰国人,可以安天下。

免疫力

通过这个春季的特殊生活方式,我迷上了、爱上了、深深钟情了一个词:免疫力。

免疫力,是指人的自身识别和排除机制,说得通俗一点,就是立于不败之地的能力。免疫力是需要自身锻炼的,也是可以通过外界有效干预和补充而加强的。疫情中幸而未中招的大多数人,能指望的首先是"免疫力"三个字。

个人和社会都需要免疫力。抗疫是公共卫生领域的斗争,流行病来势凶猛而且牵涉面大,病原体复杂而其分析又万分紧急,在这种困难时期,共同面对才是硬道理,不能添堵,不能添晦气,更不可唱衰自衰。成见和偏见、咋呼与幻想都只能坏事。怎样面对人类共同的灾疫与意外,这是很好的人生功课,是三观功课也是心理功课。珍惜前人的付出,感恩前方的辛苦,充实自我,不敢萎靡消沉,不可轻浮失重,拒绝上当,不钻圈套,不落陷阱,我们应该追求正面与有定力的生活态度。

宅家的俩月很充实。我观看新闻,时时关心一线抗疫与国计民生,为每一步的艰难进展而欢欣鼓舞。我与武汉抗疫小朋友阿念互致问候,我发起了每天晚上在家庭微信群中的歌会,我完成了一部长篇小说新作,我继续着两年前开始的《荀子》研读笔记。我读书读刊读报,谨防新型冠状病毒与心理病毒的入侵。逆境中静下心来,清醒反思,降温降调,追求身心健康,以期国泰民安。

大考的启示

习近平总书记说,抗疫是"一次大考"。说得太好了。我们处在新的复杂多变的时代,这次疫情是对领导力量的大考,也是对中国人民的大考;是先在中国举行的大考,继而是对万国万民的大考。病毒不仅瞄着我们的喉头与肺部,而且不无阻挡国家经济发展、阻挡共赢"一带一路"的势头,我们的答卷决定着我们的命运,也影响着人类共同体的命运。

这次疫情告诉我们,各种本土的、境外的、生物的、精神的、心理的、文化的、经济的病毒与疫情还可能会出现,战"疫"未有穷期。前进的道路上还会有一场又一场考试,大考不断,中考连连,小考时时刻刻。不能松懈,不能自吹自擂,更不能在风言风语中迷失。

人民是考官,实践是考官。自我考量与自我审视,对照考量与对照审视,从灾难中我们学到了比平时更多的东西,有经验也有教训,有自信也有反省。中国人早就知道,"多难以固其国","君子以自强不息",这样的大考,只是前进道路上的八十一难之一。要立于不败之地,一是永不言败,二是不轻言胜,三是总结经验以利再战。

我们终于迎来了阶段性的胜利成果,湖北解封、武汉解封,桃红柳绿,我们交出了好的答卷。但全球疫情正呈蔓延之势,严峻复杂,给世界政治经济大变局又增添了变数。不能松懈,不能疲惫,不能忘乎所以。在抗疫的同时,我们还有远非轻易完成的脱贫攻坚任务、更加长远的经济社会发展任务,事比天大。

大考来了,大考还没有结束!我们学习了,我们还在学而时习之!2020之春的经验教训与启示,正在或已经成为财富。迎接新的大考,我们准备好了!

记录动人心魄的历史
感悟伟大的精神力量

张 政
（光明日报总编辑）

新冠肺炎疫情发生以来，党中央高度重视，习近平总书记亲自指挥、亲自部署，多次召开会议、听取汇报、做出重要指示。2020年2月10日，习近平总书记在北京市调研指导新冠肺炎疫情防控工作时，明确要求深入宣传党中央决策部署、对湖北和武汉的关心重视，宣传一方有难、八方支援的大爱精神，宣传一线医务人员、基层干部、公安民警、社区工作者、志愿者等的感人事迹，展现全国各族人民坚定信心、同舟共济的坚强意志。2月23日，习近平总书记在统筹推进新冠肺炎疫情防控和经济社会发展工作部署会议上再次强调，要在全社会激发正能量、弘扬真善美，推动社会主义精神文明建设。

将习近平总书记重要指示精神贯彻落实到每一项工作、每一篇报道、每一块版面、每一幅图片之中，是我们的基本职责，是神圣使命。我们重温了习近平总书记致光明日报创刊70周年的贺信。他特别提出，光明日报要"坚持正确政治方向，坚守思想文化大报的定位，坚持守正创新"。这为我们光明日报推进各项工作、促进事业发展提供了根本遵循。

在抗击疫情的宣传报道中，我们明确要求务必精准体现中央党报定位，精准体现思想文化特色，精准把握当前社会关切，发挥自身的特色和优势，强信心、暖人心、聚民心，不断汇聚众志成城、共克时艰的强大精神力量。其中，及时推出一批高质量、有特色的报告文学作品是一项具体举措。

报告文学兼具文学性和新闻性，重视情节和细节的采掘、叙事结构的设置、人物的再现和叙事语言的表现力等，是文学的"轻骑兵"，是典型报道的"重武器"，对于壮大主题宣传、传达主流声音、增强传播效果具有特殊价值。以文学尤其是报告文学的形式提升重大主题报道的感召力和影响力，一直是光明日报的优势和传统。1978 年 2 月 16 日，光明日报头版头条全文转载徐迟先生的报告文学《哥德巴赫猜想》，在全国引起轰动，激励着一代人为迎接"科学的春天"而奋斗，为改革开放的伟大事业而奋斗。近年来，我们在重要时间、重要节点、重点版面，陆续刊发了一系列优秀报告文学作品，已经形成重大主题报道中的"光明"特色、"光明"风格。

在这次疫情报道中，我们更加注重发挥特色，延伸优势，组织多方力量，采写和刊发了一批报告文学作品。其中，有约请著名作家采写的，比如中国作协副主席何建明的《上海抗疫的第一时间》、中国报告文学学会副会长李朝全的《一位叫"大连"的志愿者》、广东文学院院长熊育群的《守护苍生》、鲁迅文学奖获得者纪红建的《人民战"疫"》、湖北省作协签约专业作家普玄的《他们的名字叫美德》等；有光明日报武汉一线报道组采写的，比如《决战 ICU》《那些匆匆而过的英雄本来如此平常》；还有后方记者采写的《那些汇聚起来的力量》。这些作品在采写时，疫情形势仍然十分严峻，采访工作难以按照常规方式顺畅进行。但是，作家和记者们克服重重困难，还是在较短时间内写出了高质量的报告文学作品。这些作品采访扎实、细节丰富，写出了疫情防控是人民战争、总体战、阻击战的政治高度，写出了全国上下众志成城、同舟共济的精神力度，写出了逆行而上、大爱无疆的情感温度，写出了于平实之中见高尚的文学厚度。

这些报告文学一经刊出，在社会上引发广泛关注。普通读者说，读光明日报的这些作品，对这次疫情防控的进展、出现的感人故事和英雄人物有了更为丰富的认知；文学界同人说，在这样的时刻，光明日报重新激活报告文学这一文学体裁，对于报告文学的未来发展起到引领作用。现在，这些优秀报告文学作品由享有盛名的百花文艺出版社结集出版了。重读这些作品，我们仿佛亲历了那个不见硝烟的战场，紧张、惊险、艰苦，而处处又浸透着暖意，给人以春天般的希望。在这里，我们看到，白衣天使在作战，"病毒扼住了生命的咽喉，但它绝不会让白衣天使们屈服。穿上那身厚重的防护服，他们就是勇敢的病毒狙击手"（《白衣天使在作战》）；社区工作者在坚守，"社区是疫情防控第一线，他们是火线作战的守关人；这场艰苦的人民战争中，他们是离人民最近的力量。没有'最硬的鳞甲'，也不觉得是在'逆行'。在他们眼中，家就在这里，心就在这里，一个共产党员的职责与岗位，就在这里"（《平凡英雄，社区战"疫"》）；全国各地在驰援，"一场没有硝烟的战争在全国打响！都是江水相连、山河襟带的兄弟，能不揪心吗！比如武汉与长沙，湖北与湖南，自古就是患难与共、心手相牵的好兄弟。数千年来，兄弟俩一直坚定地守望与惦念，不论岁月沧桑，不论风吹雨打，从未动摇，从未间断"（《人民战"疫"》）……我们真诚希望读者能够跟随这些文字,重新回忆那些动人心魄的时刻,感悟医务工作者的大爱无疆,感悟"逆行者"的勇敢无畏,感悟在中华民族危难时刻所有中国人同舟共济、守望相助的精神力量。

可以说,用好报告文学这个"武器",是我们光明日报宣传报道中的一个常态。事实证明,运用报告文学体裁创新重大主题报道方式,是落实习近平总书记重要指示精神的具体实践,是增强"四力"要求的具体实践,是突显光明日报特色定位的具体实践,有助于更好地举旗帜、聚民心、育新人、兴文化、展形象。我们将深入总结这次疫情防控报道的经验和做法,不断强化思想文化大报的优势,做好"同频共振""卡点卡位",推进"走心工程""延伸工程",努力在今后的重大宣传报道中,再次向党中央和广大读者交出一份合格的答卷。

是为序。

2020 年 3 月 22 日

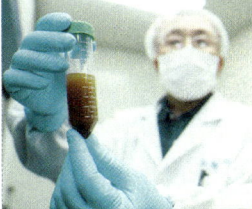

自 2020 年 2 月 14 日起，光明日报刊发了一系列报告文学，展现了中国人民抗击疫情的风貌和斗志。

在重要时间、重要节点、重点版面,刊发报告文学,已形成重大主题报道中的"光明"特色、"光明"风格。这些报告文学一经刊出,在社会上引发广泛关注。

目　录

信心，从新中国防疫史中来

——写在全国人民抗击新冠肺炎疫情之际

○ 江永红

小小口罩立下大功

　　一个陌生的瘟神，引发肺炎的新型冠状病毒还在中国游荡，疫情防控激战正酣，口罩成为这一特殊时段的一道"风景"。

　　眼前的口罩让人一下子想到了一百多年前的口罩。1911 年 1 月，在东北哈尔滨，从前一年年底开始暴发的鼠疫势头正劲。在这次防疫战中，一个中国防疫史上著名的"赌局"出现了，"赌"啥？要不要戴口罩。一方为清廷任命的东北防治鼠疫总医官、天津陆军军医学堂副监督（副校长）伍连德博士，他坚持医护人员和疫区人民一定要戴口罩；另一方为法国名医、天津北洋医学堂监督（校长）兼首席教授梅斯尼，他坚决反对戴口罩。这是怎么一回事呢？

　　原来，在疫情最严重的哈尔滨，伍连德通过流行病学调查和尸体解剖，发现此次流行的是一种有别于传统腺鼠疫的新型肺鼠疫，人传人的特点非常鲜明,因此他制定了包括隔离、消毒、入户登记、患者集中收治、尸体火化、人人戴口罩等在内的防疫措施。然而,戴口罩这一条遭到几个大权威的反对,反对的理论根据是鼠疫只有鼠传人,没有人传人,戴口罩是多此一举。这个理论是被誉为"日本细菌学之父"的北里柴三郎等人提出的,是上了教科书的,而伍连德发现的人传人的肺鼠疫,书上没有。于是梅斯尼与伍连德"打赌",为了证明自己观点正确,他坚决不戴口罩,结果 1 天之后他就感染上人传人的肺鼠疫,6 天之后就不治身亡了。他为自己的固执"赌"掉了生命,同时也用生命证明了伍连德的正确。他的死让伍连德的防疫措施得以顺利实施。

伍连德亲自设计了加厚口罩,并开设了一家口罩厂,免费给民众发放口罩。在综合治理下,哈尔滨的鼠疫于 3 月 1 日被扑灭,仅用了 67 天。哈尔滨的鼠疫防疫战是中国现代医学意义上的防疫第一战,创造了中国乃至世界防疫史上的奇迹。创造这个奇迹的措施中有两项在当时是革命性的:一个是尸体火化,这是中国历史上第一次集体火化(此前有个体火化);一个是戴口罩,疫区全民戴口罩是破天荒的(此前只有教会医院的医护人员戴)。这次防疫战的胜利,让国人第一次见识了科学防疫的巨大威力。很多人未曾想到,一个小小的口罩,居然在战胜鼠疫过程中立下大大的功劳。从这个意义上说,口罩是中国开创科学防疫过程历史新阶段的见证者,是战胜瘟疫的"钟馗",相信在今天也一定能给人民带来福音。

在防疫上,新中国没有打过败仗

据史书记载,一次大疫,死者少则数万,多则上千万甚至上亿。"温气疫疠,千户灭门"(王充《论衡·命义》),"疠气流行,家家有僵尸之痛,室室有号泣之哀。或阖门而殪,或覆族而丧"(曹植《说疫气》)。直到新中国成立之初,传染病仍然肆行无忌,危害甚烈。在 1950 年 9 月政务院第 49 次政务会议上,时任卫生部部长李德全报告说:"我国全人口的发病数累计每年约 1 亿 4 千万人,死亡率在 30‰以上,其中半数以上是死于可以预防的传染病上,如鼠疫、霍乱、麻疹、天花、伤寒、痢疾、斑疹伤寒、回归热等危害最大的疾病,而黑热病、日本住血吸虫病、疟疾、麻风、性病等,也大大侵害着人民的健康。"这么多传染病,难以一一细说,只说全国流行最普遍的"年年发生,月月出现"的天花,每年就夺走数万甚至数十万人的生命。据 1950 年湖南省岳阳市的调查,患天花的人占总人数的 13.6%。而在我国少数民族地区,情形更加严重,据云南省西盟佤族自治县的调查,新中国成立前出生的族民中竟有近半数得过天花。全国天花患者知多少?没有统计,超过千万是毫无疑问的。

然而,人们发现:不知从哪一年开始,中国就再没有人变"麻"了(人出天花后会在脸上留下麻点),几乎见不到因患脊髓灰质炎(简称"脊灰")而变成跛足的人了,还有许多让人闻之丧胆的烈性传染病也难得听说了。是的!新中国成立后,我国通过免疫手段实现了消灭天花,消除脊灰,基本消灭了鼠疫、霍乱,有效控制了其他传染病的发病率。据国家卫健委权威发布:1978 年至 2014 年,全国麻疹、百日咳、白喉、脊灰、结核、破伤风等主要传染病的发病率和死亡率降幅达 99% 以上。

有必要特别指出的是:我国消灭天花的时间是 1961 年,而世界卫生组织宣布全球消灭天花的时间是 1979 年,我国整整提前了 18 年。我国从 1994 年开始再无本土脊灰病例,比世界卫生组织预定的 2000 年消除脊灰的目标提前了 6 年。

经过数十年的努力,我国已构筑起一条以疫苗为主的微生物"长城"。对已知的传统传染病而言,它既能抵御急性传染病的进攻,又可防止慢性传染病的侵蚀。截至 2006 年,慢性传染病乙肝曾经悄悄地让我国约 6.9 亿人感染,每年因之死亡约 27 万人,我国因而被称为"乙肝大国"。但是自 1992 年接种乙肝疫苗以来,已使全国约 9000 万人免受乙肝病毒的感染,5 岁以下儿童乙肝病毒携带率从 9.7% 降至 2014 年的 0.3%,儿童乙肝表面抗原携带者减少了 3000 万人。2012 年 5 月,世界卫生组织证实我国已成功将 5 岁以下儿童慢性乙肝病毒感染率降至 2% 以下。"乙肝大国"的帽子被摘掉了。

计划免疫是我国的发明。有计划的疫苗接种使我国人民的健康水平有了明显提高,居民平均预期寿命由新中国成立初期的不到 35 岁提高到 2018 年的 77 岁。平均寿命是由综合因素决定的,但对传染病的控制无疑是权重最大的因素之一。

新中国的防疫史表明,尽管遇到过各种挫折,但是在所有传统传染病面前,中国还没有打过败仗。我国已经控制或消灭了传统传染病,也有能力战胜新的传染病,2003 年我们战胜了"非典"即为明证。

社会主义制度是我们战胜疫情的最大优势

睁眼看一看:世界上还有哪个国家能像中国这样,一方有疫情,八方来支援?此次新冠肺炎疫情在武汉暴发后,全国各地、各行各业的支援可谓山海不可状其大,且不说所需物资要啥给啥,仅说医疗队员,第一批增援的就有近 7000 名,接着又有第二批、第三批……总数已超 4 万名。在决战阶段,全国对湖北的支援采取"一省包一市"的形式,这是一个发明,是在其他国家的防疫史上找不到的。

再看:世界上还有哪个国家能像中国这样,一声令下,军队就冲上防疫第一线?2003 年战"非典",人民军队出动 1000 余名医护人员,承包了北京小汤山医院。17年后的2020年,人民军队出动4000余名医护人员,接管了武汉火神山医院。

这些,在全球都是独一无二的,只能出现在社会主义制度下的中国。新冠肺炎疫情一出现,习近平总书记就在大年初一主持召开中共中央政治局常务委员会会议,研究部署疫情防控工作,要求各级党委和政府必须按照党中央决策部署,全面动员,全面部署,全面加强工作,把人民群众生命安全和身体健康放在第一位,把疫情防控工作作为当前最重要的工作来抓。党中央的决策变成全党、全军和全国人民的行动。像这样集中统一指挥防疫是党的好传统。一部新中国的防疫史昭示我们,社会主义制度是我们战胜疫情的最大优势。

1949年10月,新中国成立伊始,就遇到察哈尔鼠疫疫情。接报当日,毛泽东主席责成政务院总理周恩来连夜开会,成立了中央防疫委员会,他还于10月28日亲自给苏联斯大林发电报求援。中央防疫委员会由副总理董必武任主任委员,统一指挥此次防疫战。此前卫生部已令东北人民政府将全东北的防疫队伍全部开到察哈尔,令北京天坛防疫处赶制鼠疫疫苗,令北京市、天津市组织医疗队前往察哈尔,此时中央防疫委员会令人民解放军封锁疫区。总之是党政军民学、东西南北中统一行动,结果从疫情暴发到扑灭此次鼠疫,只用了一个多月时间,仅死亡75人。世界都承认中国共产党在防疫上有一套行之有效的办法。这是为人民服务的宗旨所决定的,是社会主义制度的性质使然。

鼠疫、霍乱等烈性传染病可不是第一次光顾中国。

1917年至1918年初,晋绥暴发鼠疫,绥远地方官员竟煽动愚民杀害北京来的防疫队员,大名鼎鼎的伍连德博士也险些葬身火海;而山西军阀阎锡山更绝,根本不让中央政府派来的防疫队跨进一步。这次鼠疫历时半年多,最后是自然消亡的,死亡1.6万余人。

1920年10月,东北再次发生鼠疫,并蔓延至河北、山东两省,虽然伍连德等防疫专家做出了巨大努力，中央防疫处的专家俞树菜甚至献出了生命，但由于社会制度不给力，疫情仍然无法控制，最后流行了7个月，死亡9300余人。

新中国防疫体系的建立与毛泽东主席有直接关系。在察哈尔的鼠疫被扑灭后，他对卫生防疫工作薄弱的状况忧心如焚，指示中央人民政府卫生部必须大力加强卫生防疫工作的组织和领导，于是"预防为主"被作为卫生工作的方针之一，从1950年开始，全国各城市大力推广免费接种卡介苗和免费种痘。1951年召开的全国第一届卫生防疫工作会议，提出卫生防疫工作要以危害人民最大的鼠疫、霍乱、天花等19种传染病为重点，并制定了针对上述传染病的防治方案和《法定传染病管理条例草案》以及若干防疫工作具体办法。鉴于有些省、县的党政领导干部只把不饿死人当作是政府的责任，而对因不讲卫生而病死人的情况重视不够，认为这是不可避免的"天灾"这个带倾向性的问题，毛泽东主席起草了《关于加强卫生防疫和医疗工作的指示》，严厉批评了这种倾向，要求"今后必须把卫生、防疫和一般医疗工作看作一项重大的政治任务，极力发展这项工作"。在毛主席和党中央的高度重视和督促下，在国家百废待兴、财政极其困难的情况下，1950年成立了生物制品检定所，1953年国家拨巨款先后新成立或完善了专门研究疫苗等防疫制品的北京、长春、兰州、成都、武汉、上海等六大生物制品研究所，并在县以上行政单位建立了专事预防疾病的防疫站（疾控中心的前身），以后又在有地方性流行病的省、市、县建立了专门的防治站和专科医院，如南方的血吸虫防治站等，从此我国的防疫工作走上了正规化、制度化的轨道。

防疫是一个公共卫生问题，是一门科学，但从来不是一个纯科学问题，它是科学，更是政治。性质不同的政权，在疫情面前，可能说的话都差不多，但实际做法和结果是迥异的。1930年上海发生霍乱，许多市民得病而死,而各个卫生衙门之间为经费问题相互扯皮,从春天一直扯到 6 月,致使市民得不到及时的预防和救治。当时南京政府的卫生部部长不得不亲自来上海开会协调,议定了"免费注射疫苗"等三项措施,可最后"卒以筹设不及,未能实现,良可惜也"(见《上海市霍乱流行之报告(民国十九年)》,载《卫生月刊》1930 年第 1 卷第 11 期)。1932 年长江流域霍乱流行的防治,是在媒体上大肆渲染的重大新闻,蒋介石都亲自出马了,结果仅在武汉、南京清理了尸体、注射了疫苗,最后还是死了 40 万到 50 万人。

要控制和消灭一种传染病,仅靠一个地方、一个部门是力不从心的,只有全国同力、全民同心、全系统联动才能达到目的。这充分显示了社会主义制度的优势。我国战胜传染病,都是集中力量打歼灭战的结果。排传染病头号的鼠疫,在我国从肆行无忌到只有偶尔零星病例发生,驯服这个瘟神的办法,除了接种疫苗等医学措施之外,立功最大的当数"灭源拔根",就是在疫源地灭鼠。传染媒介没有了,鼠疫就没有了。这项工作是老百姓做的。而要老百姓行动,只有共产党和社会主义制度才有如此强的动员力。

麻疹到 20 世纪 90 年代几乎销声匿迹,但进入 21 世纪后,全世界包括欧美都出现了麻疹"返潮",我国也连续几年呈现上升趋势,于是政府果断采取措施:2010 年 9 月 11 日至 20 日, 全国统一开展了一次以 8 月龄至 14 周岁儿童为主要接种对象的强化免疫活动,10 天之内接种儿童近 1 亿人,有效打退了麻疹的"返潮"。这么短的时间,这么大的范围,接种这么多的儿童,是世界防疫史上的首次,是只有中国才能做到的。

我国最后一名脊灰患者于 1994 年 9 月出现在湖北省襄阳县(今湖北省襄阳市襄州区),此后再无本土脊灰野病毒感染的病例,标志着我国已经消除了脊灰这一危害甚烈的传染病。2011 年 8 月,输入性脊灰疫情突然降临我国新疆维吾尔自治区的和田地区。虽然只感染了一个人，但国家立即做出反应，决定在全疆进行突击免疫，中国生物技术股份有限公司利用军机将 1000 万人份的脊灰疫苗送到新疆的 6 个机场，当地疾控中心接着用冷藏车将疫苗送到接种点，展开接种，把这次输入性疫情扑灭在萌芽状态。

这些事例都表明，制度优势不是吹的，而是实实在在摆在这儿的。

中国医学科学家值得信赖

疫情的扑灭、传染病的消灭，说到底还得靠科学的手段。在疫苗出现之前，对付疫情的办法主要是隔离、切断传染源，在中国还有中医的汤药调理，这些传统手段到今天仍然是不可或缺的。因为许多传染病特别是病毒性传染病至今还无药可治，所以最终战胜疫病的武器不是医疗而是疫苗(类毒素、抗毒素、血清等与疫苗作用相同，为叙述方便，统称之)。

虽然中国是古典疫苗的故乡，早在北宋真宗时期中国就有了种痘术，但在现代疫苗的研制上，我国落后了。直到 1919 年北洋政府成立中央防疫处，我国才有了第一个疫苗研发生产机构。从新中国成立到改革开放前，我国的疫苗生产总体上还处在跟踪仿制阶段。由于科研条件严重落后和帝国主义严密封锁，我国连起码的仪器、试剂等都无从得到，当年的仿制甚至比今天的创新还要难。好在国家通过日内瓦转口，为各生物制品研究所订阅了欧美的科技杂志，这迟到几个月的杂志成为了解世界科技信息的重要窗口。充分利用这迟来的信息，我国疫苗科学家和工程师们自力更生，奋起直追，使疫苗的种类从 10 余种增加到 40 多种，基本满足了国家防疫的需要。国外有什么疫苗，中国很快就有了这种疫苗；国外有什么新技术，中国很快就学到了，而且在学习中有创新，在跟踪中有超越。比如，第一个发现麻疹病毒的是美国人，但中国的麻疹病毒是中国人自己分离出来的，虽然发现的时间比美国晚了3到4年，但我国生产麻疹疫苗采用的是当时世界上最先进的组织培养法，疫苗质量世界领先。即使是在"文革"时期，我国在20世纪70年代新研制出来的A群流脑荚膜多糖疫苗、组分狂犬病疫苗，是新型的亚单位疫苗，处于世界先进行列。改革开放后，随着科研条件和环境的极大改善，我国的疫苗研发和生产已经从跟踪仿制阶段进入并跑和部分领跑的新阶段，跻身世界"第一方阵"。疫苗数量多、品种全，可以说世界上有的，中国基本上都有。说"基本上"，是因为极个别品种暂时还没有，但也有我们有而别人没有的。我国的疫苗有领跑世界的，如国药集团李秀玲团队研发的预防手足口病的EV71肠道病毒疫苗，就是只有中国儿童才有的福祉；有与世界先进水平并跑的，如轮状病毒疫苗，是与美国同时上市的；还有不少疫苗虽然不是最早诞生在中国，却是世界公认的最好的疫苗，如地鼠肾细胞乙脑灭活疫苗，出口量占产量的2/3。目前我国已走出了一条自主创新与引进技术、合作研发相结合的路子，如基因工程重组酵母乙肝疫苗生产线就是从美国默克公司引进的。

我国消灭和控制传染病的武器几乎全部是国产疫苗。中国疫苗与国外疫苗相比各有千秋，但国产疫苗具有鲜明的中国特色。

首先，生产所用的毒株——疫苗株绝大多数是在本土分离和培育出来的，因而更适合中国人的体质，接种效果更好。如生产预防天花的痘苗，用的是我国科学家齐长庆分离出来的"天坛株"，在世界上免疫效果是最好的，副作用是最小的。再如世界上最好的地鼠肾细胞乙脑灭活疫苗，野毒株SA14是老一辈微生物学家汪美先从蚊子幼虫中分离出来的，李河民、俞永新将其培育为疫苗株SA14-2用于生产。

其次，我国疫苗的检定标准是世界上最高的。乍听这话，有的人也许会感到惊诧，但事实的确如此。著名疫苗科学家赵铠院士说："我国疫苗标准很高，质量水平与欧盟接轨。在安全性和有效性检测项目方面，我国的一些疫苗标准甚至高于欧盟。""我国的 EV71 疫苗每剂的杂质只有 10 皮克，这个标准是没有哪一个国家能达到的。"其研制者李秀玲自信地说，"即使有人仿制我的疫苗，也仿制不出我的标准。"

再次，中国疫苗的第一个受试者是研制者本人。这是中国与外国一个最大的区别。中国的每一种疫苗在进入临床研究之前，首先要在研制者甚至其家人身上试用，证明安全之后再给其他人用。这在其他国家是没有的。顾方舟首先让自己的孩子试服脊灰疫苗，感动了千万人。但在生物制品行业看来，这不足为奇，因为大家都是这么做的。

上述三个特色充分体现了中国疫苗科学家的科技水平和献身精神。这是一支闷头打胜仗的队伍，从不张扬，不声不响地把一个个瘟神收进了"魔瓶"。这是一支值得信赖、能带给人信心的队伍。这些科学家虽然不会给个体患者看病，但他们是古人所说的"上医"，是为大家甚至是为全人类开处方的，一种疫苗就可以控制甚至消灭一种传染病。

研制疫苗的第一步是分离毒株。在新中国，每当疫情出现，防疫和疫苗科学家总是与医疗队伍一起冲在前头，以图用最快速度找到病原体，分离出毒株。要知道，这是一项充满危险又极其复杂的工作。在防疫史上，几十年甚至上百年找不到病原体的情况并不罕见。比如，流行性出血热在我国出现是 20 世纪 30 年代的事，但一直到 70 年代才由韩国学者李镐旺从黑线姬鼠身上分离出毒株。我国兰州生物制品研究所的孙柱臣研究员在 80 年代成功分离出毒株。孙柱臣在分离毒株时不幸被感染，险些牺牲。

此次"不明原因肺炎"疫情出现后，我国科学工作者仅用几天时间就分离出新型冠状病毒并且完成基因测序，稍懂免疫防疫知识的人都知道这是一件非常了不起的事，显示了我国科学家出类拔萃的能力。病毒的成功分离足以增强我们战胜疫病的信心，因为它至少从五个方面给人带来了希望：一、制定确诊标准有了依据；二、有利于针对病毒筛选现有药物，包括中医配方；三、可以通过病毒基因追踪溯源，找到病毒的来源和传播媒介；四、给治疗药物的研究提供了靶子；五、为疫苗的研发打下基础。事实上，这几个方面都已经取得重大进展。

我们是在与一个完全陌生的新型冠状病毒做斗争，这比战胜已知的传染病不知要困难多少倍，也必定要付出更大的代价。2009年，美国遇到了陌生的甲型 H1N1 流感病毒，流行几个月后才宣布进入紧急状态，造成 590 余万人感染，1.2 余万人死亡。现在，面对疫情，有人在舆论场上兴风作浪、捕风捉影，散布失败情绪。因此，在信息的接收和传播上，我们也需要戴一只"口罩"，做到百毒不侵，保持定力，就像习近平总书记所指出的，只要坚定信心、同舟共济、科学防治、精准施策，我们就一定能打赢疫情防控阻击战。

（作者：江永红，系解放军报原副总编辑）

那些汇聚起来的力量

○ 王国平

如果新型冠状病毒是有颜色的,想必是灰色的,或者是黑色的。

它凶猛、蛮横、无情,侵袭人的身躯,威胁人的生命,打破既定的社会秩序,搅乱正常的生活节奏。

但是,这个世界,还有着更明亮、更具活力、更富有生机的颜色。它们聚合、交汇、延展,发生着化学反应,升腾起精神的伟力。

在 2020 年的这个抗疫时刻,那些从人心深处迸发出来的力量,那些心手传递汇聚起来的力量,给人以饱满的温度、心灵的抚慰和必胜的信心。

"干就是了":红色的旗帜积蓄着向上的力量

红色,醒目、热烈,彰显意志,激发斗志。

关键时刻,基层党组织就是一座座牢固堡垒,共产党员就是一面面旗,火红的旗。

2020年1月27日,习近平总书记做出重要指示,要求各级党组织和广大党员干部必须牢记人民利益高于一切,不忘初心、牢记使命,团结带领广大人民群众坚决贯彻落实党中央决策部署,全面贯彻坚定信心、同舟共济、科学防治、精准施策的要求,让党旗在防控疫情斗争第一线高高飘扬。

出征号角吹响,冲锋战鼓擂起。

全国上下闻令而动,打出一套严密的"组合拳":在防控第一线和关键部位及时建立党组织,发挥党组织的核心引领作用;加强网格党建,全面建立党员、干部带头分片包干、全覆盖登记排查制度,依托网格做好综合防控;依托区域党建平台,把人民群众动员、组织、凝聚起来,织密防护网,形成防控合力。

中建一局三公司武汉分公司党总支书记、总经理邓委的老家在湖南省张家界市慈利县。眼看疫情越来越严重,他中断春节假期,匆匆自驾返回武汉,"在路上,我就想,我们是干工程的,估计有援建任务"。2月3日,"80后"的他被任命为中建一局援建雷神山医院项目临时党支部书记、总指挥。

邓委坦言,没接到任务之前多少有点"思前想后",一接到任务反而坦然了。特别是到了现场,心中的使命感被彻底激发了出来。

"那么一个环境,真的是没法形容。我们要参与完成的这个项目,是抢救人命的事。好几个方面碰撞在一起,没什么可说的,干就是了!"如今,处于居家隔离状态的邓委,通话时激情犹在。

他和同事一起,写下决战书,郑重表态:坚决做到思想坚定、挺纪在前、有令必达,以高度的政治责任感、严格的组织纪律、专注的匠心精神,确保疫情防控任务万无一失。

决战书上,一片红色的手印,就像一颗颗滚烫的心。

热火朝天、人山人海、夜以继日……邓委说,以前学过的这些成语,在这个特殊的时刻,都变得活生生的,都是实实在在的。

每天平均通电话数量超过 200 个,走路 3 万步,睡觉 3 个小时……这是邓委在雷神山医院项目建设期间的基本数据。

"这个项目太特殊了!你要说那些天是怎么过来的?就是接到一个任务,完成这个任务,再接到新的任务。就是这么一个循环。一直到把所有任务都拿下。"邓委说。

任务来了,顶上去。困难来了,扛过去。共产党员敢于负责、勇于担当,是示范,是榜样。

2 月 18 日上午 10 点许,湖北省大冶市人民医院,56 岁的袁念芳和其他三位同事火线入党。他们笔直站立、高举右手,在领誓人的领读下,面向鲜艳的党旗,许下铿锵誓言。

他是医院感染科主任,入驻隔离病区超过一个月,除了晚上到指定宾馆休息外,基本上都在这里度过。

"对我来说,这是责任,因为我是搞这个专业的,都是应该的,不存在什么怕或者是不愿意的想法,没有的。"电话里,袁念芳的口音重,但说得平静。

他留意,身边的党员同志,在这样的关键时刻,都在"往前跑"。向党组织靠拢的念头再度被激起。

繁重的工作之余,袁念芳在医院分发的工作笔记本上,手写了入党申请书:我是一个农村长大的孩子,没有党和政府的支持和关怀,我上不了大学,也不会有今天的工作和成绩……抗击新冠肺炎疫情,我义不容辞,责无旁贷。殷切希望再次接受组织考验,不畏风险,不惧艰辛,尽职尽责,为早日战胜疫情而努力。

申请书写得简短,但字迹清晰,情感是在的,决心是在的。

在这个特殊时刻,袁念芳加入党组织的夙愿得以实现。更多的人,在红色旗帜的感召下,稳住心神,冒着风险,往前走,往上走。

　　1月25日,湖南省衡阳市南华大学附属第二医院新冠肺炎医护应急志愿服务队举行出征壮行仪式,17名应急志愿服务队队员集结启程奔赴湖北。图为家人和同事为出征队员送行。(**曹正平 摄**)

　　1月27日,安徽省第一批支援湖北医疗队100余人在合肥站登上高铁驶向武汉。(**温沁 摄**)

　　2月11日，河北省对口支援湖北省神农架林区防治工作队踏上征程。工作队到达后与神农架林区进行工作对接，全力支持当地防疫工作。（赵杰 摄）

　　2月12日，天津市对口支援湖北省恩施州医疗队抵达恩施许家坪机场。医疗队到达后，重点在疾病救治、流行病学调查、传染管控等方面开展综合救治援助工作。（杨顺丕 摄）

2月12日,云南省第三批援助湖北医疗队出征,支援湖北省咸宁市抗击新冠肺炎疫情。(张勇 摄)

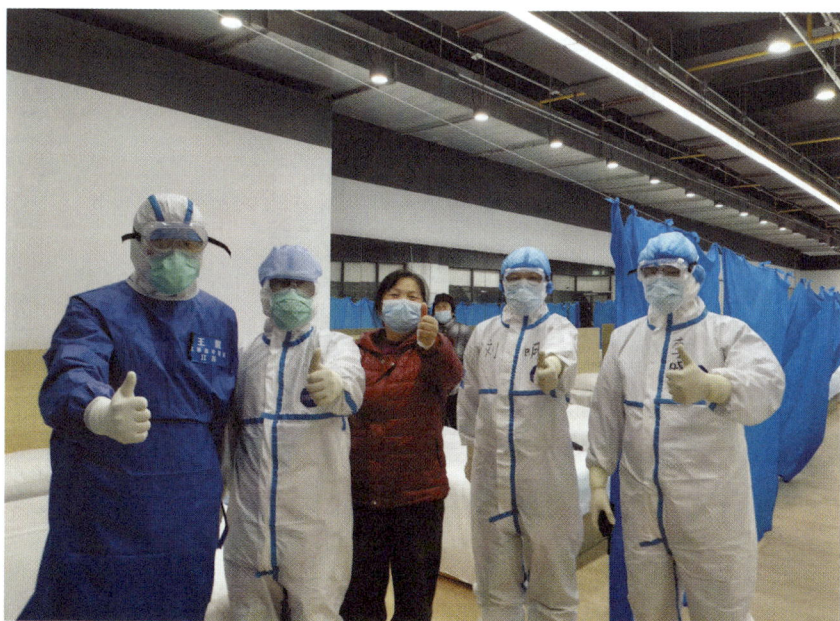

2月14日,江苏省中医院驰援武汉方舱医院。(陈明祺 摄)

2月15日，内蒙古自治区对口支援湖北省荆门市医疗队出征。（王正 摄）

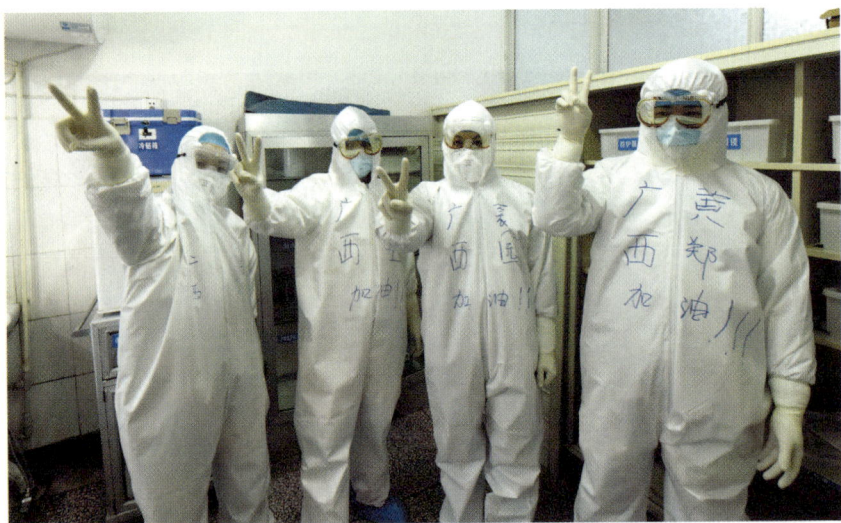

2月18日，广西壮族自治区对口支援湖北省十堰市郧阳区的医护人员一早就进入郧阳区人民医院，一起加油鼓劲。（周家山 摄）

"从不后悔穿上这身白袍"：
他们赋予白色更加纯粹、洁净、庄重的质地

悬壶入荆楚，白衣是战袍。

新冠肺炎疫情暴发后，全国共有346支医疗队、42600多名医护人员从各地驰援湖北。申苗云是这个庞大队伍中的一员。

组建援鄂医疗队的消息传来时，33岁的她就是否报名有过权衡。她想起姨妈石玉琴说过的一句话，"以前你都是被保护着的，关键时候要想着去保护别人"。于是她下定决心，主动请缨，并最终成行。

申苗云是通用环球医疗集团旗下攀钢集团总医院泌尿外科的一名护师，如今奋战在武汉市汉阳方舱医院一线。在她的印象中，65岁的姨妈热情、健谈，"她是老共产党员，身上有不一样的东西，很正的一个人"。

出发前，申苗云收到姨妈的一封亲笔信。百般叮咛注意安全之外，石玉琴还期待外甥女和同伴在这个特殊时刻有所作为：

"希望你们在工作中做到换位思考。如果病床上躺着的患者，是你们的亲戚朋友，是你们的兄弟姐妹，是你们的父母，是你们自己，那时你们心里最希望的是什么？想想这些，对你们的工作有特别的帮助。你们的一个微笑，一个点头，一个点赞，一个小小的手势，一句'多吃点、多喝水'，对患者都是莫大的支持和鼓励，能帮助他们树立战胜疫情的信心和决心。"

这封信，写在一个普通的笔记本上，满满三页，叹号用得尤其多，有时还连续用上三个叹号，笔墨粗壮，一看就是用力写的，内心丰富的情感是溢出的。

对姨妈一直很尊敬的申苗云，有空就恶补武汉方言："蛮扎实"是"厉害"的意思，"条举"说的是"扫帚"，"么斯"即"什么"，"武发麻"也就是"腿发麻"……边学边用，活学活用，她努力跟自己负责的患者，特别是大爷大妈们保持顺畅的沟通。

这次武汉之行，申苗云感到很特别。这是她第一次乘坐飞机，还是由川航英雄机长刘传健执飞的。来到湖北，一下子多了三四十个微信群，工作节奏、生活节奏完全不一样。家乡攀枝花被誉为"阳光花城"，而前段时间武汉遇上雨雪天气，多少有点水土不服，加上防护的需要，总是反复洗手，她感觉双手时常是"冰石头"。

申苗云把自己身穿白色防护服的照片传给家人，她的小外甥看到了，说："小姨像大白！"

"大白"是电影里的充气机器人，外表呆萌，性情和善，温柔体贴，拥有丰富的医学知识储备，还能提供医疗帮助，被称为"守护型暖男"。

工作时一身白的医护人员，在这个特殊时刻，赋予白色更加纯粹、洁净、庄重的质地。

国家卫健委透露，截至 2 月 11 日 24 点，全国共报告医护人员确诊病例 1716 例，其中 6 人逝世。

武汉市汉口医院内分泌科主任胡淑芳就在这"1716 例"的名单里。

新冠肺炎确诊病例持续增长，医院的呼吸科病区超负荷运转。胡淑芳所在的内分泌科集体顶上，开辟呼吸二病区。

"筹建新病区，要协调物资、人员、床位，安排收治，安抚情绪，照料生活……不停地在处理问题，人都是木的，无法思考。"胡淑芳说，自己平时喜欢喝水，但那时只有晚上才敢抿几口，连吃的东西都选干的。

1 月 27 日，大年初三，11 点 50 分许，她面对电视直播镜头介绍患者收治情况，声音沙哑，透着沉重的疲倦。

她太累了！在单位，问起胡淑芳，不少人的印象是语速快、嗓门大。

抗疫一线,20多天,连轴转,每天睡两三个小时,胡淑芳被击倒了。1月29日,确诊。

同事刘玄林说,像很多感染者一样,胡淑芳的病情急转直下,持续发烧。"她一直很要强的,总是想着要学习、要提升,喜欢钻研新技术,一周出5个门诊也不喊累。工作11年,我第一次见她这么虚弱,有点不适应……"

2014年,当地媒体记者到胡淑芳的办公室采访,发现她的办公桌上除了大部头的内分泌科专业书外,还有一杯玫瑰花茶和一本《道德经》。

她当时说,《道德经》里的"道法自然",有着医生才读得出的辩证味道。多年行医,她慢慢明白,只有把医疗科学用最自然的方式推进,才能达到真正的"道法自然"。

这是一个善于思考的人。

她还说,老婆、爱人、夫人其实是三个不同的词语。接诊时要用心观察患者和家属,根据他们的不同身份和实际情况,采用不同的称呼。

这是一个心思细腻的人。

她特别强调"我就是要和别人一样",如果和别人不一样,就无法做医生,不可能真正理解患者。

这是一个心有主见的人。

"我们内分泌科有个患者群,100多人。听说胡主任病了,都打来电话,给胡主任加油。老病号都说,她是'大拇指医生'。"跟胡淑芳搭档多年的护士长冯岳湘说。

一心想着救死扶伤,哪知道躺在了病床上,胡淑芳说自己一度也担心病情恶化,但并不恐惧,"我从不后悔穿上这身白袍。即使时间倒流,我仍旧会这么选择,只不过会更好地保护自己"。

听说有记者要电话采访,她一上午没怎么说话,"就为了攒点力气再次呼吁大家，一定按照国家要求，配合防疫举措，早点让这场疫情过去"。

追求"要和别人一样"的胡淑芳，和那些穿着白大褂奋战在抗疫一线的同道一起，都是勇者，都在逆向而行，他们有着一样的信念、一样的果敢。

而在更多人眼里，他们显得"不一样"：不一样的付出，不一样的坚毅。

"说不上多么高大上，却很真实，也很正能量"：美好的善意在传递

2月19日，雨水节气。草木萌动，绿意萌发。

赞许，是什么颜色？祝福，是什么颜色？希望，是什么颜色？

最适宜的，应该是绿色吧。

"青山一道同云雨，明月何曾是两乡。"日本医疗支援物资的包装箱上，印着唐代诗人王昌龄的诗句。这是诚恳的祝福。

联合国秘书长古特雷斯说，相信中国为抗击新冠肺炎疫情所做的努力将取得显著效果，他对中国抗击疫情充满信心。这是真挚的希望。

病毒这么嚣张，那么疯狂，但抑制不住人间的温暖和人心的倔强。

中国宝武武钢集团人力资源部部长计国忠家住上海，工作在武汉。从1月23日10点开始，武汉市的机场、火车站等离汉通道暂时关闭，计国忠一个人留在武汉的出租房里生活多日。这段时间，匆匆相遇的几个武汉人，让他印象深刻。

1月31日，他在小区门口拐角处，遇见一位卖菜大妈，守着蔬菜流动摊，"她穿着花棉袄，戴着个棉帽子和白色棉布口罩，看着穿得挺暖

和,但估计还是顶不住武汉的湿冷"。

计国忠问了一下蔬菜的价格,大妈的报价很实在。"多老实的小本生意人。我一口气买了两大袋蔬菜,只花了40块钱,付钱时都有冲动想给点'小费'。后来我一直没见着她。摆个摊卖点菜是她的生计,即便是在特殊时期,她还是会为了生活而顽强抗争。这就是普通民众在生活面前的坚持。"

随着防控措施的推进,小区物业指定一位蔬果粮油的团购老板为大家提供服务。计国忠下楼取货时,阵雨刚刚停下来。"阴冷的天气里,这个苏老板,已经发福的中年男人,只是在一件衬衫外面套了一件毛背心,戴着口罩在不停地搬着东西。他的身边堆放着一堆盒子和几十个大塑料袋,都是小区居民团购的。让这么多人取货,是一件费时费力的麻烦事,有时要为几个人多等一个小时。"

苏老板说自己并不是为了赚钱,单纯是为了给大家行个方便。他是这么说的,事实上也的确如此。计国忠发现,有居民在小区微信群里说想吃包子,建议苏老板去进点面粉,结果他还真的迅速反应,马上就找到货源,第二天就拉到小区。大家都说,在这样的日子里,苏老板一个人成了整个小区的"供销社"。

"卖菜大妈和苏老板,都是这次战'疫'中的平凡人,但他们身上总有种东西很动人。可能是一种不服输的气质,一种助人的精神,一种坚忍、顽强的品格。说不上多么高大上,却很真实,也很正能量。这是我认识的武汉人身上普遍具有的特质。"计国忠说。

人总是要做点事的。日子总是要往前过的。办法总是有的。

住在江西省景德镇市区的华炘老人今年76岁了,吃了多年的降压药,眼看药瓶要见底了,这么个时间,没法出门,儿女又在外地,怎么办? 一发愁,感觉血压就要上来了。

2月8日,景德镇市卫健委发布《致慢病朋友们的一封信》,向全市卫生健康系统党员干部发出倡议,积极投身志愿者服务,为慢病朋友们开展送药上门服务活动,并公布全市 8 家医院 24 小时服务热线。

得知消息的华炘老人,拨通了景德镇市第二人民医院的热线电话。这家医院组建了 4 支"慢病患者上门送药"志愿服务队。医院热线记录好患者的姓名、住址、用药信息,由医师开具处方,医保收费员到患者家中收取医保卡,回医院刷卡缴费,药师将药品调配好,志愿者再将药品送到患者家中,并返还医保卡。

为华炘老人服务的志愿队,成员是医师吴峰、药师王红英、医保收费员曹全黎、青年志愿者鄢波。

"没什么大不了,其实就是个'跑腿'的事,但是跑得很舒服,很有劲儿。"31 岁的鄢波说。

更多的人想着要用心为他人来"跑腿",以实际行动奉献自己的善意。

浙江省湖州市吴兴区发起"全国医务工作者游吴兴"行动。15 个景区、13 家酒店、22 家民宿,承诺向医务工作者提供各种类型的优惠服务。

"我们想为湖州出征前线的部分战'疫'勇士提供免费休息的'家'。希望连片的茶园、遍布的竹林、清新的空气,可以洗去你们的疲惫,也可以让我们后方人员表达一点点敬意,向你们说句:辛苦了!""90 后"业主汪颖在自家民宿的微信公众号的推文里写道。

她的妙溪民宿,位于湖州市吴兴区妙西镇龙山村。在这里,"绿水青山"是品牌,绿色是底色,一年四季泼洒着大自然的美。

计国忠租住的房子在 18 楼,位于武汉市武昌区,紧邻浩浩长江。这段时间,他拿出专业相机,在阳台上或窗户边,记录下长江之美,并时常在微信朋友圈发布,向好友报平安,也在给自己和武汉这座城市加油、打气。

他说，现在经常有诗句在脑海里盘旋，比如"烟雨莽苍苍，龟蛇锁大江"，比如"春风又绿江南岸"，比如"不废江河万古流"……

（作者：王国平，系光明日报记者）

决战 ICU

○ 光明日报武汉一线报道组

武汉市金银潭医院（简称"金银潭医院"），南 6 楼 ICU 病区。2020 年 2 月 10 日，第一次裹着防护服"挪"进隔离病房，医生侯果心里一沉。

30 张病床上躺满新冠肺炎患者，患者过半被呼吸机面罩罩住口鼻，气管插管者不在少数。监测仪的尖锐警报音此起彼伏，屏幕上数字闪烁如同交通信号灯，随时有"叫停"生命之流的可能。

尽管已经在武汉大学人民医院重症医学科工作了 3 年多，但侯果从未面对过这么密集的危重症患者。

来不及发怵。这里是战场，任务只有一个：抢救生命！他向病床边走去。那里，先他而来的医疗援助队队员们已从 1 月 18 日奋战多日。

自从新冠肺炎疫情阻击战打响以后，集中收治重症、危重症患者的金银潭医院就成为"前线中的前线"。来自天南地北的多支医疗援助队会聚于此，共同捍卫生命的最后一道关口。

和金银潭医院一样，武汉市肺科医院、武汉大学中南医院（简称"武汉中南医院"）、华中科技大学同济医学院附属协和医院（简称"武汉协和医院"）西院区、华中科技大学同济医学院附属同济医院（简称

"武汉同济医院")中法新城院区、武汉大学人民医院东院区……在每家重症集中收治医院,在其他医院的 ICU 病区,从死神手中抢夺生命的战役从未停止。此时的江城武汉成为中华医护精兵的集结地,仅重症专业医护人员便达 1.1 万名,占全国总数的 10%。

救治重症、危重症患者,是提高治愈率、降低病亡率的关键所在。然而,病例基数大、疫情来势猛、尚无特效药……重重险阻摆在医护人员面前。

百折不回中,积极态势正在显现。截至 2 月 18 日,金银潭医院和武汉市肺科医院患者出院率升至 30%—39%,重症患者占确诊病例比例从初期的 38% 降至 18%。

这是对爱与信念的回馈,也是夺取胜利的起点。

出击,再出击!为了血肉同胞,誓要拼尽全力。这些白衣加身的平凡英雄,深知每条生命的重量与意义。

生死竞速,一线希望也不容放弃

白肺。丝丝缕缕的白,弥散成云雾的白,几乎覆盖双肺的白。凝视着眼前的一张张 CT(计算机层析成像)胸片,西安交通大学第二附属医院(简称"西安交大二附院")党委书记、援鄂医疗队领队巩守平从未如此抗拒过白色。

"快!患者危险!"急促的喊声让他一个激灵。重症病房内传出呼叫:一位自入院即戴着无创呼吸机的 85 岁女性患者情绪躁动,剧烈抗拒高流量吸氧,血氧分压瞬间掉到 50mm 汞柱,肺部感染加重,休克迹象明显。

"气管插管,上呼吸机!让我来!"麻醉手术科主任吕建瑞"噌"地站起来,还有巩守平、重症医学科副主任王岗,三人急速穿上防护服,冲了进去。

检查气道、测量心率、调高氧流量、推注麻醉药……迅捷的准备操作之后,吕建瑞跪在地上俯向老人,开始插管。

"老吕,别贴太近,注意防护!"巩守平在侧急忙提醒。

吕建瑞蒙了几秒。密不透风的防护装备让近视眼镜、护目镜都起了雾,再加上防护头套,眼前一片模糊。

报警音还在响,血氧饱和度继续掉。"不能等了!"吕建瑞屏住呼吸又凑近几分,努力瞅准气管,插了下去。

成功! 看着迅速稳定下来的各项示数,病房里一片欢声。

回想起2月17日22点发生在武汉同济医院中法新城院区的这一幕,巩守平仍然激动:"这也许是老人留给我们的唯一一次抢救机会!"当夜,他们一直守在病房直到第二天清晨5点。

每个被从鬼门关拉回来的危重症患者,都有一段惊心动魄的故事。武汉大学人民医院东院区重症医学科主任周晨亮的这个故事,是章回体。

1月13日下午,50岁的陈先生一家三口罹患新冠肺炎,同时入院。老婆、孩子是轻症,住进普通病区,陈先生则进了ICU。

立即上无创呼吸机,严密观察各项体征。

当晚,患者血氧饱和度突然下降,气管插管迫在眉睫。

疫情初起,周晨亮的科室没有防护面罩。达不到三级防护条件贸然插管,感染风险极大。

怎么办? 短短几分钟,周晨亮急得心跳都要飙起来。他想起躺在轻症病房里的母子俩。出了闪失,怎么面对这个家庭的巨大悲痛?

动手吧! 口罩、帽子、护目镜,再剪一片医用床单罩在外面,护目镜部分掏空,覆上厚厚的塑料膜。

顶着自制的"三级防护"，周晨亮迅速完成插管。血氧饱和度上去了，悬着的心终于落地。

经过一周的有创通气，患者呼吸功能逐渐好转，被拔除了气管导管。可以自由呼吸了！陈先生微笑着，伸出右手拇指做出"赞"的手势。

转变总在一瞬间。当夜，陈先生毫无预兆地严重缺氧，再度命悬一线！值班医生一边为他加压给氧，一边紧急呼叫周晨亮。半夜，患者终于被救回。

几天后，深夜的平静又被打破。凌晨 3 点，陈先生突然昏厥。值班医生迅速检查，原来是二氧化碳分压过高所致。经过及时抢救，患者渐渐苏醒……

整整一个月，这样的反复几乎不断。终于，陈先生彻底脱离了危险，一家三口得以团圆。

最棘手的新冠肺炎危重症病例，常伴有两个因素：高龄、患有基础疾病。武汉大学人民医院重症医学科副主任、援助武汉市金银潭医院医疗队领队余追就多次遇到此类险情。

57 岁的危重症患者李婆婆，罹患高血压、糖尿病、肥胖等多种基础疾病，且有 30 余年的肝硬化病史，住院期间危情不断。持续进行抗病毒、抗细菌、激素治疗，同时提高免疫力、提供营养支持、维持内环境稳定……28 天后，老人顺利转出重症病房；比她早一天转出的陈婆婆，也因各种老年病症而一波三折，生命屡次拉响警报。

"这类危重患者，核心症状是顽固性低氧血症，进而引发多器官功能损害。适时适度使用激素冲击治疗，辅以合理的抗生素使用、营养治疗，往往能有好的效果。"余追总结道。

炎症风暴，这是引起武汉中南医院呼吸与危重症医学科主任程真顺重视的一大现象。

"人体免疫反应是抵挡病原菌的武器，但被诱发后，产生的大量炎性介质或细胞因子却可能反过来伤及自身，攻击肺组织及其他器官。一旦引发急性呼吸窘迫综合征，就可能危及生命。"令他惋惜的是，一些新冠肺炎年轻患者的离去，多跟炎症风暴有关。

如何抑制这凶险的风暴？这场"竞速跑"，人类医学研究尚未稳占优势。但不懈奔跑的脚步从未停歇，每一线希望都不容放弃。

"呼吸支持是最紧要的。上周我们遇到了这样的患者，无创机械通气不见效果，立即气管插管，辅以俯卧位通气。同时，注意器官维护，应用一定剂量的激素。过程很艰难，但总算稳定了下来。"程真顺回忆道。

在这场挽救生命的争夺战中，每提速一秒，都意味着百倍艰辛。而医护尖兵们从不缺奋力创新的勇气与智慧。

当气管插管仍不能提供足够的呼吸支持，还有没有"最后一招"？武汉中南医院重症医学科主任彭志勇果断实施ECMO（体外膜肺氧合），首例患者已康复出院。至2月下旬，他的团队10次使用ECMO进行救治，其中5人已实现了脱离呼吸机生存。

当新冠肺炎遇到肾移植患者，怎样在截然相反的用药需求中走好"平衡木"？武汉同济医院制定周密方案，一边停用肾移植免疫抑制药，提升患者免疫力；一边在抗病毒治疗基础上应用小剂量激素，起到免疫抑制功能。最终，患者痊愈出院。

正是在这样的奋战面前，危重症患者的生命防线渐渐筑起。

金银潭医院南四病区主任余亭介绍，从2019年12月29日筹建病区，至2020年2月底，南四病区已收治患者约200人，出院患者约150人。与此前相比，危重症患者病亡率正在下降。尽管相对缓慢，但"随着疫情最艰难的阶段过去，随着治疗条件越来越有保障，我们有信心留住更多生命"。

八方驰援，我们携手合力护你周全

疫情最猛烈的时候，周晨亮一度感到压力巨大。

"患者症状都不一样，而且变化很快。医生护士全程神经紧绷，有任何波动立即出手。"他总结，救治成功的秘诀之一，是"没日没夜地守，眼都不眨地盯"。

随着危重症患者越来越多，高强度工作让7名医生、24名护士组成的团队有些力不从心。

好在，祖国绝不会让坚守前线的勇士孤军奋战。

1月31日，是武汉大学人民医院东院区成为新冠肺炎危重症患者集中收治医院的第一天。当日，从新疆远道而来的医疗队进驻周晨亮的科室。

山东、重庆、辽宁……来自10个省区市的12支医疗队、1600余名医护人员会聚于东院区，整建制接管重症病房，与武汉同行风雨共担，同守"火线"！

"顿时觉得满血复活了。我想和他们一起打硬仗，打一场不胜不退的漂亮仗！"周晨亮一扫疲惫。

荆楚大地，莫不如此。来自全国的4.26万余名医护人员如火种般撒遍这片壮美热土，种下了浩荡大爱、钢铁意志，生长出多学科、多"兵种"联合作战的巨大优势。

在武汉同济医院光谷院区，来自山东、上海、浙江等6省市的17支医疗队并肩作战，合力救治重症患者。

先是会聚成气势如虹的大战队，很快，又分化出一支支精准善战的小分队。

"插管小分队"——气管插管频率极高、专业性强、风险很大，17支医疗队抽调人员组成队伍，专门从事插管治疗。山东大学第二医院援鄂医疗队麻醉医生冯昌已练就3分钟穿好防护服、3分多钟完成插管上呼吸机全过程的"神操作"，24小时待命，尽速出击。

"护心小分队"——20%的危重症患者存在心脏损伤，来自不同医院的5名医生、7名护士组成团队，为各医疗队提供全天候心血管技术支持，并协助完成深静脉置管以及IABP（主动脉内球囊反搏）、EC-MO等生命支持装置的植入及护理工作。2月20日，小分队协助上海复旦大学附属华山医院援鄂医疗队，为一名心肌梗死合并新冠肺炎患者成功施治。

"中医药特色治疗小分队"——中医药在新冠肺炎治疗中独具作用，武汉同济医院中医科联合青岛、宁波、长沙等地援鄂中医师，参与会诊、讨论疑难病例，指导临床用药。2月19日，小分队推出三个中药协定处方，针对不同病程对症施治，"阻击"重症向危重症转化……

"全国的顶级专家赶来支援，只有建立联合作战的有效机制，才能充分发挥综合性国家医疗队的优势。"武汉同济医院党委副书记、院长王伟介绍，"护肾小分队""护脑小分队""血液小分队"等"别动队"的成立，能让综合治疗变为现实，对治疗重症引发的多脏器衰竭起到重要作用。

援鄂医疗队带来的，还有各自引以为豪的文化、制度与方法。

2月13日下午，来到武汉第五天，中南大学湘雅医院（简称"湘雅医院"）第三批援鄂医疗队举行了第一次疑难危重病例讨论会。针对7个疑难危重病例，医师们做简要报告，认真剖析案例，共同制定周密的诊疗方案。

精益护理制度、三级查房制度、交接班制度、插管患者管理全流程制度、重症超声技术应用、床旁血液净化治疗……"我们把湘雅的标准与模式都带来了。虽然援助是短期的，但湘雅人绝不潦草应付，必须规范严谨,达到治疗效果最大化。"湘雅医院肾内科教研室主任肖湘成坦言。

山东大学齐鲁医院(简称"齐鲁医院")不但带来了 3 位中医,使分管病区的中医药使用率达到 80%左右,还建立了中西医联合视频查房制度。"一位医生在病区查房,其他四五位教授组成专家组,通过摄像头,在病房外观看患者状况,和患者对话互动。这样既解决了医生无法大批量进入隔离病房的问题,也让患者觉得安心。"齐鲁医院援鄂医疗队领队、医务处副处长费剑春介绍。

"红黄绿病区",这是四川大学华西医院(简称"华西医院")援鄂医疗队进驻武汉大学人民医院东院区后的首创。如何对重症患者进一步细分,找出最具死亡风险的患者? 医疗队按照轻重程度,将病区分为绿、黄、红三色,配套不同的医疗和护理方案。

新冠肺炎危重症患者病情进展快,护理要求高。为保障患者安全,北京协和医院援鄂医疗队总结以往经验,结合新冠肺炎危重症的特殊性,制定了患者转入及转出 ICU 的护理标准操作流程……

"千方百计提高治愈率,降低病亡率。"医疗国家队、省级队、本土部队,在同一个目标的牵引下,汇聚成磅礴万钧的力量,给生命以最强劲的守护。

爱心合流,"我的患者我要浴血奋战去保护"

29 岁的彭银华走了。这位武汉市协和江南医院(江夏区第一人民医院)的医生,在金银潭医院南 6 楼 ICU 中度过了最后的时光。因为病情太重,虽然用尽一切手段,仍没能留住他年轻的生命。每念及此,在金银潭医院支援的武汉大学人民医院重症医学科护理领队赵领超便难过不已。

赵领超记得真切，彭银华入院后病情始终反复。在彭银华还能简单说话交流时，他曾忍不住问："如果再有一次机会，还敢不敢上一线？"彭银华一口武汉方言，微弱地说："敢，选了这个行业，就要坚持下来。"

赵领超也记得，得知要上有创呼吸机时，这位年轻的医生手都在抖。"我当时就握住他的手，说，别害怕，我们拼了命也要把你救过来。可是……"

长久沉默。

一宿宿抢救，一次次揪心，一遍又一遍在64人的"南6楼"医护微信群中为他讨论，替他祈福。然而，滚烫的爱没能击溃病魔，闪亮的生命终究辞世而去。

"在ICU，有时不得不面对告别。但他在最后关头仍然是战士！我们无法沉湎悲伤，只有带着他的精神，继续向前走，替他守护遭受病痛的人们。"赵领超低声说。

幸而有更多的患者在精心治疗下逐渐好转，由危重症转为重症，由重症转为轻症。每当一位患者可以拔掉插管，脱离呼吸机，赵领超和同事们便会齐声欢呼，甚至在微信群中发红包庆祝。

"你用心去对待一个患者，就会有亲人的感觉，他的苦痛欢乐你都能感知到。"侯果对此感受深切。

他已经一个月没回家了。女儿前两天刚满4个月，因生病而不断用药，总是啼哭。他托母亲在家帮忙照顾妻女，自己白天忙碌，晚上却总被视频中孩子的哭声刺痛了心。

和他一样，号称"河北汉子"的赵领超工作总冲在前面，能憋在防护服里连续忙碌六七个小时，却时常牵挂着被送到邯郸老家的一儿一女。他的妻子，也是武汉战"疫"火线上一位忙碌的白衣天使。

离别亲人，是因为危重症患者需要更多关爱。在ICU病房，温情的

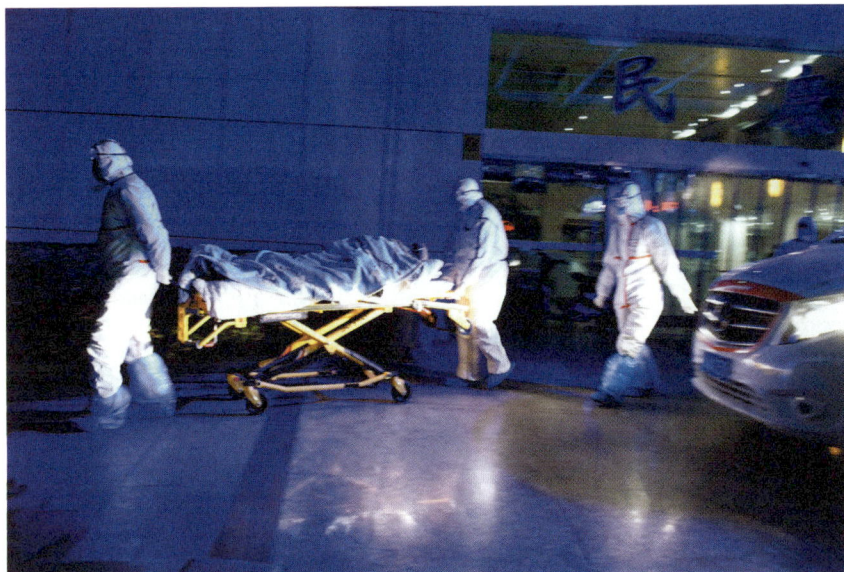

武汉市120急救中心医生连夜转运患者。（金振强 摄）

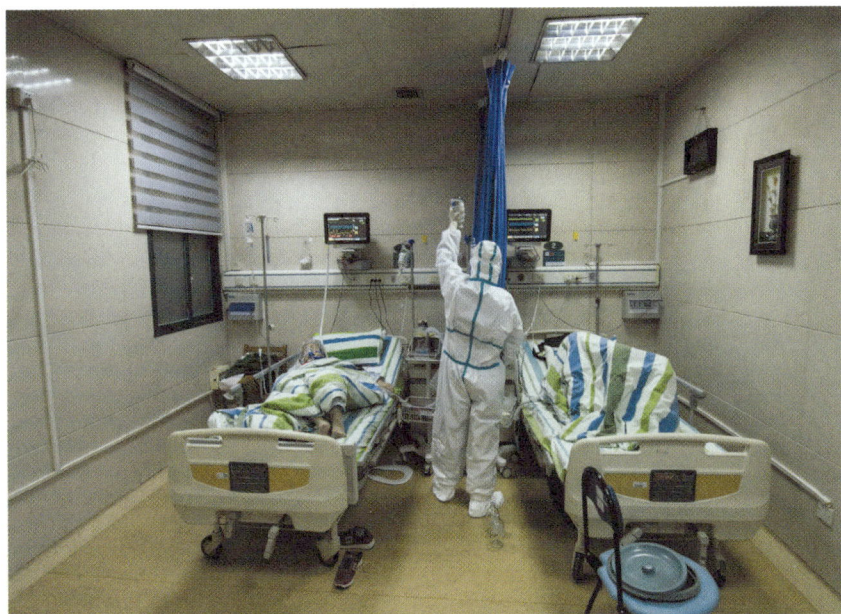

1月23日，武汉中南医院急救中心隔离病房，一位医护人员在照料患者。（魏铼 摄）

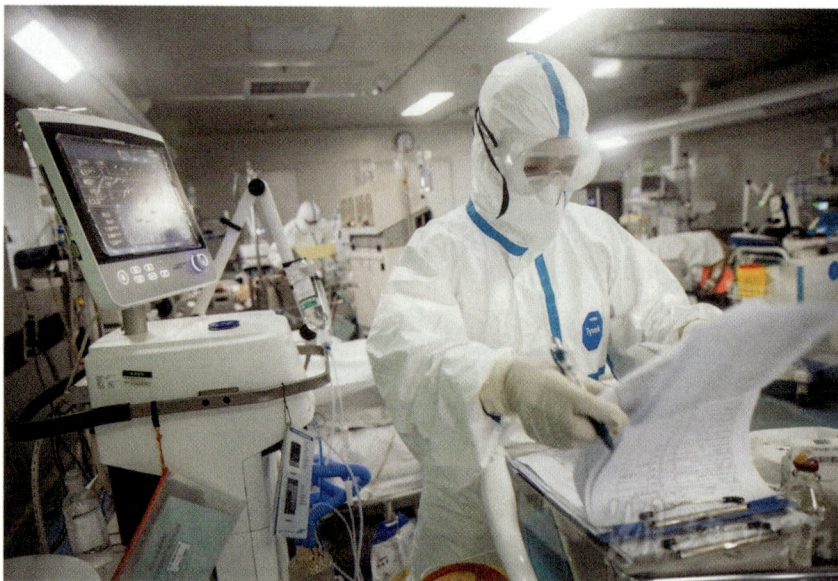

　　1月28日,武汉市肺科医院,医护人员在重症监护室内查看重症患者的病历。（**柯皓 摄**）

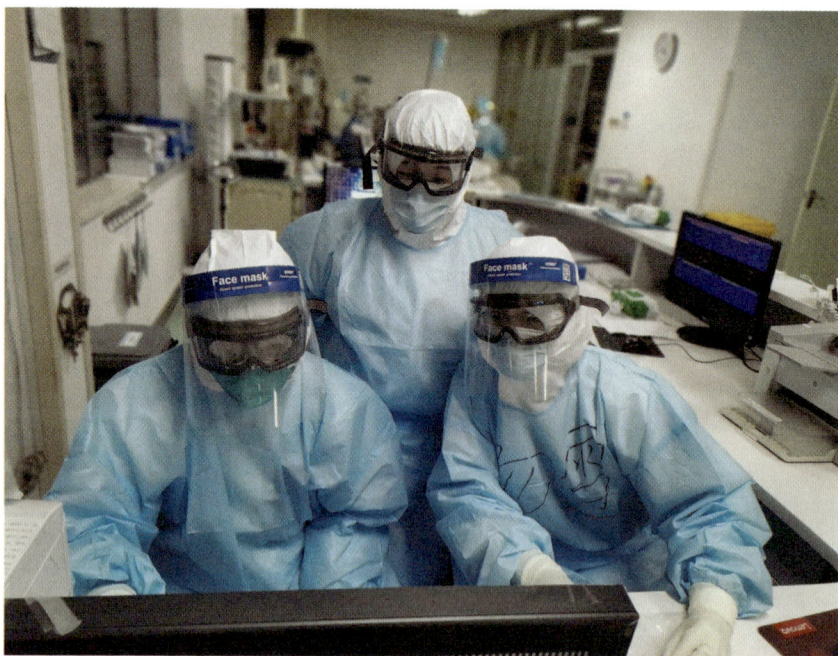

西安交大二附院支援湖北医疗队队员在研讨治疗方案。（**光明图片**）

　　1月31日,江苏省中医院领导、专家与该院支援湖北武汉的医疗队远程为一例新冠肺炎重症患者会诊。(王光正 摄)

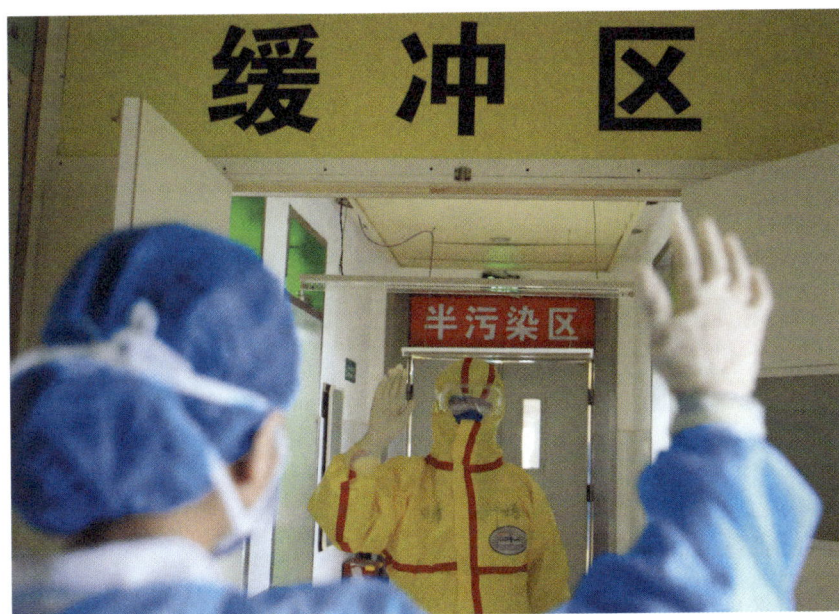

　　湖南省衡阳市南华大学附属南华医院急危重症医学部的医护人员,穿好防护服后进入"红区"工作。(曹正平 摄)

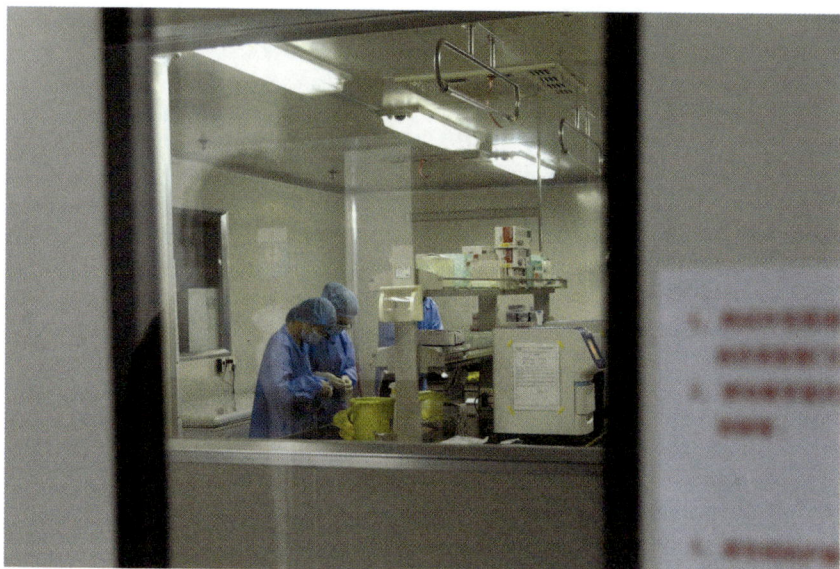

2月3日，武汉华大基因的病原PCR实验室（基因扩增实验室），工作人员在检测新型冠状病毒核酸检测试剂盒的样本。（**章正 摄**）

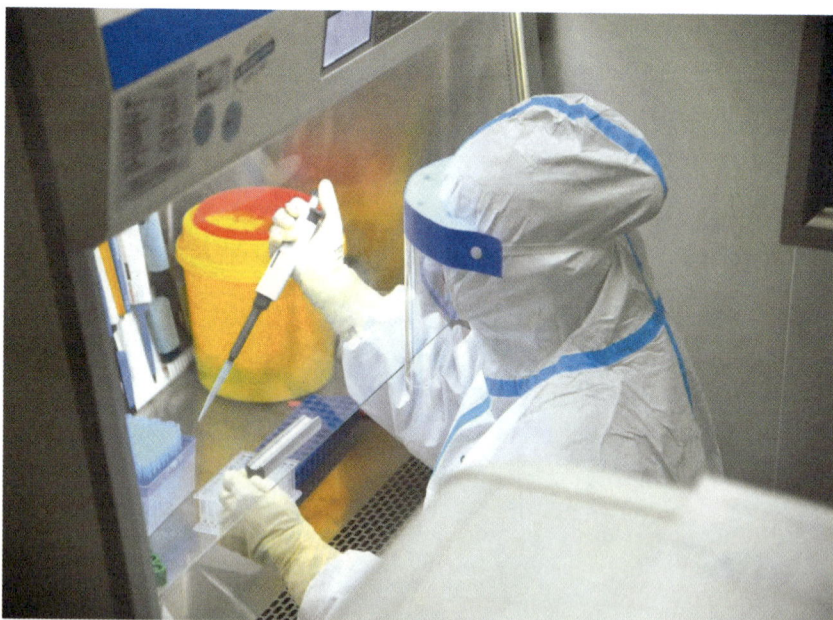

武汉协和医院的医护人员在实验室提取临床样本中的核酸。（**光明图片**）

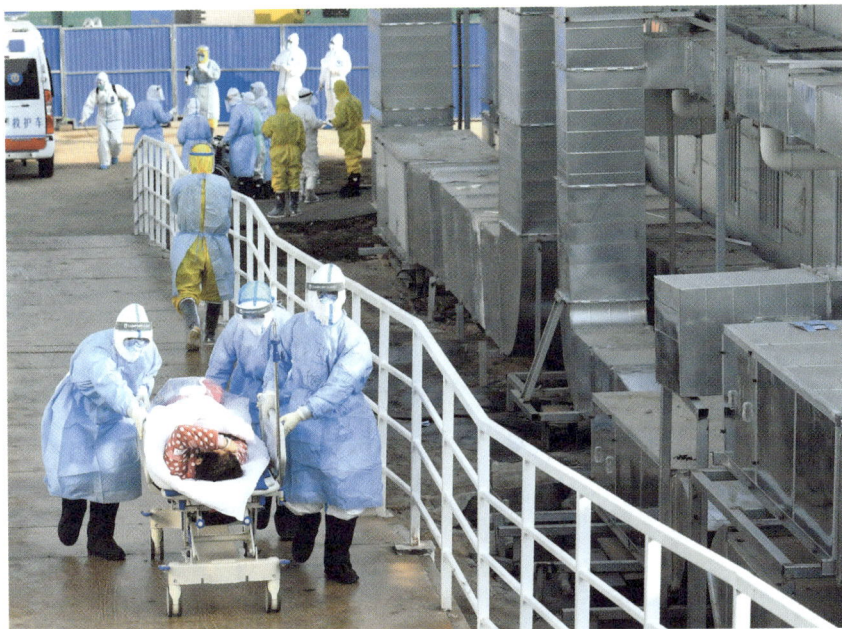

2月4日，武汉火神山医院，身着全套防护服的医疗队队员把首批送达的患者推入病房。（魏铼 摄）

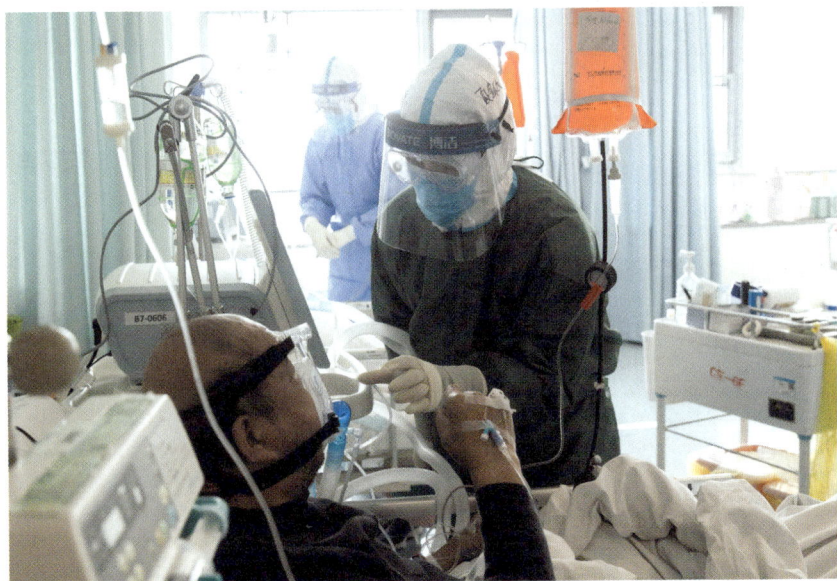

2月22日，武汉同济医院中法新城院区隔离病房，医护人员在为患者调整呼吸面罩。（柯皓 摄）

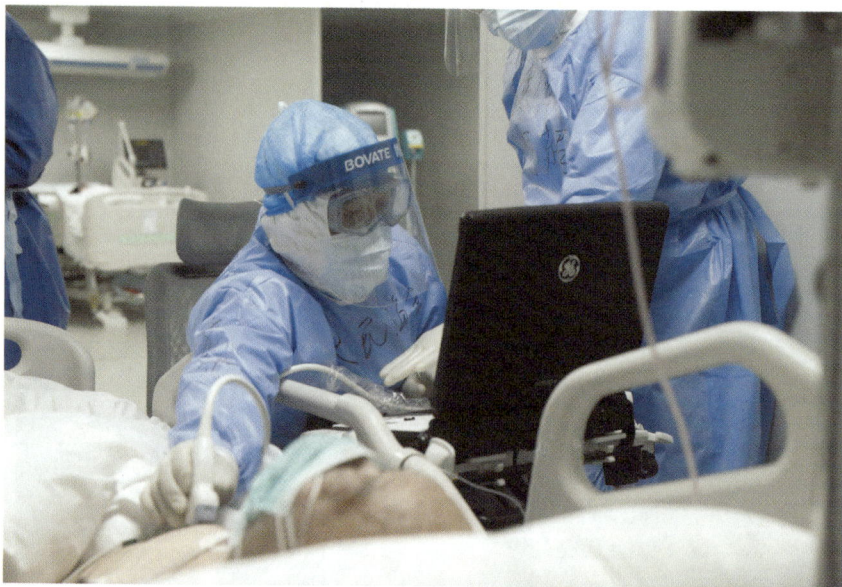

2月24日,武汉火神山医院重症医学一科医护人员在病房工作。(吴浩宇 摄)

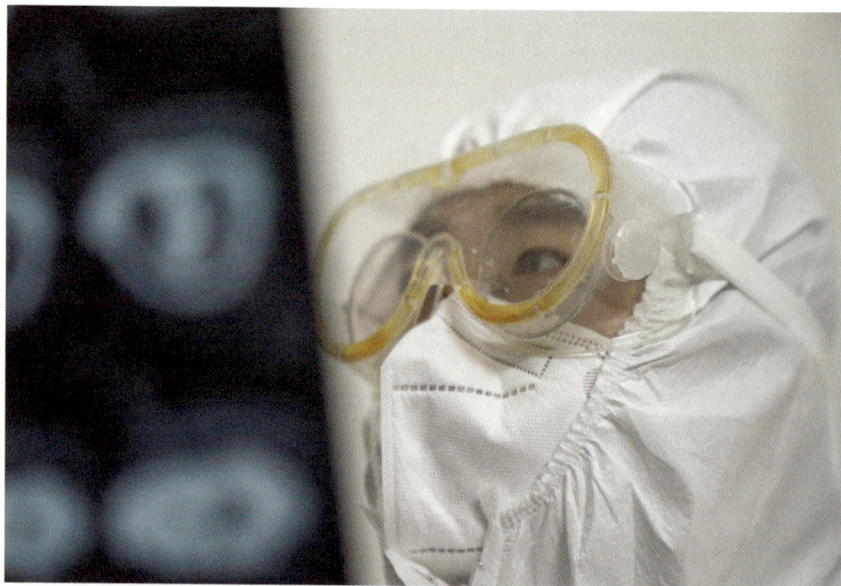

2月28日,湖北省恩施州中心医院,医护人员在查看患者的CT胸片。(谢传辉 摄)

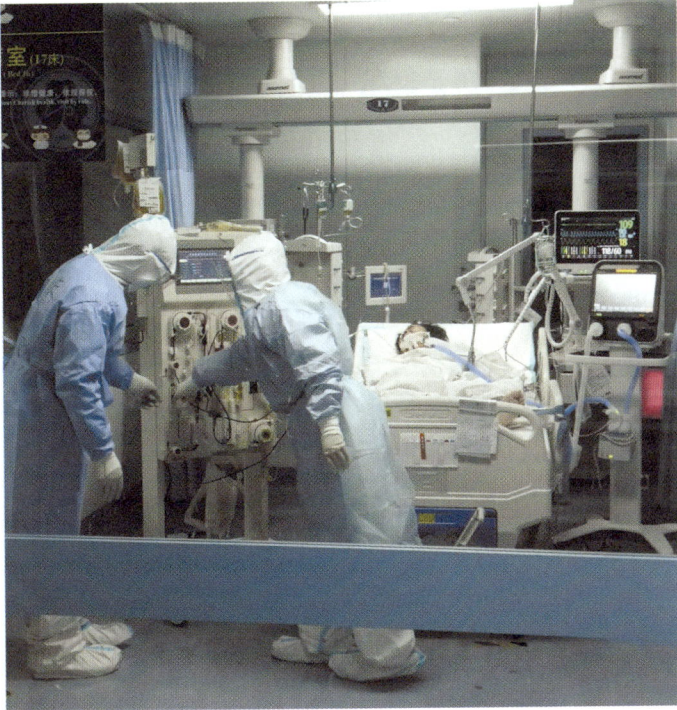

武汉大学人民医院东院区重症监护室,危重症患者在接受治疗。(武汉大学人民医院 供图)

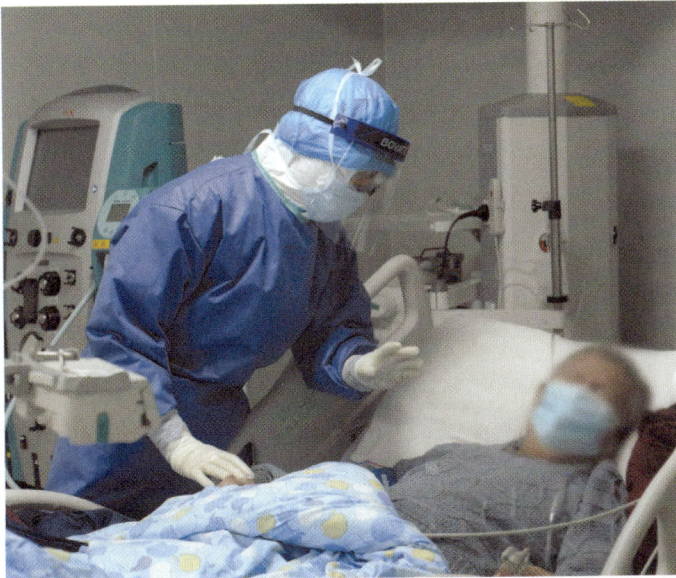

武汉火神山医院,医护人员在和患者交流。(光明图片)

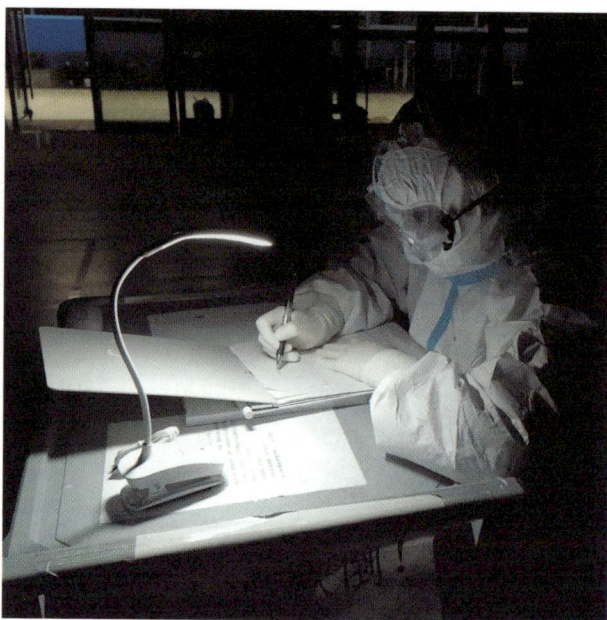

2月28日凌晨1点，江西省支援湖北医疗队的医护人员在武汉武昌方舱医院整理病历。（吴泽娣 摄）

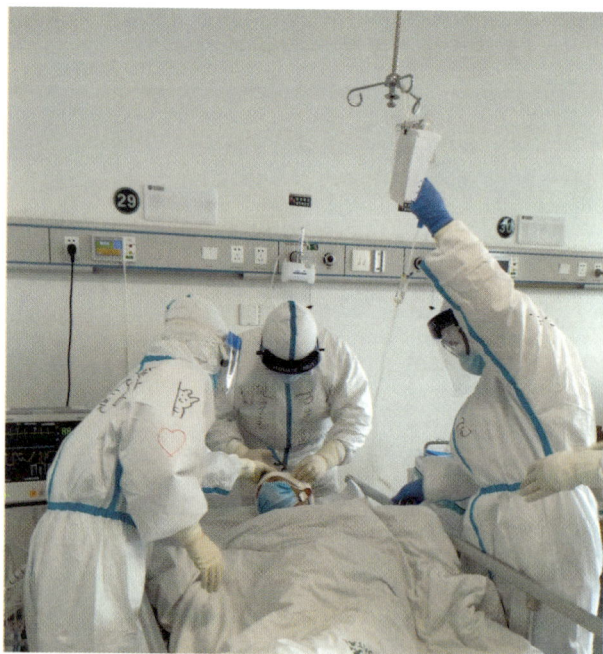

3月6日，西安交大二附院主任医师巩守平（左二）在武汉同济医院中法新城院区为患者换药。（张勇 摄）

故事总在上演。

费剑春团队负责的病区老年患者集中,普遍胃口不好,吃不惯医院的饭菜。有一位老爷爷入院太急,假牙都没带来,只好天天喝粥。"营养不够,老人很难康复。我们就用自己带来的食材和破壁机,为他们制作适口、易消化的营养餐,每天带去给他们吃。"遇到长了褥疮的患者,护士就帮他们勤翻身、擦洗身体。精心护理换来了老人们的笑容,原本冷清的病房好像出了太阳。

谢得力,温州医科大学附属第一医院援鄂医疗队队员,重症监护室男护师。他连日照料着一位 73 岁的老爷爷。一天晚上,戴着无创呼吸机的老人吃力地叫住了他:"护士,我想……吃橘子。"

谢得力犯难了:打开无创呼吸机,站在患者面前喂食,并非没有风险。拒绝吗?看着老人干裂的嘴唇,他无法狠心离开。于是,他决定:暂时断开无创呼吸机,采用面罩给氧,满足老人的小小心愿。当他剥好橘子一口口喂给老人时,老人笑了,吃力地向他道谢。"那一刻,我觉得心里和眼里都是热的。"谢得力说。

徐慧连,浙江中医药大学附属第三医院呼吸内科副主任医师。来到武汉进驻 ICU 的第三天,她护理的一位女患者突然狂躁起来,扯掉吸氧面罩,拔断输液管,蜷缩着身子往床下滑。

"快戴上面罩,不能断氧!"她一步冲上前去,想按住女患者。患者脸色已经青紫,却又踢又打,不肯安宁。徐慧连忙招呼同伴,弯腰想把她抬到床上。

患者一把扯住了她的防护服。不能被撕破暴露在污染环境中,但更不忍心推开患者!徐慧连只好抱住患者,和她一起躺倒在地上,用手轻轻拍她后背,以示安抚,直到她渐渐平缓下来,重新戴上面罩。

"长期缺氧会让人极度痛苦,产生幻觉。我怎么能怪她?只着急为什么还没治好她。"徐慧连有些难过。

"护士和患者是同一个阵营的战友,并肩作战,互相鼓励。"北京大学人民医院援鄂医疗队队员、重症医学科护士党晓曦在日记里写下心声,"每次我扎不进针、看不清病历,甚至疲惫得有些挪不动的时候,总有患者给我宽心。爱护他们,理所当然。"

更多滚烫的心声被这些白衣战士写成诗行:

"忙碌怕什么,我觉得自己踩上了风火轮。希望也有哪吒的力量帮助患者。"

"快一点,再快一点!与死神赛跑!"

"现在像极了勇猛的战士,每一次出征,都必须凯旋。"

"性命攸关,我的战场没有硝烟,我的患者我要浴血奋战去保护。"

这是生命对生命的致敬,这是最有力的爱之守护!

(作者:光明日报记者蔡闯、王斯敏、刘坤、安胜蓝、

晋浩天、张锐、章正、李盛明、张勇、陈怡、姜奕名、

卢璐;光明网记者李政葳、季春红、蔡琳)

人民战"疫"

○ 纪红建

去武汉的,岂止白衣战士

2020年1月18日,星期六,腊月二十四,南方人这天过小年。

年关将至,热情、善良、勤劳、丰收的中国人都在为春节的到来忙碌着。

他更忙。

他叫钟南山,中国工程院院士,今年84岁,已是耄耋老人。

那天,他从深圳抢救完相关病例回到广州,下午还在广东省卫健委开会时,便接到通知要他马上赶往武汉。

当天的航班已经买不到机票了,助手匆匆回他家帮忙收拾东西,直接到会场跟他会合,之后赶往广州南站,挤上了傍晚5点多钟开往武汉的高铁。

春运期间一票难求,临时上车的他被安顿在餐车一角。

一坐定,他马上拿出文件来研究。

晚上,快11点到达住处,他又简单听取了武汉方面的情况。

第二天开完会,出任国家卫健委高级别专家组组长的他又前往武汉市金银潭医院和武汉市疾控中心了解情况。

中午来不及休息,下午开会到 5 点,他又从武汉登上飞往北京的航班。

到达北京,他马上赶往国家卫健委开会……

我无法知晓他这一路来的具体细节,但我知道,他的行动,与武汉,与湖北,与人民,与国脉,息息相关,紧密相连。

而他,只是冲锋陷阵的开路先锋之一。

后面,是数以万计的浩荡大军。

武汉这是怎么啦?

武汉历来坚强如钢呀!

她强忍着泪水,伤心地对母亲长江说:"妈妈,我'病'了!"

其实早在 2019 年底她就感到身体不适了。她还以为是小毛病,没什么大不了的,不用去看医生,挺一挺就过去了。

但这次不同寻常。这种新型冠状病毒,是大自然对人类的考验。她怎么会想到,这些看不见摸不着的病毒要从她的身上撕开一道口子呢。

终究还是大意了!

但她很快醒悟过来,很快振作起来!

一支又一支"敢死队"冲向病毒!

有人倒下,但从未有人后退!

武汉依然坚强如钢!

共产党员、院长、医生,是张定宇的三重身份。

"无论哪个身份,在这非常时期、危急时刻,都没理由退半步,必须坚决顶上去!"张定宇说。

他是金银潭医院院长。

57 岁的他，从一名普通医生起步，先后担任过武汉市第四医院副院长、武汉血液中心主任。从医 34 年，曾赴汶川地震重灾区，也曾支援阿尔及利亚、巴基斯坦……

2019 年 12 月 29 日，4 例华南海鲜市场集中发生的肺炎病例入院，他随即到岗，组织医护人员紧急投入战斗，开展检查、检测。

第二天上午，院长办公会布置腾退病房，抽调医护力量，进入病患救治一线。

随着疫情的愈发严重，金银潭医院的 240 多名党员顶上去了，600 多名职工全部跟了上去，从未有人主动要"下火线"。

至 2 月底，他们已经与病毒鏖战两个月之久。

但谁会知道，这个身在前线的钢铁战士的手臂里会有一根管子呢。

2018 年 10 月，他被确诊患上了运动神经元病，也就是人们常说的渐冻症。这种罕见病目前无药可救，患者通常会因为肌肉萎缩而逐渐失去行动能力，就像被慢慢冻住一样，最后呼吸衰竭而失去生命。

"我会慢慢失去知觉，将来真的会跟冻住了一样。慢慢地我会缩成小小一团，被固定在轮椅上。每个渐冻症患者，都是看着自己一点点消逝的……

"生命留给我的时间不多了。必须跑得更快，才能跑赢时间，把重要的事情做完。必须打赢这场战争！"

行走艰难的张定宇坚定地说。

他从来没说过，在武汉另一家医院工作的妻子，在工作中感染了新型冠状病毒，住进相隔 10 多公里的另一家医院。

妻子入院三天后，晚上 11 点多，他赶紧跑去探望，却待了不到半小时，只叮嘱了声"保重"便离开了。

他把内疚、担忧、伤心，全部吞进了肚里。

他必须坚强。

幸运的是,妻子康复出院了。

刚一出院,她就来到金银潭医院,伸出胳膊,捐献血浆,共同拯救还在与病魔做斗争的患者。

…………

新冠肺炎疫情牵动着 14 亿国人的心。

1 月 20 日,习近平总书记对疫情防控工作做出重要指示,强调要把人民群众生命安全和身体健康放在第一位,采取切实有效措施,坚决遏制疫情蔓延势头;

1 月 25 日,他主持召开中共中央政治局常务委员会会议,对疫情防控工作进行再研究、再部署、再动员;

1 月 27 日,他再次做出重要指示,要求在当前防控新冠肺炎的严峻斗争中,各级党组织和广大党员干部必须牢记人民利益高于一切……

一场没有硝烟的战争在全国打响!

都是江水相连、山河襟带的兄弟,能不揪心吗!

比如武汉与长沙,湖北与湖南,自古就是患难与共、心手相牵的好兄弟。

数千年来,兄弟俩一直坚定地守望与惦念,不论岁月沧桑,不论风吹雨打,从未动摇,从未间断。

吴安华是 1 月 21 日毅然奔赴武汉的。

他是首批援助湖北的医疗专家之一,也是湖南首位援助湖北的医护人员。他是中南大学湘雅医院感染控制中心主任、国家卫健委医院感染管理预防与控制专家组成员。

1 月 21 日早晨,他还与同事们一起查房,接到命令后,他没有丝毫犹豫,立即放下手中的事情,回家收拾行李准备出发。其实他就住在医院内的宿舍楼,完全有时间吃了中饭再走,但他知道疫情重大,容不得半点耽误。

于是，他就饿着肚子去了车站，只身一人毅然北上入鄂。

他的妻子叫李凤云，也是湘雅医院的一位医生。

她告诉我，老吴参加过抗洪抢险和汶川地震医疗队，参与过救治"非典"患者。但他身体不太好，2009年得过心梗，心脏里还放着支架。

21日上午，老吴在电话里跟她说了，可能马上要去武汉。但她没想到的是，老吴会走得那么急，拿着旅行包，装上几件换洗的秋衣秋裤，就匆忙赶往高铁站了。走的时候，头发有些零乱，甚至衣衫不整，包里更是乱成一团。

到了武汉，老吴知道了事情并不是那么简单，才委托他一个从南京过来支援的同学，买了换洗的外套。更让李凤云和老吴没想到的是，原本以为待几天就会回去，没想到一去已经一个多月了。老吴在武汉主要负责培训感染控制方面的医护人员，因为太忙，不方便接听电话，每天只能是他抽时间给李凤云打个电话，或视频聊一下天。

我问李凤云，老吴去了武汉，担不担心，伤不伤心。她说，肯定担心，因为她是医生，但不至于伤心，因为她也是湘雅人。面对危难，湘雅人都会这样做。

医院党委宣传部主任严丽告诉我，紧随吴安华主任的，有数百名湘雅人去了湖北抗疫一线。但对于百年湘雅来说，这只是一个局部，一个片段。

还有中南大学湘雅二医院、中南大学湘雅三医院，还有"南湘雅、北协和、东齐鲁、西华西"中的协和、齐鲁、华西，还有……

其实他们的热血，始终奔腾在爱国情愫、民族情感的历史大潮之中。

而他们，只是南下、北上、东进、西行中的一分子。

在武汉，有来自全国的4万多名白衣战士在与病毒展开激战。

去武汉的,岂止白衣战士!

"谁愿意去雷神山援建?"2月3日上午8点,中建八局第一建设有限公司安徽分公司华中片区经理方磊在微信群里问。

"我愿意去!"

"我报名!"

⋯⋯⋯⋯

2月8日就要交付使用,今天必须出发!

方磊接到这个紧急通知时,人还在淮南,他是在回合肥的路上发的微信。

不一会儿,人就召齐了。

队伍召集齐后,大家以最快速度准备好相关物资。

下午4点,他们就出发了,晚上8点抵达武汉。

到了武汉,方磊他们发现最大的问题就是物资比较缺乏,也没有办公室作为指挥部。他们公司在武汉有项目组,除了从安徽召集来的突击队队员,还有从河南和湖北等地前来会合的伙伴,队伍总人数大概有140人。由于是突发任务,加上又在春节期间,现场的施工材料和工人的防护用品都很缺,好在他们在当地的项目承包商帮了大忙,提供了材料,一解燃眉之急。

第二天一早,他们的项目就开工了。他们主要负责部分病房区的电气、给排水、通风等机电安装施工任务。

2月6日上午,武汉突然下起大雨,但工作不能停,他们披上雨衣,继续投入战斗。

有没有困难呢?

当然有。他们承担着施工难度最大的公共区域内通风空调系统施工任务。方磊说,由于整体工期短,施工现场必须采取交叉作业,常常一个过道上就有60多个工人。交叉作业需要工序倒置,必须做好非常准确的协调工作。于是,他们先把工序的流水线做出来,这样才能保证即便是交叉作业也不会混乱。

2月8日是元宵节,但方磊他们根本就没有意识到,也没时间去想这些。

他们只记得,那天是他们负责的A1区的收工节点,大家都想又好又快地完成任务,这对每一名突击队队员来说是比过节更重要的事。

2月13日晚,方磊他们返回合肥后,按照相关要求,在合肥高新区进行14天隔离医学观察。

还有大年初一运送10万只口罩前往武汉的快递公司货车驾驶员熊楚英。

还有……

直面病毒,就是"最美逆行者"

"谭念! 谭念!"

谭念慢慢地睁开眼睛,一位同事站在他跟前。他再环顾一下四周,才意识到自己坐在走廊上靠着墙壁睡着了。

他赶紧走进办公室,吃了一碗泡面,换上新的防护服,继续投入工作。

今年36岁的谭念,是土生土长的长沙人,是长沙市中医医院放射科主管技师。

这一幕发生在除夕之夜。

那天,他早早吃过团圆饭,到医院值夜班。走的时候,6岁的儿子翔翔牵着他的手说,爸爸,你要早点回来哦。他匆忙赶到医院,穿上防护服、戴上护目镜，开始值夜班。医院本部和东院已开设发热门诊，放射科也安排了一个 X 光室和一个 CT 室，专门接诊发热患者。为了照顾科室的女同事，他和另外 6 位男技师包揽了这个任务。由于防护服穿脱很不方便，为了少上厕所，他只在刚接班时喝了几口水。

发热患者陆续前来，谭念一会儿到 X 光室做检查，一会儿到 CT 室做检查，来来回回走动，一直忙到深夜 12 点多。由于连续穿着防护服，戴着口罩和护目镜工作了好几个小时，他觉得有些气闷。趁稍有空隙，他打开诊室门准备去走廊上的小凳上坐坐，稍微休息透口气。

然而，只走了几步，他就觉得双腿乏力，靠着墙壁慢慢坐了下来，没想到一下子就睡着了。直到十来分钟后，有同事经过看到他坐在冰凉的地上小憩，方把他叫醒。

"现在是冬季流感流行季，因流感引起发烧、肺炎的患者不少，除夕当天放射科共接诊 40 多名发热患者，我们必须仔细排查。这是一名医务工作者的本职工作。"谭念告诉我，"我们医院、我们科室有这样的好传统，罗春主任曾主动申请援藏一年半；罗远健副主任受伤了，但为了患者，打着石膏做手术。他们的精神一直影响着我，更何况在这个特殊时刻。"

有病毒的地方，就是前线；直面病毒，就是"最美逆行者"。

武汉之外，也有无数支"敢死队"。

他们就是离病毒最近的人。

核酸提取、体系配制、扩增检测……每个操作程序背后，都是危险和希望并存。

痰标本要开盖培养病毒，震荡和高速离心处理会产生大量气溶胶，危险无处不在，一着不慎就会感染。

山东省昌乐县人民医院感染性疾病科住院医师张晴晴，今年 31 岁，她就是"敢死队"中的一员。

1月27日，大年初三。

中午12点，上完一天夜班的张晴晴仍然坚持在隔离病区查房。当她正准备脱下防护服吃午饭时，突然接到指令：一例确诊新冠肺炎患者的密切接触者出现了发热症状，将马上被送到医院隔离。

她顾不上吃饭，立即着手准备医用设备和药物，并安排现场人员防护、疏散发热门诊患者。半小时后，120救护车将患者直接送至感染性疾病区，她迅速给患者问诊、查体、抽血、安排做肺部CT检查等。CT检查显示患者肺部病灶特点与新冠肺炎高度相符，随后报告血常规白细胞极低，已经符合高度疑似病例。

下午3点，昌乐县疾控中心工作人员带着专门设备来院取两个血样、血气和鼻拭子、咽拭子、痰标本。专家们都明白，患者现在正处在排毒高峰期，抽血需要靠近患者、接触血液，血气是采集患者动脉血，存在很大的感染风险，取鼻、咽拭子需要与患者面对面进行操作，能刺激患者咳嗽、打喷嚏、恶心、呕吐，被感染风险更大！

潍坊市专家组决定通过电话指导采样。其实，这个患者本可以由白天或者下午接班的同事们操作，但是，张晴晴考虑到自己已和患者较长时间接触，为避免他人感染，她坚定地对专家组说："必须由我取样，要感染就感染我自己！"

专家组被感动了，经过慎重考虑，同意了她的请求。

现场是新闻的源头，也是记者的战场。

在这场战役中，记者也是战士，是"逆行者"。

1月24日，鼠年的钟声即将敲响。

除夕本是中国家庭团圆守岁的日子，但为了一个更大"家庭"的圆满，越来越多的记者写下"请战书"，执炬"逆行"。

"我是跑口记者，我报名。"

"我愿意！我报名！"

请战声此起彼伏。

除夕之夜，在接到山东省将派出 138 人的医疗救援队奔赴武汉防控疫情一线的消息后，山东广播电视台融媒体资讯中心闻声而动，于晚上 10 点 56 分向全体记者发出"征集令"，与医疗队伍同行"出征"武汉。消息发出后不过几分钟，十几名记者争先报名。

第一个报名的记者刘洋出征前还前往山东省新冠肺炎确诊患者集中收治定点医院进行采访，发回了"众志成城防控疫情"的系列报道。

"作为一名预备党员，这是检验我党性初心的一次大考，我要发挥'新闻轻骑兵'的作用，全力以赴做好一线报道！"他说。

同一时间，在祖国南方，广东广播电视台电视新闻中心记者黄嘉莉正在采编南方医院医护人员踊跃报名参加武汉医疗队的新闻。接到台里的随行报道意向询问后，她很快表态参战，火速收拾行装，两个小时即整装完毕，于深夜登上去往武汉的飞机。

"我是党员、转业军人，政治可靠，技术过硬。"电视新闻中心摄像臧穆也第一时间响应报名，成为黄嘉莉的同行者。

湖南广播电视台新闻中心第一个深入医院隔离区发热门诊进行采访的记者叫高睿，他在医生的建议和指导下用防护服和护目镜"武装"自己，和摄像师一起拍摄了医护人员为患者抽血、取样检测等检验步骤，记录了发热门诊内最真实的故事。

通过新闻镜头，医务工作者也得以为奋战在一线的战友加油，向惦念着他们的家人、全国观众报平安。

还有，全国各地的普通老百姓，坚决响应号召，互相监督、互相约束、自我隔离……

正月初二早上，岳母打给我的电话依然回响在耳畔：疫情这么严重，不要过来了，在家里安心待着，电话拜个年就行了。现在是非常时期，没那么多讲究了，村上镇上都在进行摸底登记呢。

这个春节，表面上看，少了些亲情、友情，但我们深深感受到了普通百姓的家国情怀。

这个春天，大家还没有踏青赏春，沐浴阳光，但我们已经深深感受到了春天的温暖。

相信从这个春天开始，大家都学会当阳光，温暖自己，也温暖他人。

人民和历史不会忘却

"越来越多的患者出院了，可是我们院长再也回不来了。"

2月20日上午，武汉市武昌医院（简称"武昌医院"）门口，一名治愈出院的新冠肺炎患者乘车远去。护士注视良久，喃喃说道。

在武昌医院防疫指挥部的大屏幕上，治愈出院的患者一栏，闪烁的数字"408"里，不包括他们的院长刘智明。

2月18日10点54分，51岁的生命从此定格。

刘院长个子很高，很儒雅。他工作起来很认真，待人也温和。

他的妻子也是抗疫一线的战士，是武汉市第三医院光谷院区重症病区护士长。新冠肺炎疫情发生以来，她几乎每天都要在重症病区工作7个小时。1月21日，她接到丈夫的电话，得知武昌医院作为市发热定点医院，要在2天内完成院区改造，准备接收发热患者。

1月22日4点，妻子再次接到丈夫的电话，请她帮忙收拾一些换洗衣物送去，因为武昌医院成为定点医院后他就不能回家了。

谁知到了第二天下午，当她再次接到电话时，却被告知丈夫因患新冠肺炎住进了重症病区。

2月3日，丈夫因为病情危重用上了呼吸机。妻子在与丈夫微信视频时,再次提出要去照顾他。屏幕那头,不能说话的丈夫摇了一下头。

"折腾了一晚上……我以为我要死了,缺氧。今早上了呼吸机,好多了!"2月4日,丈夫发来几句简短对话。妻子哪想到,这竟是夫妻俩的永别。

疫情还没结束,他怎么舍得走呢?他也放不下心呀!

他最放心不下的是和他有过接触的人。他曾说过,万一别人有事,他会愧疚一辈子。

春暖花开的日子即将到来时,他永远地离开了……

不!他没有离开,只是化作这个春天最亮的一道光,去温暖世界了。

"在新冠肺炎疫情暴发时,刘智明医生感动了也挽救了无数生命。"

世界卫生组织总干事谭德塞通过社交媒体对刘院长的去世表达了深切的哀悼。

彭银华,武汉市协和江南医院呼吸与危重症医学科住院医师。

他今年才29岁,正值青春年华。

1月21日,他所在的科室开始收治新冠肺炎患者,于是,他将正月初八的婚礼请柬塞进抽屉,主动请缨进驻抗击新冠肺炎的临床一线。

疫情发展得很快,他和妻子达成共识:"疫情不散,婚期延迟。"

但几天后,战斗中的他发烧咳嗽……

2月20日晚9点50分,他在金银潭医院去世。

办公桌抽屉里的婚礼请柬,再也无法发出;他和妻子因疫情推迟的婚礼,再也无法举行。

而此时,他的妻子,已经怀孕6个月。

孩子肯定不知道现在世界上正在发生什么,但我相信,他(她)长大以后一定会以自己拥有一位英勇的父亲而骄傲!

还有宋英杰医生、李文亮医生、姜继军医生、毛样红医生、蒋金波医生、宋云花医生、姚留记医生、徐辉医生……

这是和平年代，最惨烈的战争。

人民和历史怎么会忘却在这场战争中倒下的白衣战士们呢？

倒在这场激战中的，还有警察、官员、工人、志愿者、城管，等等。他们大部分是过劳牺牲，大部分是共产党员。

他们有个共同的名字：烈士！

我们同样不能忘却被病魔夺去生命的所有不幸的同胞，和他们的亲人。

不论是院士、前市长、画家、诗人、导演、健美冠军，还是确诊的其他患者，他们曾以坚强的毅力，与病毒进行顽强的斗争。那些失去亲人的家庭，艰难之中，仍对抗击疫情的战斗给予了充分的理解和支持。

这场灾难，以生命的代价，唤起人类对生活和生命的重新审视，对大自然的敬畏！

有个故事，令我无限深思。

前两天，我电话采访了长沙一位叫刘建华的爱心妈妈，她主动请缨照顾父母感染新型冠状病毒的3岁4个月大的桐桐，已经在酒店房间自行隔离10多天了。

2月11日下午，长沙下起了雨。

突然，桐桐跪在窗户边的沙发上，与窗外的大自然对起话来。

"竹子先生，你好，你家有伞吗？"

"下这么大的雨，你都淋湿了，你冷吗？"

窗外是个小山坡，山坡上有裸露的黄泥，有高高的树，还有几株矮小的竹子。树梢上时不时飞来几只小鸟。

"泥土先生，你好啊，你冷吗？你怎么不盖被子呢？"

"小鸟，小鸟，你在家吗？你来陪我玩啊！"

又有几只小鸟飞了过来，站在树梢上，叽叽喳喳叫个不停。

"小鸟,小鸟,你们好啊!"桐桐高兴地说,"你们在干什么?在开会吗?"

一阵叽叽喳喳后,那几只小鸟又飞走了。

"祝你们一路顺风!"桐桐一边挥着手,一边大声对它们说。

刘建华站在一旁,边听边流泪。

她想,原来人们可以如此地与大自然和谐共生。

17年前的"非典"疫情暴发时,我在北京的军营,经历了那个极不平静的春天。那场危机留给中国人的教训实在太多了,人们开始反思生活习惯中存在的陋习,并学会尊重其他生物,学会尊重自然。

然而随着"非典"的平息,在"非典"时期遭到"围歼"的各种陋习开始死灰复燃,受到一致"追捧"的良好习惯渐渐被淡忘。我想说的是,相比日渐松懈的我们,我们的"敌人"却从未示弱。或许,这是本次新型冠状病毒肆虐的一个重要原因。

有两个场景总是萦绕在我的脑海。

一个是桐桐妈妈跟我说的一番话。电话采访时她说,这个初春,虽然她一直在病床上躺着,看不到阳光,也抚摸不到春风,但她却看到满眼的春天。她说,医护人员和社会各界给她的温暖,不比春天更温暖吗?成批的病友高高兴兴地出院,不是这个春天最美的花吗?

一个是一则新闻。世界卫生组织总干事谭德塞说:"中方行动之快、规模之大,世所罕见,这是中国制度的优势,有关经验值得其他国家借鉴。"他还说,中国采取了从源头上控制疫情的措施,"为全世界赢得了时间","中国不仅保护了本国人民,也保护了世界人民"。

此时此刻,这场疫情防控的人民战争、总体战、阻击战仍在紧张地进行中。2月23日,统筹推进新冠肺炎疫情防控和经济社会发展工作部署会议在北京召开,习近平总书记发表重要讲话:"中华民族历史上经历过很多磨难,但从来没有被压垮过,而是愈挫愈勇,不断在磨难中

　　2月1日，工人加班加点建设新冠肺炎集中隔离治疗点——武汉火神山医院。（中建三局 供图）

中建四局援建武汉雷神山医院项目建设者在安装排水管。(丁思琦 摄)

2月4日,建设者在加紧改建武汉客厅方舱医院。(柯皓 摄)

　　2月1日，江西省赣州市会昌县九州工业基地的一家环卫用品公司，工人在加紧生产一批废弃口罩专用投放箱。（朱海鹏 摄）

　　2月5日，山东省汇强重工科技有限公司的工作人员在调试清洁消毒车上的喷淋设备，助力新冠肺炎疫情的防控工作。（王继林 摄）

2月11日，浙江省宁波梅山保税港区的康达洲际医疗器械有限公司员工在组装CT机。（陈张坤 摄）

疫情期间，南京市企业加班加点生产负压监护型救护车，为疫情防控提供物资保障。（方东旭 摄）

　　天津港(集团)有限公司生产一线干部员工冒着寒潮,连续抢装快卸两批疫情应急物资。(孙立 摄)

　　2月12日,江铃汽车集团有限公司生产的72辆救护车(其中67辆为负压监护型救护车)在江西省南昌市向塘铁路物流基地集结,等待装上中铁特货班列驰援武汉。(丁波 摄)

2月7日,北京首都国际机场,来自6家医院的防疫物资正在装机,准备运往武汉。(尹璐 摄)

3月1日,装载防护服、口罩等防疫物资的国际全货机飞抵江苏省,其中部分物资通过"绿色通道"转运至武汉。(许丛军 摄)

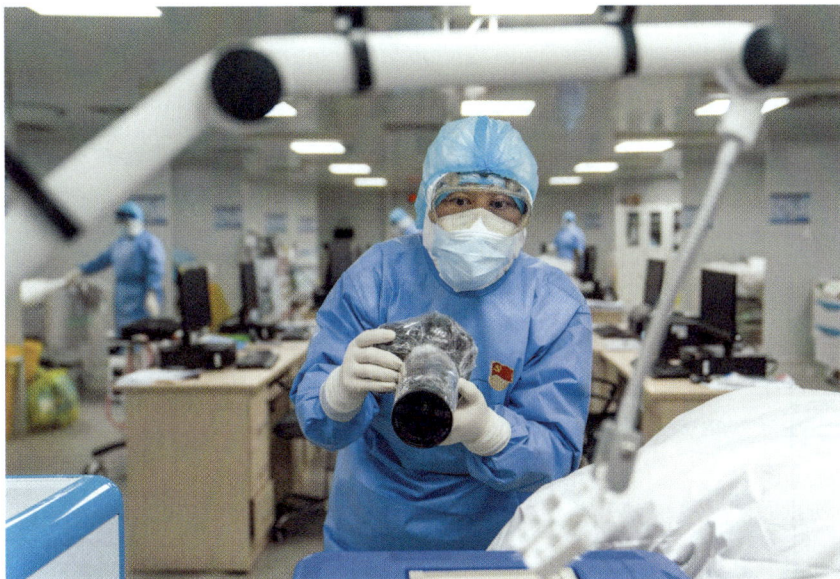

中国摄影家协会主席、人民日报总编室委员李舸在武汉火神山医院重症医学一科现场采访。**(徐讯 摄)**

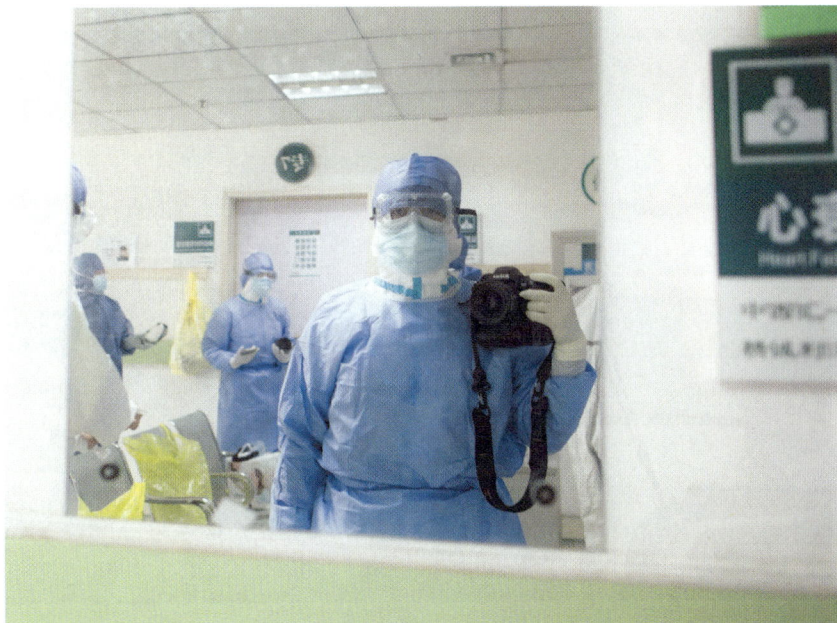

新华社记者肖艺九在武汉市第一医院隔离病房采访时自拍。**(肖艺九 摄)**

光明日报武汉一线报道组记者季春红在驻鄂部队抗击疫情运力支援队采访拍摄。（刘坤 摄）

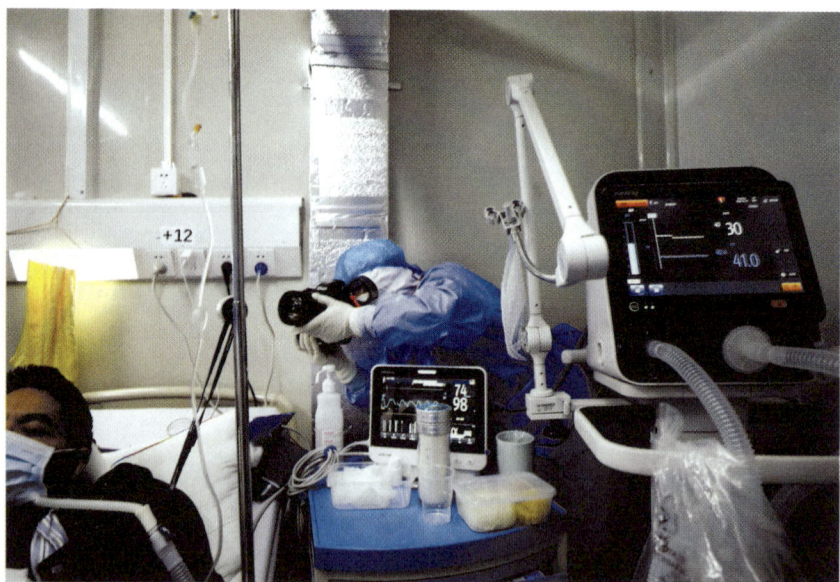

解放军报摄影记者王传顺在武汉火神山医院重症医学一科采访拍摄。（王皓宇 摄）

成长、从磨难中奋起。我相信,有党中央的坚强领导,有中国特色社会主义制度的显著优势,有强大的动员能力和雄厚的综合实力,有全党全军全国各族人民的团结奋斗,我们一定能够战胜这场疫情,也一定能够保持我国经济社会良好发展势头,实现决胜全面建成小康社会、决战脱贫攻坚的目标任务。"

这,是不获全胜绝不轻言成功的决心,是人民战"疫"的信心!

（作者:纪红建,系中国作协会员,第七届鲁迅文学奖获得者）

与你的名字相遇

——写给白衣战士

○ 李　舫

　　在突如其来的新冠肺炎疫情肆虐之时，一个又一个白衣战士，一支又一支医疗队伍，从温暖、安逸、团聚的节日中，从爱人的怀抱里，从幼儿的哭声里，在父母的叮咛中，毅然决然，走进灾难的中心，走向抗疫的战场，和时间赛跑，同病魔决战，与死神较量。在他们曾经漫长的医学教育中，他们懂得了"敬佑生命、救死扶伤"；在他们曾经漫长的医务工作中，他们实践着"甘冒风险、大爱无疆"；而今，在这场与时间的赛跑中，他们用自己的言行，用自己的生命，告诉我们——如何做一个高尚的人。他们中一些人的名字，连同他们的英勇事迹，经媒体报道，被人民广为传颂；还有更多我们还不知晓的故事，还有更多我们尚未知道的名字，还有更多依然奋战在一线的无名英雄，他们也理应被礼赞，被铭记。

一

这是庚子年的冬春交替,这是庚子年的乍暖还寒。

凛冬仍未过去,残雪和病毒藏匿在阴影里,"立春"的蓬勃朝气和"雨水"的葱茏丰泽却扑面而来。久违的阳光澄澈、明润,倾泻在空旷的街道、空旷的广场、空旷的楼宇、空旷的园林,以及空旷的人间,如同一场魔幻剧,散发着饱经沧桑的痛彻、久经忧患的悲悯。一座城市被按下暂停键,陡然间安静如斯;一个民族擦去悲伤的泪水,同病毒加速竞赛;一个国家的人民在灾难中同舟共济、守望相助。

2020 年除夕前夜,武汉封城的消息给人们带来的紧张、焦虑、惊恐,随着时间的流逝似乎渐行渐远。数不清的医护人员、公安干警、人民解放军战士、社区干部、志愿者……在一线奔波,他们昼夜奋战所流出的泪与汗,滴落在口罩、护目镜、防护服上。

这是一双双蔼然忧思的眼睛,这是一张张稚气未脱的脸庞——

一张照片迅速刷屏。1 月 18 日傍晚,84 岁的中国工程院院士钟南山一边告诉公众"尽量不要去武汉",一边自己登上去武汉的高铁。高铁餐车上,钟南山睡着了,疲惫焦虑的双眉依然紧蹙,桌子上是摊开的文件。2003 年,"非典"肆虐,时年 67 岁的钟南山说:"把病情最重的患者送到我们这里来!"17 年后,新冠肺炎疫情暴发,84 岁的钟南山又一次"挂帅出征"。正是他的一声"人传人"的呐喊,惊醒了中国。

又一张照片迅速刷屏。这是一张对比照:1 月 24 日,除夕,一名身着迷彩服的女兵扭着头、抿着嘴,挽起袖子接受注射;大年初六,口罩和护目镜已在她的脸上留下了深深的勒痕。

这名女兵,是陆军军医大学医疗队队员、陆军军医大学第一附属医院肝胆科主管护师刘丽。出发前,刘丽给妈妈打电话说有任务。7 天后,她满脸压痕的照片广泛传播,妈妈才知道,她是到了收治新冠肺炎患者最多的金银潭医院。

这是一个个勇往直前的战士，这是一个个舍生忘死的医者——

"同事们在前线勇往直前，我怎么能当逃兵？"春节前，武汉市中心医院麻醉科护士崔肖回到家乡黑龙江过年。关注着疫情，崔肖的心也不断揪紧："马上飞回武汉，恨不得插上翅膀回去支援。"2月1日，崔肖赶回武汉。每天与病毒和危险相伴，崔肖毫不畏惧：这是我的责任，也是我的义务。

2月18日10点54分，51岁的武昌医院院长刘智明停止了呼吸，一个智慧、明亮的生命从此定格。

改造病区、腾挪病房、运送患者、调配人员、解决物资……他在同时间赛跑，也在同自己的生命赛跑。终于，就在武昌医院大规模收治患者的当天，刘智明自己也躺到了病床上，CT结果显示肺部严重感染，病毒核酸检测确诊为阳性。一起战斗！他向战友们发出邀请。可是，这一次，他没能跑赢死神，化作了天空中最亮的一道光。

这是一场没有发令枪的接力赛，这是一场没有硝烟的战争——

朱海秀——22岁的朱海秀，是中山大学附属第三医院首批23名支援湖北医疗队队员中年龄最小的一位，清秀的眼眸天真无邪。

彭银华——29岁的武汉市协和江南医院呼吸与危重症医学科三病区的医生，在金银潭医院悄悄辞别了人间。此时，他身怀六甲的妻子正等待他回去举行婚礼，谁承想，结婚照变成了遗照。

吴亚玲——母亲猝然离世，吴亚玲躲在员工通道的一个角落里，通过视频同母亲诀别。当晚，脱下厚重的防护服，吴亚玲在狭小的宿舍里哭了整整一夜。

韩家发、王琼娅——夫妻俩，一个是武汉市汉口医院放射科副主任，一个是武汉市汉口医院副院长，他们将孩子交给老人，果决地双双奔赴战场。

余平、李叶子——夫妻俩都在武汉市中心医院急诊科，但是疫情却让他们咫尺天涯。2月14日，余平给妻子准备了一份别样的礼物：科室刚发的防护服和N95口罩。"这个特殊的情人节，我们都要好好的！礼物奉上，请笑纳。"

曹志刚——三峡大学附属仁和医院急诊重症医学科主任。疫情发生后他第一时间投入战斗，成为医院专家救治组成员，从此，他的生活里便没有了白天和黑夜。"爸爸，您是我的骄傲！"儿子给他的一封长信，让他双泪长流。

彭渝——陆军军医大学第一附属医院护理处处长、主管护师。她没来得及通知家里，就来到金银潭医院。几天后，丈夫还是从电视新闻中发现了她的身影。他在给她的信中写道："媳妇，见字如面：太了解你的脾气，又是一次艰巨任务，望规范操作，把握流程细节，切勿粗心莽撞，沉着冷静……你是我妻也是战友，务必牢记初心如磐、使命在肩，盼早日凯旋。"

还有多少在我们眼前飞驰而过的名字？它们像一道道闪电、一声声激雷，在空中高升、炸裂、凝固。谌磊、王强、沈雪、杨波……淳朴的父母用他们朴拙的心写下了对孩子最素朴的祝福。宋彩萍、赵玉英、黄团新……父母将他们美丽的期冀小心翼翼地包裹在孩子的名字里，希望他们有丰富的人生、卓越的建树。郭玮、贾娜，浪漫的父母是一个最动人的调色盘，他们祝福自己的孩子——天匠染玮烨，花腰呈袅娜。付靖、江世娥、余琳欢，父母将怎样宁静古老圆融的理想安置在孩子的名字之中，期盼他们娥媌靡曼，一生靖晏，平安无虞，满目琳琅。张定宇、夏思思，读着这饱含忧思和神祇的名字，就知道他们的父母是如何将曾经苦难的中国托付给未来。是的，孩子们没有辜负他们的父母，沧海横流，方显英雄本色。

还有多少我们还不知晓的故事，还有多少我们尚未探知的名字？

还有多少被口罩和护目镜遮住的面庞？还有多少累得瘫在桌上、椅上、地上的身影？

二

此时此刻，我们用笔、用心写下你的名字，猜测口罩、护目镜、防护服后你的模样。很多年前，究竟是什么吸引着你走进医学院的大门？是什么让你选择了一个与灵与肉打交道的职业？从一个怀揣无数问号的学生，成长为一名守护神圣生命的战士，这之间曾经发生过什么？而你，又曾经遭遇过什么？

很多很多时候，我们猜测，你究竟在实验室度过了多少枯燥的时光，在解剖室受过了多少惊吓，在标本室看到了多少被浸泡在福尔马林里的器官，在显微镜下观察了多久才知道了细胞与细胞的不同，在自习室默诵了多少遍药物的分子式以及它们的英文、法文、德文、拉丁文名字，你究竟是怀着怎样的勇毅和顽强完成了四年五年乃至八年十年的学业，才成长为一名合格的白衣战士。

当你拿起手术刀走向你的第一个患者，当你拿起注射器走向你的下一个患者，你在想什么？当你完成消毒走到无影灯下，当你完成例行的查房写下长长的病志，你在想什么？当你做完一台手术完成一场抢救，当你看着患者恢复健康走出医院大门，甚至忘记了向你道谢、与你告别，你在想什么？

成长为医者的过程，是漫长的苦行僧的过程，是与遗忘、与懒惰、与颓废、与寂寞，甚至与自己搏斗的过程。你首先要忘记自己，才能完成患者交付的一切。你还要习惯于生活里没有自己，才能习惯在每一个静谧的夜晚被急救的电话惊醒，在每一个需要你的时刻放下一切决然返航。

成长为医者的过程,是漫长的远航者的过程,是与暗礁、与风暴、与雷电、与枯寂,甚至与大自然搏斗的过程。你首先要放眼辽阔的远方,才能完成既定的航程。普利策的那句话说的何尝不是你——倘若一个国家是一条航行在大海上的船,那么你就是船头的瞭望者,在一望无际的海面上观察一切,审视海上的不测风云和浅滩暗礁,及时发出警报。

在医治病患之前,你要学会医治自己。成长为医者的过程,是你不断丰富自己、改造自己、完成自己的过程。你需要学会多少、经历多少,才能够让素不相识的患者在第一时间就信任你;你需要怎样的尊严和骄傲,才能够让自己抵挡住无处不在的诱惑;你需要怎样的理想和信念,才能够在见过成千上万的病痛之后,免于可能出现的职业化的倦怠与冷漠,保持着曾经的赤子初心。

每一天,每一刻,我们在电视里、在微信中,在亲人的信笺上、在远方的思念里,寻找你的名字,默念你的名字。这些日子以来,我们也在懂得你,并学习记住你的名字。

可是,很多很多时候的你,没有名字。

脱下白色战袍,你是我们的父兄、姊妹、妻儿,我们的远亲、近邻,我们的同学、同事。可是,穿上白色战袍,你又立刻变身,成为一个又一个被封缄在防护服里的"钢铁侠",一个又一个化身拯救人类无所不能的"奥特曼"。

三

一袭白衣,到底有什么样的魔力,能让一个人不惧生死?

你还记得那部记载"神农尝百草"的典籍吗?"民有疾,未知药石,炎帝(神农氏)始草木之滋,察其寒、温、平、热之性,辨其君、臣、佐、使之义,尝一日而遇七十毒,神而化之,遂作文书上以疗民疾,而医道自此始矣。"上古时候,五谷和杂草长在一起,药物和百花开在一起,哪些粮食可以吃,哪些草药可以治病,谁也分不清。黎民百姓靠打猎过日子,天上的飞禽越打越少,地上的走兽越打越稀,人们就只好饿肚子。谁要是生疮害病,无医无药,不死也要脱层皮啊!老百姓的疾苦,神农氏瞧在眼里,疼在心头,于是,尝百草,兴医道。

你还记得那个"悬壶济世"的传说吗?"市中有老翁卖药,悬一壶于肆头,及市罢,辄跳入壶中,市人莫之见。"连《西游记》中记载神通广大的孙悟空成仙之道,都与"悬壶"密切相关:孙悟空在炼丹房里遍寻太上老君不遇,但见丹灶之旁,炉中有火,炉左右安放着五个葫芦,葫芦里都是炼就的金丹,于是他就把那些葫芦里的仙丹悉数倒出来吃掉,从此百病不侵。

你还记得那个"妙手回春"的故事吗?战国时期,本名"秦越人"的神医经过虢国时听说虢太子猝死,就问中庶子太子的症状,众者束手无策,只有秦越人认为虢太子只是假死,可以救活。秦越人叫弟子子阳磨好针,在太子的穴位上扎了几针,太子瞬间苏醒过来,不久便完全康复。秦越人赢得了"妙手回春"的称号,由此被后世称为翩翩欲飞的"扁鹊"。

一袭白衣,竟然有着如此魔力,能让一个人不惧生死。

有谁见过穿"尿不湿"工作的医生?

抗疫初期,医疗物资短缺,医护人员超负荷运转,为了争取更多的时间救治患者,不敢摘下口罩脱下防护服,不敢吃一点饭喝一口水。甚至为了尽可能不去卫生间,你随身准备了"尿不湿"。

有谁见过满脸都是压痕的护士?

值完一个班次,从隔离区走出来,你摘下护目镜和口罩,额头、脸颊满满都是深深的压痕,这样的痕迹甚至几个小时都清晰可见,不少人脸部的皮肤过敏红肿。

有谁见过这样绵延不绝的白色长城?

截至 2 月 23 日,全国 29 个省区市和新疆生产建设兵团、军队系统已调派医疗队 330 多支、医护人员 41600 多名驰援湖北、驰援武汉。

国有难,召必至。

我们见过冲锋陷阵的战士,见过慷慨赴死的斗士,可是,有谁见过天使的模样?

如果有谁见过穿着"尿不湿"的医生,见过满脸都是压痕的护士,见过防护服后背上写着"精忠报国"的"岳飞",见过"北协和、南湘雅、东齐鲁、西华西"的硬核"王炸",那他一定就会知道天使的模样。那就是——你。你也许愤怒于一次不公平的伤医暴力,却从未输过一次民族大义。

"我的心裂成了两半——一半为你担忧,一半为你骄傲。"

这是写给远行者的牵挂,也是写给"逆行者"的礼赞。

还有——那些只留下名字却不再有肉身的牺牲者。在废墟旁,在瓦砾间,在春草中,在云朵上,燃烧着的红烛在微风中发出"噼噼啪啪"的巨响,那是死者向生者的告别,生者为死者的祷告。

什么是医者仁心? 什么是大爱无疆?

武汉立春之日,一个感染新型冠状病毒的不到半岁的娃娃,隔着玻璃窗向医生伸手要抱抱,医生忍不住掩面而泣。医者,就是宣布这温润柔软的小生命降生的母亲。

缺少物资的那些时刻,高烧的病患走进急救室,护士不顾被感染的危险搀扶他落座,为他测量血压、心跳,告诉他不必担心,可以尽快安排住院。医者,就是在关键时刻挺身而出护佑你平安的亲人。

几乎每一天都有这样的手术:气息奄奄的重症患者被火速推进

ICU，呼吸科、传染科、重症科、心外科……各个兵种的白衣战士闻令而动。长长的插管探进脆弱的气道，锋利的手术刀绕过肋骨插入胸腔，一个人的生命就这样尽在你的掌握之中。医者，就是引领黑暗中的行者走出生命中最暗淡迷宫的圣者。

也许还会有这样的时刻——一个新的生命在你手中呱呱坠地，他第一眼望向的是你，他清亮的瞳仁、清明的记忆里都是你；一个垂死的生命在最后的时光里凝视着你，他用无言的祈望向你求助，可是你竭尽全力却无法再挽留他一程，他带着对你的最后影像、最后记忆奔赴他的另一场旅程。

还有谁这样信任你，将此生的生老病死都托付给你，将最后的牵牵绊绊都预支给你？

是的，片云会得无心否，南北东西只一人。

从医学院走出来的医者，都不会忘记他们甘于为之赴汤蹈火、万死不辞的"希波克拉底誓言"：

"仰赖医神阿波罗、阿斯克勒庇俄斯、阿克索及天地诸神为证，鄙人敬谨宣誓，愿以自身能力及判断力所及，遵守此约。凡授我艺者，敬之如父母，作为终身同业伴侣，彼有急需，我接济之……我愿尽余之能力与判断力所及，遵守为病家谋利益之信条，并检束一切堕落及害人行为……我愿以此纯洁与神圣之精神，终身执行我职务……倘使我严守上述誓言时，请求神祇让我生命与医术能得无上光荣，我苟违誓，天地鬼神共殛之。"

四

己亥末，庚子春，荆楚大疫，染者数万，众惶恐，举国防，皆闭户,道无车舟,万巷空寂……医无私,警无畏,民齐心,政者医者兵者,扛鼎"逆行"永战矣。商客、邻家、百姓,仁义者,邻邦捐物捐资。叹山川异域,风月同天;岂曰无衣,与子同裳。能者竭力,万民同心。

——摘自网络

这是庚子年的冬春交替,这是庚子年的乍暖还寒。也许,多少年后,人们会如此反复谈论起这个庚子年的这场抗疫战争。

时光倥偬而逝,生命总有长情。汉江边,春柳萌绿;古琴台,樱花吐蕊;黄鹤楼巍峨耸立,龟蛇峰层峦叠嶂;晨光唤醒性灵,晚霞映照东湖;夜色中的楚河汉街灯火辉煌、人潮涌动,千禧钟悠然鸣响;远方的游人在此朗声大笑:晴川历历汉阳树,芳草萋萋鹦鹉洲——这样的一天还远吗?

在这样的未来,散去的白衣天使,江城是否还记得你的名字?

有人提议,建一道长墙,将你的名字和影像镌刻于上;有人提议,建一个广场,让后世记得你的血泪和欢笑;有人提议,建一个公园,让大地和草木都来证明,凡今之人莫如兄弟,骨肉之亲析而不殊;有人提议,建一座博物馆,令子孙铭记灾难,铭记你拯救众生于水火的无私与无畏。

可是,或许,江城的人民更愿意拒绝肤浅的赞歌,拥抱生命的反思;更愿意将你的名字封印在这山山水水、人来人往的空间,封印在他们身边、他们心底;更愿意在每一个朝霞清露的早晨,在每一个寸心隐动的黄昏,在每一个情爱缠绵的瞬间,在每一个远别和相逢的时刻,在每一个字字锥心、声声泣血的怀念里,与你的名字相遇——

也与你相遇。

(作者:李舫,系人民日报海外版副总编辑)

守护苍生

——记战"疫"中的钟南山

○ 熊育群

疫情再度告急

2020 年 1 月 18 日傍晚,腊月二十四,钟南山赶到了人山人海的广州南站。正当春运,去武汉的高铁票早已卖光,事情紧急,颇费周折他才挤上了 G1022 次车,在餐车找了一个座位。

他走得非常匆忙,羽绒服都没有带,只穿了一件咖啡色格子西装。接到请他紧急赶到武汉的通知,他就感觉此行不同寻常。尽管疲惫,他还是打开电脑,开始仔细研究每份材料和文件。

这一天,武汉的新冠肺炎确诊患者增加到了 62 例。这种原因不明的病出现在新闻中,给这个漫长的暖冬带来一丝隐忧与不安。此时人们还不以为意,南来北往的人流正在向着家的方向聚集。人们奔波忙碌了一年,都在筹划着怎样过大年。谁也想不到,一个潘多拉魔盒正在打开。这个庚子鼠年注定因此而被载入中国史册。

钟南山不时看一下手表,实在困了,就在低矮的靠背上仰头睡了一下。这张打盹的照片后来迅速在网上传开。照片里，乘客都在低头看手机，他几乎是唯一的老年人。4 个多小时后，他在深夜时分抵达武汉。

在会议中心住下，钟南山的神经仍是紧绷的。武汉出现的病例让他高度警惕。这一路奔走，如同在梦境中穿行，不只是空间在跨越，时间似乎也在这个时刻恍惚。

17 年前那场令国人记忆深刻的抗击"非典"的战争中，钟南山临危受命，担任广东省非典型肺炎医疗救护专家指导小组组长。那一年，也是春天，疫情在广东突然出现，不久，北京等地开始传播。疫情最初在广东河源、中山、佛山发生，患者被急急送往广州。患者接触过的人倒下了，医生护士也不能幸免。患者发烧，面部、颈部充血，紧接着出现呕吐、干咳，肺部出现白肺，呼吸开始变得困难，患者多死于呼吸衰竭或多脏器衰竭。一时谣言四起，人们抢购罗红霉素、板蓝根、醋……

那一次，钟南山急了，他第一时间请缨，要求把所有重症患者全部集中到他所在的广州呼吸疾病研究所来。病因不明、病症难治、糟糕的是，疾病传播途径尚不清楚，个别医生有顾虑。钟南山知道事情的严重性，他坚定地说："医院就是战场，作为战士，我们不冲上去谁上去？现在是需要我们站出来的时候，不能有丝毫犹豫，因为我们是医生，这是我们的职责！"

这一次，武汉的患者发烧、乏力，部分出现干咳，痰很少，少数有流鼻涕、鼻塞、胃肠道症状，个别有心肌、消化道、神经系统问题。这与"非典"既相似又不一样。他判断，两者相比，尽管有很多同源性，但应是平行的完全不同的两种病毒。这种新型病毒到底有多危险，会怎么变异，他并不了解。这正是他忧虑的地方。

抗击"非典"那年钟南山 67 岁，今年 84 岁，17 年的岁月在他的青丝上留痕，秋霜似的白发笼在他的额头。想不到耄耋之年他还要与病毒交战！有网民说："他劝别人不要去武汉，他却去了。明知道老年人最易感染。"在高速行驶的列车上，不知他是怎样一种心情。他嘴角深弯向下，不只是疲惫，还有衔悲。从此刻的忧心到后来的多次哽咽、含泪，疫情的发展比他估计的还要严重。

武汉一夜，钟南山难以入眠。国家又一次面临考验，人民又一次受到瘟疫的威胁。他辗转反侧，等来了天亮。窗外，树木萧瑟，北风刮过街巷。他实地调查研究，今天与昨天、昨天与前天，情况都在变化，2天内确诊了 139 例，出现了人传人的情况，还有医护人员被感染了，这是一个非常重要的标志……

历史似乎在重复，他最不想看到的一幕又出现了。当年央视王志的《面对面》新闻节目，钟南山面对观众说出了真相。同样是央视，白岩松的《新闻1+1》节目，他再一次说出了真相，郑重公布："现在可以说，肯定的，有人传人现象。"

此言一出，惊醒了国人，人们匆忙的脚步停了下来，迎大年的节奏被打乱了。当年"非典"那一幕瞬间回到了人们的记忆中。

1月 20 日下午，他答新华社记者问，提出了对武汉防控的主张，即武汉减少输出，要对火车站、机场等口岸实行严格的检测措施，首先是测体温，有症状特别是体温不正常的须强制隔离；除非极为重要的事情，外地人一般不要去武汉。

他提醒，疫情预防和控制最有效的办法是早发现、早诊断，还有治疗、隔离。对已经确诊，或者将要确诊的患者，要进行有效的隔离，这是极为重要的！目前没有特效药，戴口罩很重要……

他呼吁各级政府领导要负起责任来，这不单纯是卫健委的问题。他提醒政府、医护人员、全社会都要关心，属地领导要担起责任。现在处在一个节骨眼儿上，春节期间得病的人数会增加。但他不希望呈现链式的发展。要防止它传播，要害是警惕在传播过程中出现超级传播者。

这些呼吁，在他赴武汉考察后及时发出。

天下救人事最大

事态急剧发展。年关逼近。钟南山在武汉、北京、广州三地奔波，再无喘息之机。

武汉在大年三十前一天封城。不久，紧挨武汉的黄冈市封城，远在千里之外的温州乐清市、瑞安市、永嘉县封城……大小城市街道静悄悄，人影难觅。史无前例的举措举世震惊，一切都是那样的措手不及。但灾难从来就是猝不及防的。

庚子大年，烟花爆竹突然沉默不响了，大江南北一片寂静。人们关在家里，不再相聚相庆，不再串门拜年，喜庆之气被疫情冲得踪迹全无。

中央沉着指挥。大年初一召开了中共中央政治局常务委员会会议。一场只能赢不能输的战争打响，保卫生命必须争分夺秒！

1 月 18 日，钟南山到武汉，立即投身战斗。19 日一早，参加国家卫健委、武汉卫生部门会同有关专家召开的会议，分析疫情，接着去金银潭医院、武汉市疾控中心实地考察调查，下午同其他专家研究，傍晚 5 点赶去机场乘飞机到北京参加当晚国家卫健委召开的会议，凌晨 1 点半散会。这一夜他只睡了 4 个小时。20 日晨 6 点起床，研究汇报材料后，赶到国务院，向孙春兰副总理汇报。中午 1 点半，国家卫健委召开高级别专家组会议，李克强总理出席，随即召开新闻发布会，直到晚上 7 点结束。9 点半，钟南山以连线嘉宾身份出现在央视《新闻 1+1》中，公开了重要的疫情信息。21 日，他又在广东省首场疫情发布会上，介绍广东全面加强疫情防控情况……忙碌的节奏一直持续到除夕之夜，作为疫情应急科研攻关组组长的他，大年三十也回不了家。

钟南山再次成为新闻公众人物，他分秒必争的身影出现在大众视野中：1月29日下午，他领衔广州医科大学附属第一医院专家团队与武汉前方的广东医疗队ICU团队进行远程视频会诊，5个危重症患者出现在大屏幕上。会诊室里，他坐在中心位置，通过视频察看患者病情，十几个专家坐在他的身后，从用药到基因全测序，大家讨论着，关键时刻，钟南山怕ICU医生听不清他的话，摘下了口罩。这一次会诊时间持续了6小时18分钟。

有"病毒猎手"之称的美国哥伦比亚大学教授利普金到访中国。1月30日早上6点，钟南山与他会面。由于钟南山当天要赶到北京参加全国疫情防治策略座谈会，利普金教授在他前往机场的车上与他探讨疫情。白云机场到了，他们在航站楼前告别。飞机起飞，几个危重症患者的治疗方案摊开在钟南山的活动桌板上，他要在飞行时间内确定救治方案。下了飞机出首都机场航站楼，北京卫视的记者接他上车，在路上对他进行专访，许多社会关心的重要问题需要他及时回答。目的地到了，下车后，他大步流星直奔会场……

座谈会在中国疾控中心召开，李克强总理亲自参加，就进一步加强科学防控疫情听取专家意见。李克强总理进入会场，对专家说，本该与大家握手的，但按你们现在的规矩，握手就改拱手了。会议结束后，李克强总理与专家们告别，他特意走过来对钟南山说："还是握一次手吧！"

钟南山在会议结束后赶回了广州，他为又一批广州驰援武汉的医疗队送行。广东是最早派出援助武汉医疗队的省，先后派出了20多批。解放军医疗队也出动了。全国各地医护人员救援的调动规模和速度大大超过了当年汶川地震。白衣天使们义无反顾，就像军人开赴前线一样，子与父别，妻与夫别，儿与母别……虽不能说是生死诀别，但谁又能保证每个人都能平安归来？就算他们防护得再好，也难保在"枪林弹雨"中不被击倒啊！这些白衣战士有的是钟南山的学生，有的是他

钟南山院士在广州医科大学附属第一医院接受媒体专访。（谭伟山 摄）

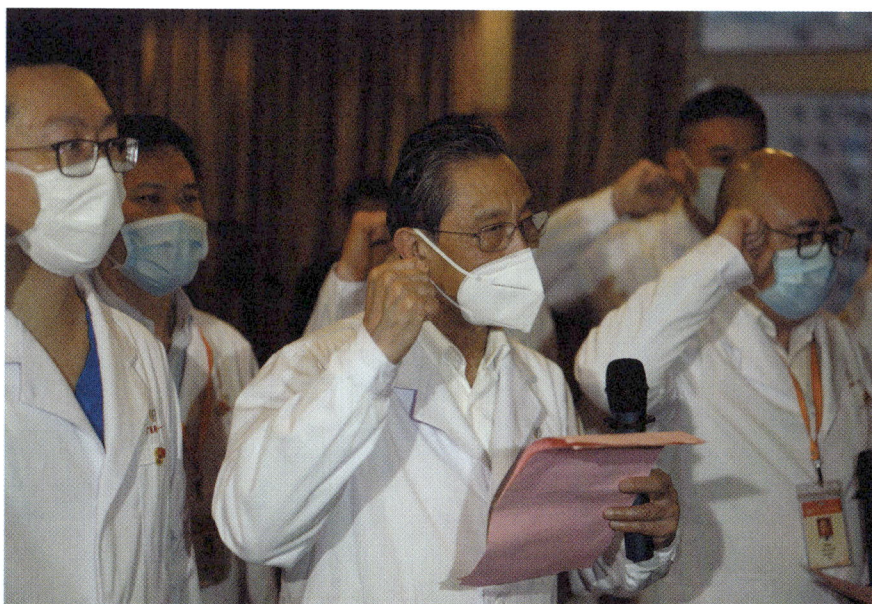

3月2日，广州医科大学附属第一医院举行首批战"疫"一线火线发展党员的入党宣誓仪式，钟南山院士领誓。两名新发展预备党员在武汉采用远程视频的形式宣誓。（谭伟山 摄）

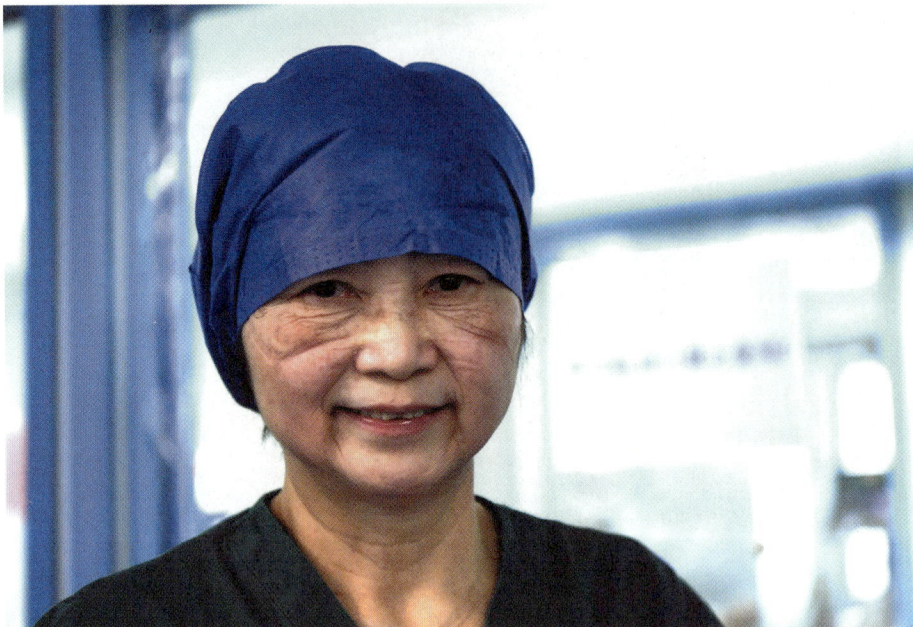

2 月 20 日，李兰娟在武汉大学人民医院东院区 ICU 病房探视新冠肺炎危重症患者。问诊结束后，李兰娟脱掉防护装备，面部的压痕清晰可见。（安源 摄）

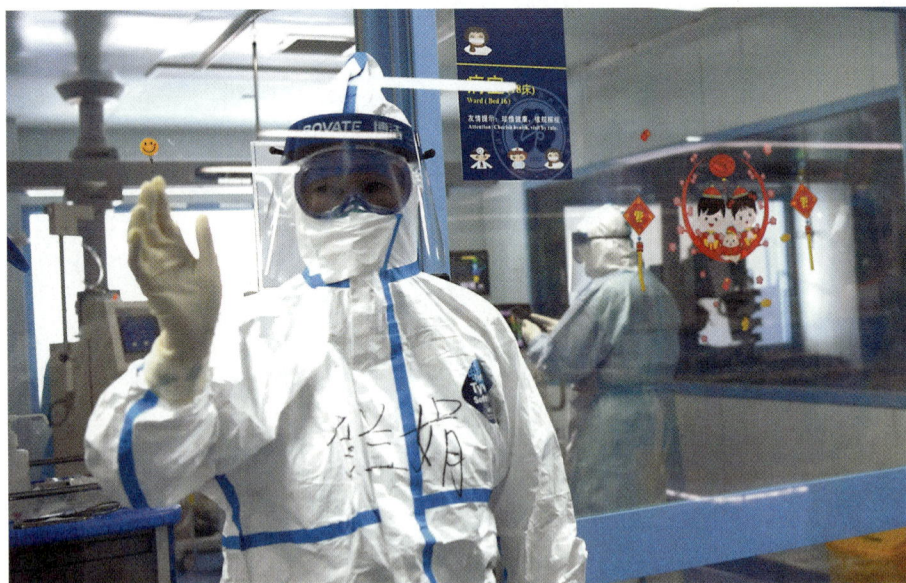

2 月 20 日，李兰娟在武汉大学人民医院东院 ICU 查房。（安源 摄）

1月27日，在武汉市金银潭医院综合病区楼，张定宇在联系协调工作。（柯皓 摄）

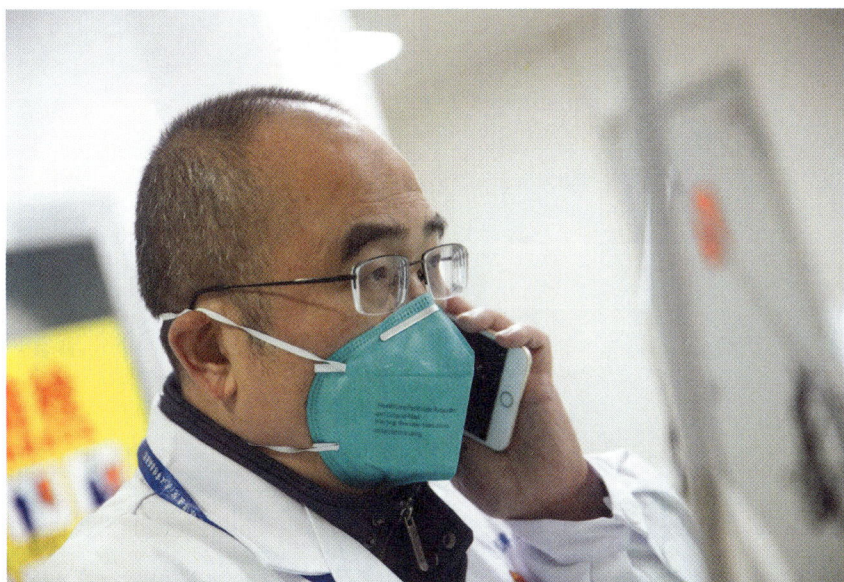

1月27日晚，武汉市金银潭医院，张定宇在协调新冠肺炎危重症患者转运。（柯皓 摄）

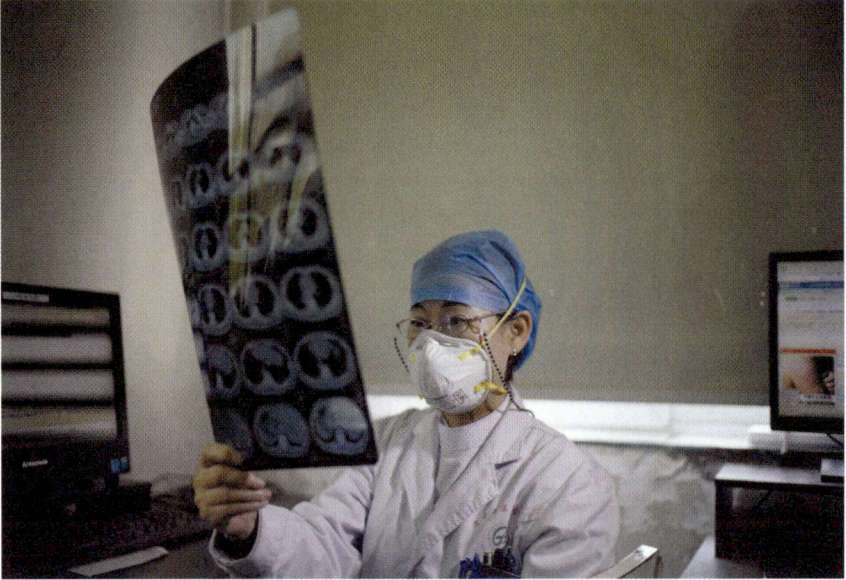

　　湖北省中西医结合医院的呼吸与危重症医学科病区，主任医师张继先正在通过 CT 片观察患者的病情发展。（**陈黎明 摄**）

　　3 月 11 日，湖北省中西医结合医院，呼吸与危重症医学科主任张继先（前排中间）在病房巡诊。（**季春红 摄**）

的同事,他得细细叮嘱。

在抗击"非典"期间,钟南山带领的广州呼吸疾病研究所的医护人员像一队尖兵,向病魔发起了一次次冲锋。先后有 26 位医护人员倒下,但全院没有一个人后退,有的治愈后又投入了战斗。当世界卫生组织的人询问钟南山:"你们有没有医生离开?"钟南山自豪地告诉对方:"一个也没有!"

这一次同样如此,没有一个逃兵。钟南山对他们说:"你们是去最艰苦的地方、最前线的地方、最困难的地方、最容易受感染的地方进行战斗,我向你们致敬!我们等你们胜利回家!"他一直把他们送到车上。

随后,他参加了国家卫健委、广东卫健委和专家举行的电视电话会议,根据近期的疫情救治工作和病毒研究成果,对新型冠状病毒的流行病学特点、临床表现、诊断标准和治疗方案进行讨论、优化和修正,为新冠肺炎临床救治工作提出指导意见。最后专家们集中了三条意见,这些意见迅速向全国参加抗疫的医务工作者传达。

同一天,钟南山院士团队和李兰娟院士团队分别从新冠肺炎患者的粪便中分离出病毒。钟南山对新冠肺炎是否会通过粪口传播又接受了媒体采访……

冠状病毒形如皇冠,在微生物的世界里无影无形,藏在人的身体里,躲在空气中,四处皆暗藏杀机。它肆虐的速度就像人类高铁的速度、飞机的速度。人们惶恐、无助,盼望权威出现。网上有人把钟南山、李兰娟画成了一对守门神,取代了神荼、郁垒。钟南山不得不频频出镜,及时回应社会关切,为大众答疑解惑。他的出现给了众人信心,安定了人们紧张的情绪。

钟南山亲自示范脱口罩的正确方式,回答一个个问题。哪些症状必须到医院就诊检查,哪种情况可以在家隔离?没有发热症状,怎么排查隐形的感染者或潜伏期患者?什么时候能够接种上新型冠状病毒疫

苗?疫情的走势如何判断?返程春运拉开了序幕,对疫病防控会有什么
影响? ……他的发声甚至影响到了股市走势,很多炒股软件不放过他
的每一句话。

这一切,对于一位 84 岁的老人意味着什么?他这是在用生命战
斗!他把人民的生命看得比自己的生命更加重要!为他着急的莫过于
他的家人。妻子李少芬看到熬红了眼睛的他生气心疼,却又无可奈何。
她知道自己劝也劝不住,天下救人事最大,他这一辈子最在乎的就是
患者。

仁心乃本心

的确,作为医生,钟南山最牵挂的还是患者。死亡人数一天天上
升,很快就突破了一千,又升到了两千。钟南山寝食难安,他变得容易
落泪,容易伤感。患者对他而言从来就不是一个抽象的数字,而是一个
个鲜活的人,他怜惜他们,心疼他们。除了指导决策、科研攻关等工作
之外,一有机会,他就要去救人。

钟南山并不喜欢用手机,但他的手机 24 小时开机,为的是医院有
什么请求,他可以及时处理。一个求救电话打来,无论什么情况,他都
不能耽搁。看到这么多同行病倒,他十分揪心。在武汉抗疫一线有他很
多学生和同事, 他的团队有 7 位干将在武汉协和医院西院 ICU 奋战,
20 个床位安排的全都是重症中的重症。这个重症隔离监护室并排放置
了两台大屏幕,24 小时连线广州钟南山院士团队的 50 位专家。钟南山
除了给重症患者会诊,每天都要了解医生护士的身体状况,询问隔离
措施是否到位。有个学生给他发来武汉人民唱国歌的信息,钟南山顿
时热泪盈眶。他知道,艰难时刻,士气非常重要。

抗击"非典"时就是这样,即使在最艰难的时刻,他们的士气也是高昂的。钟南山带头进入重症隔离监护室检查患者,亲自制定救治方案。有一次,一个呼吸衰竭的患者等待抢救,但呼吸机还在调试,情况紧急,钟南山亲自帮忙将患者推到手术台,用简易人工气囊给患者做人工呼吸。这样做,感染的风险非常高。许多医生就是做人工呼吸时被患者从气管喷射而出的血和痰液感染的。但是生死一刻,需要的就是这样的勇气!

一生与患者在一起,钟南山心里装的全是患者,哪怕出差在外,他也不忘给患者打电话,询问他们的身体状况。抗击"非典"时钟南山病倒了,肺部出现阴影。他以家为病房进行自我治疗,第三天高烧刚退他就出现在病房里。现在,在他家门框一角还有一颗长铁钉,那是他自己给自己打吊针留下的纪念。如今80多岁了,他仍然天天工作到很晚,双休日则安排工作会议,从来没有休过假,从来没有陪同妻子旅游过。

钟南山在病房查房时喜欢坐在患者身边细心听患者说话,拉着患者的手询问病情。有的患者身上散发出异味,他也不以为意。开专家门诊他总是提前半个小时到,一直看到晚上七八点,妻子不得不把饭送来。他认为,如果硬以上班8小时画一条线,那不是一个好医生。他是那么细心。冬天的时候,他会先搓暖自己的手,怕手凉让患者不舒服;查房时,他会给过生日的患者送上祝福。患者治愈出院,是他最开心的时刻。他从患者的喜悦中找到了自己人生的价值和快乐。

敢医敢言是天性

网络上,流传着一张钟南山接受新华社记者采访的视频截图。他讲到"相信武汉能够过关,武汉是一座英雄的城市"时,两眼噙泪,嘴唇紧紧抿成了一道弧线。这张照片把他的刚毅与深情展露无遗。

所谓医者仁心。医者,需要学者严谨坚毅的意志,也需要一颗慈爱之心。钟南山就是二者完美的结合。智慧与拙朴,硬朗与宽厚,坚毅与脆弱,不屈与妥协,尊严与随和,铁面与柔情……这些性格在他身上实现了对立统一:前者更多表露在他那张坚毅的脸庞上,后者却深藏于内心。

钟南山是岭南知识分子最典型的代表,对人和生命有着最纯朴的理解,对事业和生活有着最单纯的热爱与赤诚。岭南多耿介之士,因为这片土地凝聚了厚重的务实精神。

钟南山的家安在一栋有水泥外墙的旧楼中,连电梯都是后来加装的。室内是 20 世纪的老式家具,天花板上悬挂着吊扇,墙上挂满镜框。钟家人聚在一起,谈的是医疗,讲的是学术追求,从来不谈钱。钟南山连自己的工资是多少也不知道。

钟南山的家有两大特点,一是运动器具多,有跑步机、单车、拉力器、单杠、哑铃;二是书多。这充分体现了钟南山的两大爱好——医学和体育,这两项也成了他家庭的最自豪之处。他的家庭,是医学世家,也是体育之家。他的父亲是儿科专家,母亲是高级护理师,都曾赴美深造。他的儿子是主任医师、博士生导师。他的妻子曾是篮球明星,担任过中国篮球协会副主席,曾作为中国女篮副队长出征 1963 年亚洲太平洋新兴国家运动会。他的女儿是优秀的蝶泳运动员,曾打破过短池游泳的世界纪录,获得世界短池锦标赛 100 米蝶泳冠军。儿子也是医院篮球队的"中流砥柱"。钟南山本人则在我国首届全运会上以 54.4 秒的成绩打破 400 米栏的全国纪录,一举夺冠。1961 年,他还获得了北京市十项全能亚军。钟南山高龄之下抗击疫情的毅力与体力都能从这里找到答案。他奔走各地之间,两脚仍然生风。

他教导子女:要永远有执着的追求,办事要严谨要实在。看事情或者做研究,要有事实根据,不轻易下结论,要相信自己的观察。他一生记住的是父亲对他的期望——一个人对社会要有所贡献,不能白活。这句话成了他们家庭的人生信仰。

钟家墙壁上挂着一幅字:"敢医敢言"。这是四年前别人送他的,四个字道出了屋主人的风骨。"敢医敢言"是他的天性,是"一个人要说真话,做实事"的钟南山用一生践行的家风。他推崇讲真话。科学追求真理,如果连讲真话都做不到,谈何真理。对待科学,钟南山那股岭南人的耿介劲儿就像一头蛮牛——他只认真理不认权威。

早年赴英国进修,他挑战英国医学权威牛津大学雷德克里夫医院克尔教授。钟南山在爱丁堡研究人工呼吸对肺部氧气运输影响时,发现他的实验结果与克尔教授论文的结论完全相反。钟南山毫不犹豫提笔写出了论文。有人说他胆大狂妄。在剑桥学术会议上,专家们被这个中国人的发言惊呆了!先是一阵沉默,继而变为骚动。克尔教授的三个高级助手连珠炮一样提出了八个问题,钟南山一一回答。就钟南山论文能否发表举手表决的时候,全场鸦雀无声。接着,评委们一个个举起了手。在科学面前他们的手举得高高的,一个也不少。

当年"非典"的一场新闻发布会上,有人宣称疫情已经得到了有效控制。钟南山当场开炮:"什么叫控制?现在病源不知道,怎么预防不清楚,怎么治疗也还没有很好的办法,特别是不知道病源!现在病情还在传染,怎么能说是控制了?"北京某些权威专家通过权威媒体发布结论:"引起广东部分地区非典型性肺炎的病原基本可确定为衣原体。"在广东省卫生厅召集的紧急会议上,钟南山又站了出来,他不认为病原是衣原体,衣原体只是最终导致患者死亡的原因之一,而主要病因可能是一种新型病毒。他的观点随后被广东省卫生厅采纳,成为抗击"非典"的重要分水岭。

钟南山就是这样一个"蛮人"。他的认真有时连命都不顾。在英国进修时，为了搞清一氧化碳对血液氧气运输的影响，他用自己当试验品——吸进一氧化碳。他请来皇家医院的同行，向他体内输入一氧化碳，不停地抽血检测。他血液中一氧化碳浓度达到15%时，医生和护士都叫了起来："太危险啦！"他们要他停止。这时钟南山就像连续吸了50到60支香烟，头脑开始晕眩。但钟南山摇着头，他不能半途而废，他要靠实验画出一条完整的曲线。他继续吸入一氧化碳，血红蛋白中的一氧化碳浓度在上升，直到22%，曲线完整显示。钟南山感觉天旋地转。在场的医生都被他的献身精神打动。

中国有个钟南山，这将是一个时代的记忆！

（作者：熊育群，系广东文学院院长）

白衣天使在作战

○ 张国云

面对这场突如其来的新冠肺炎疫情，截至 2020 年 2 月 25 日，浙江派遣了 2000 多名医护人员驰援湖北，在派出医疗队的全国各省、市、自治区中人数位居前列。他们冲锋在抗击疫情最前线，与病毒鏖战。

2 月 14 日，浙江第四批支援武汉医疗队 171 人在浙江大学医学院附属第二医院(简称"浙大二院")集结出发。浙大二院护士长吕敏芳为院内一位 1997 年出生的小护士写下诗歌《我把最小的娃送上了战场》："我把最小的娃送上了战场 / 用年轻的身躯 / 担负起这个时代的重任 / 我把最小的娃送上了战场 / 逆风飞行，披荆斩棘 / 孩子，等你归来！"

诗歌情真意切，泪水中涌动着大义，牵挂中昂扬着斗志，这也是誓与死神搏斗发出的呐喊！

一

疫情就是命令，白衣就是战袍，医生护士就是战士。

2月17日,湖北省荆门市刚刚降下一场大雪,整个城市白雪皑皑。这是浙江首批支援荆门医疗队抵达的第6天,在荆门市第一人民医院北院区的一层病区,仅仅用24小时就建起了一个ICU,已收治20多名危重症患者。

就在这支医护队伍中,有35名来自浙大附属邵逸夫医院的医护人员,其中11名队员组成了"男护士团"。

14日中午12点,ICU护士卢州完成一切准备,进入收治了两名患者的负压病房。与他搭档的是王昊囡。

为了让护理工作更为精准,护士们必须熟悉每位患者的状况,但是患者的既往病史、身体状况等资料并不齐全。"我们根据有限的病例资料顺藤摸瓜,逐一向他们的家人或者曾经住过的医院了解情况。"卢州和王昊囡穿着厚重的防护服,拿着纸笔一一记录。

这天下午,一位症状相对较轻的女性患者向卢州和王昊囡示意。由于患者戴着氧气面罩,医患之间的交流只能通过眼神和默契。卢州很快明白了她想喝水,得到医生许可后,卢州小心翼翼地取下患者的氧气面罩。可是,喝完水后患者不愿戴上面罩。

一旁的王昊囡见状,连忙上前配合,用手势和语言向患者解释,如果不继续吸氧很有可能导致病情恶化。"患者离开面罩的时间不能太长,我们俩争分夺秒,费尽心思地劝说。"好在一两分钟内,他们成功说服患者戴上了面罩。

"这就是前线ICU,一个随时都有可能发生危险的地方。"卢州说。

1986年出生的ICU护士梁寅,是这支"男护士团"中的"大哥大"。当日下午4点至8点是他的第一个班。全套防护服装备的穿戴十分耗时,梁寅提前了足足一个多小时到达病区。

梁寅的第一个护理对象是位60岁的危重症女性患者,他每隔一小时给她抽血化验,以此作为调整呼吸机的参数。

原本最为熟悉的抽血动作，此时异常艰难。"由于防护服过于笨重，我的动作变得迟钝。"梁寅说，在层层防护之下，他的视觉、听觉、触觉都不灵敏。

尽管之前做了防雾处理，但他的护目镜上都是水汽，要看清患者的血管都吃力，两到三层的手套让手指不再灵活，还有厚重的整套装备，让他在遍布监护设备的 ICU 里走动都要格外小心。

一边是变得迟缓的行动，一边是与死神争分夺秒的重症监护工作，这对 ICU 的护士提出了挑战。

晚上，指针指向 11 点，ICU 护士刘康的手机微信上传来好消息：下午他参与护理的两名危重症患者血压恢复正常，身体状况暂时趋于稳定。

"没有什么比这更令人开心了。"虽然是一名"90 后"男护士，刘康已是老兵。他觉得自己有很多不足，比如穿着防护服打针、抽血、穿刺，动作很难做到位。为了减少患者痛苦，刘康在宿舍反复练习，终于练出了手感。

作为护士团队中为数不多的男性，他们精力充沛、耐力持久，尤其在工作强度较大的危重症患者护理上，更能显示出男护士的优势。

荆门有大量危重症病例，浙江支援荆门，就是来啃硬骨头的！浙江支援荆门医疗队队长、浙江大学医学院附属邵逸夫医院（简称"邵逸夫医院"）党委书记刘利民说："我们医疗队的首要任务，是把危重症患者集中到这里统一救治，降低病亡率，提高治愈率；希望借助邵逸夫医院国内首家独具特色的呼吸治疗科等专业优势，帮助当地建立一支危重症患者呼吸治疗团队。"

面对这样的任务，这些来自浙江的男护士们将迎接怎样的挑战？从他们炯炯有神的眼睛里，我们看到了坚定的信心。

二

若有战，召必回，战必胜。

何强没想到在这个危急时刻，自己会来到武汉投入战斗，还成为一家方舱医院的院长——这无疑是一场大考。

浙江国家紧急医学救援队队长、浙江省人民医院副院长何强2月7日带队进入武汉江汉方舱医院。

江汉方舱医院内收治了大约1600名患者。由浙江、海南两省携手负责其中一个病区的471张床位，医生6小时一轮班进入方舱医院。在舱内工作时，医护人员尽量不吃饭不喝水，因为防护服脱了就不能再用，物资紧张，能节约一点就节约一点，医生们甚至都穿着尿不湿。

2月11日，何强接到了新的命令——支援建设新的方舱医院。2月14日，武汉市委组织部正式任命何强为黄陂方舱医院院长。

黄陂方舱医院是在黄陂区体育馆的基础上改建的。2月14日上午，新改建的B区准备就绪，可以收治患者了。这里的患者多是从当地社区转过来的，都是年龄在65岁以下的确诊患者。医护人员需要和当地社区沟通，汇总入院人员表单。

何强说，在硬件上，新建的黄陂方舱医院住院环境好一些，这里原先是体育馆，卫生间多一些，场馆内部安装了暖气片，新增的B区有洗澡的地方。医院里还配有液晶电视、Wi-Fi（无线网络），病床用的都是席梦思，睡起来舒服一些。考虑到每个床位旁装插座不安全，因而准备了几百个充电宝。

有了江汉方舱医院的工作经验，何强和团队来到这里后优化了医护人员的出舱流程，从原先的半小时缩减至10分钟。同时采取弹性上下班制度，不让医护人员同时拥挤在医护通道出入口，避免感染。

何强还为黄陂方舱医院引进了一个秘密武器——"超声机器人"。在浙江省人民医院5G智慧医疗创新实验室远程超声技术的支持下，通过手柄操作，可以控制距离杭州700多公里的黄陂方舱医院的超声机器人，隔空为患者进行超声检查。

5G技术为远程实时操控提供了更加稳定、安全、快速的网络保障。"这个超声机器人，相当于在我们的枪上安装了一个瞄准仪，让我们打得更准。"何强说。

在这里，医生需要时刻保持警觉，每隔三小时就要检查患者的血氧饱和度等指标，及时发现患者的病情变化，甄别出那些正在进展为重症或者危重症的患者，然后迅速联系指挥部，将他们转到有更强救治能力的相关医院去。

2月15日这天，何强带队查房时就发现了两位患者需要转院治疗。

一位是50多岁的男性患者，住进方舱医院后他时常觉得胸闷、心悸。医生根据患者的主诉症状，为他做了心电图等检查，结果显示有异常，最终被确诊为释放性的心律失常。新型冠状病毒会对人体造成多脏器的损害，包括心脏。

还有一位是40多岁的男性患者，住进来的时候就高烧不退，血氧饱和度也往下掉，一直下降到了90%左右。按照要求，血氧饱和度下降到93%就已经达到转院标准了。

除了要甄别出需要转诊的重症患者，在查房时还要关注那些病情已经好转，有希望尽快出院的轻症患者。

对于少数情绪焦虑的患者，医护人员会耐心地疏导，还有心理医生进行心理安抚。何强说："接下来，我们会让一些心态积极的轻症患者来当志愿者，和医护人员一起为需要帮助的患者做心理疏导工作。"

三

本来，医生是问诊开药的。然而现在我们还未找到攻克病毒的直接有效的方法，我们的白衣天使只能在抗疫前线摸索着前行。

2月17日，是郑霞在金银潭医院重症监护室工作的第25天。这一天，她和团队研究发现，连续的俯卧位通气能明显改善危重症患者的氧合情况，特别是气管插管患者的氧合指数，为救治争取更多时间窗。

这事还得从头说起。1月22日，在浙江大学医学院附属第一医院综合监护室工作了15年的郑霞向组织提出要去支援武汉。不待这事拍板，1月23日郑霞就接到了国家卫健委的电话："疫情紧急，需要您马上到武汉去支援。"于是，郑霞成为诊治新冠肺炎国家卫健委专家组成员，也是浙江派出的第一位支援武汉的医生。

她连夜抵达金银潭医院，可谓与死神抢时间。1月24日，郑霞正式负责医院南7楼ICU的患者管理。人们可能不知道，在这里，住院的楼层越高，代表患者的病情越重。

金银潭医院是武汉市首家收治新冠肺炎确诊病例的定点医院，也是当时收治患者数量最多的医院。用郑霞的话说，金银潭医院的ICU，是离死亡最近的地方，也是医护人员开展疫情阻击战最核心的区域，很多危重症患者集中在这里。

第一次走进ICU，郑霞很惊讶："16张床位全都是满的，患者的情况都蛮严重，要么气管插管，要么高流量通氧、用无创呼吸机，呼吸机调节参数都很高很高，氧浓度近乎纯氧水平。这么多严重的患者，在ICU里是不多见的。"

一边是病毒的肆虐，一边是郑霞和团队一次次的摸索研究。"没有特效药，我们每天能做的就是想办法给患者更多时间窗，只有维持住生命体征，才能给肺的自我修复争取更多时间，给生命争取更多时间。"郑霞说。

俯卧位通气在急性呼吸窘迫综合征的临床应用中一直有比较好的效果,而新冠肺炎患者后期往往也会出现急性呼吸窘迫,俯卧位通气或许能使他们获益。"很多危重症患者都是氧合不好,呼吸窘迫,有时候其他该想的办法都想了,患者还是不行,这可能是留给他们的最后一次机会。"郑霞和团队开始尝试用这种方法来改善患者的氧合情况。

俯卧位通气,简单地说就是利用人工或者翻身床、翻身器进行翻身,使患者在俯卧位的状态下进行呼吸或者机械通气。

患者翻一个身,需要耗费医护人员极大的体力。ICU 里的患者病情都很严重,有的口插管,有的插着胃管、导尿管,翻身还要兼顾这些管子不能乱,难度可想而知。

"如果患者胖一点,至少需要六七个人一起帮忙,一些人看牢管子,一些人盯牢血压,一些人负责翻身。穿着厚厚的防护服做这些事,为一个患者翻身就大汗淋漓,透不过气来。但一想到这可能让患者获益,我们就义无反顾地做下去。"郑霞说。

在金银潭医院 ICU,郑霞早已分不清今夕是何年。她一头扎进这个离死亡最近的病房,制定治疗方案,抢救危重症患者。她"送"走了很多患者,深感痛心和无力,但也有一些患者给了她惊喜,让她有了坚持下去的勇气。

有位 60 岁的患者,有高血压病史,感染新冠肺炎后,用了一段时间无创呼吸机,没熬住,气管插管了,几乎靠纯氧支持,出现纵隔气肿。眼见情况一天天恶化,只能再试一试俯卧位通气了。

"那个大姐蛮胖的,身上有口插管、导尿管、胃管,还有深静脉置管,我们当时六七个人围着她,帮她翻身做俯卧位通气,每天 16 个小时,然后调整姿势,连续 3 天的俯卧位通气给了我们惊喜,大姐的呼吸机参数明显变好,氧合指数明显改善。如今,这个大姐已经开始尝试呼吸机参数调整,等待合适的机会脱机。"

想不到,俯卧位通气在患者身上产生了神奇的效果。在 ICU 这个方寸之地,通常绝望和希望并存。有的人离开了,也有人迎来了希望。

2 月 7 日,曾转来一位 30 多岁的男性患者,是湖北天门的医生,在救治患者时不幸染病。转到病房时,呼吸机支持力度很高,氧浓度几乎接近纯氧,氧合指数很差。呼吸频率每分钟只有三四十次,说话已经断断续续。幸运的是,经过无创呼吸机辅助治疗,他的病情渐渐稳定。郑霞和团队对他进行早期康复治疗,床边坐起、踏步、举"盐水瓶"等。

经过六七天的治疗,这个患者恢复得很好,经过评估,可以离开ICU 了。转病房那天,在医护人员的陪同下,这个患者自己抱着氧气枕,步行到电梯口,坐电梯下到 3 楼,这一路,氧合保持得不错。

看着他离开的背影,想到他从危重症挺过来,一步步好转,郑霞眼眶微红,是的,一条鲜活的生命又回来了。

郑霞的上班时间是每天早上 8 点,但她会选择早点到,整理患者资料,了解患者病情进展情况,然后,一层层防护好自己,踏入隔离病房。当她的声音在病房响起,患者们就知道,这个声音甜美的浙江医生又来照顾他们了。

穿着厚厚的防护服,有时还要在腰上佩戴体外动力送风系统,常常累得直不起腰。防护物资特别紧张的那些天,郑霞尽量不喝水,在病房里一待就是好几个小时。她常常忙到晚上 7 点多,才来得及简单吃上几口盒饭。

来到武汉,郑霞没有休息过一天,脸上被护目镜和 N95 口罩压出深深的痕迹,手背因为长期接触消毒液和频繁洗手已经磨破。

2 月 14 日,由浙大一院院长黄河教授带队的 141 位医疗队成员抵达武汉,整建制接管武汉协和医院肿瘤中心的一个重症病房,第二天即收满了 62 位患者。

"大部队"到达的当晚，郑霞特意多吃了一盒饭，别人问她为什么，她哈哈直笑："同事们都来了，要让自己保持充沛的体力，和他们一起战斗。"

新冠肺炎疫情暴发后，全国各地 346 支医疗队、42600 多名医护人员驰援湖北，他们发扬特别能吃苦、特别能战斗、特别能奉献的精神，为打赢疫情防控阻击战筑起了一道坚固的防线。作为其中一支阵容庞大的团队，浙江医疗队的到来让患者们增添了战胜疾病的信心。其实，除了湖北之外，浙江是此次新冠肺炎疫情较严重的省份，然而浙江仍一次次地抽调出精兵强将援助湖北。

病毒扼住了生命的咽喉，但它绝不会让白衣天使们屈服。穿上那身厚重的防护服，他们就是勇敢的病毒狙击手。越来越多的患者病情好转，从危重症、重症变为轻症；越来越多的患者在白衣天使的精心治疗和护理下康复出院。

致敬每一位白衣天使，致敬每一位"最美逆行者"，他们是这个时代最可爱的人！

（作者：张国云，系中国作协会员，曾获徐迟报告文学奖）

那些匆匆而过的英雄本来如此平常

○ 晋浩天　章　正

曾经以为，英雄离我们很远。

直到这次来武汉参与新冠肺炎疫情的报道，我们才真正意识到，原来，英雄就是与我们擦肩而过的芸芸众生，就是那些如此平常的普通人。

我们突然发现，历史总会在一个不经意的转角，露出一星温柔、一丝微光、一点峰回路转的余温，提醒着我们，哦，原来英雄一直都在，就在我们的生活中。

2020 年的这个春节，九省通衢，荆楚之地，倏忽间失掉了几乎所有的活力。

她，病了。病来得如此突然、如此凶险，需要有人来医，有人来治。

这时候，他们出现了。

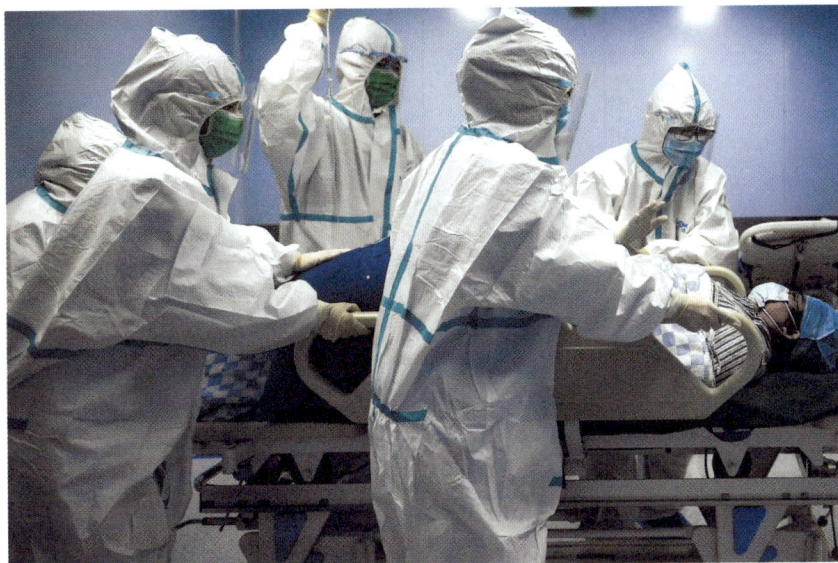

2月1日，江西省宜春市人民医院医护人员在救治患者。（**袁剑波 摄**）

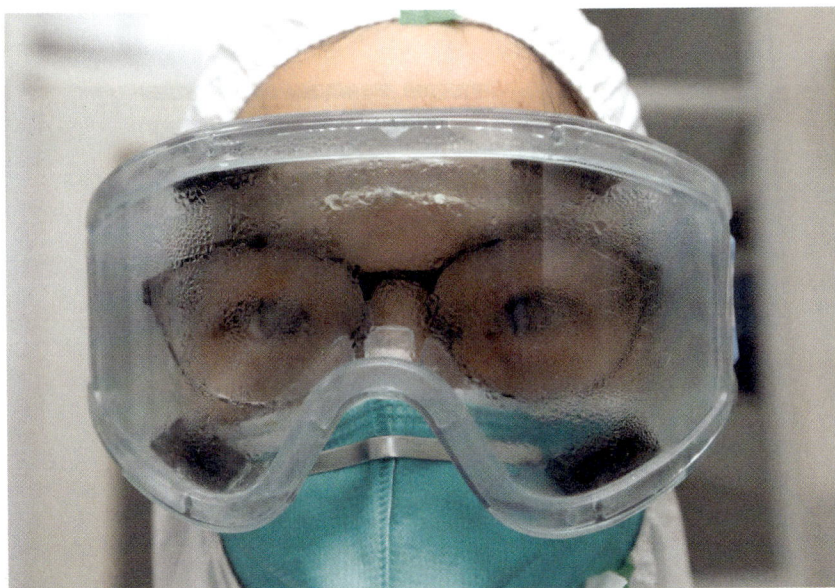

2月3日，华西医院眉山医院感染隔离病区，在隔离病区工作的医护人员身着全封闭防护服，呼出的热气在护目镜内侧凝成一层水雾。（**张忠苹 摄**）

2月10日，江西省新余市人民医院抗疫一线护士团队进行换岗。（胡谷城 摄）

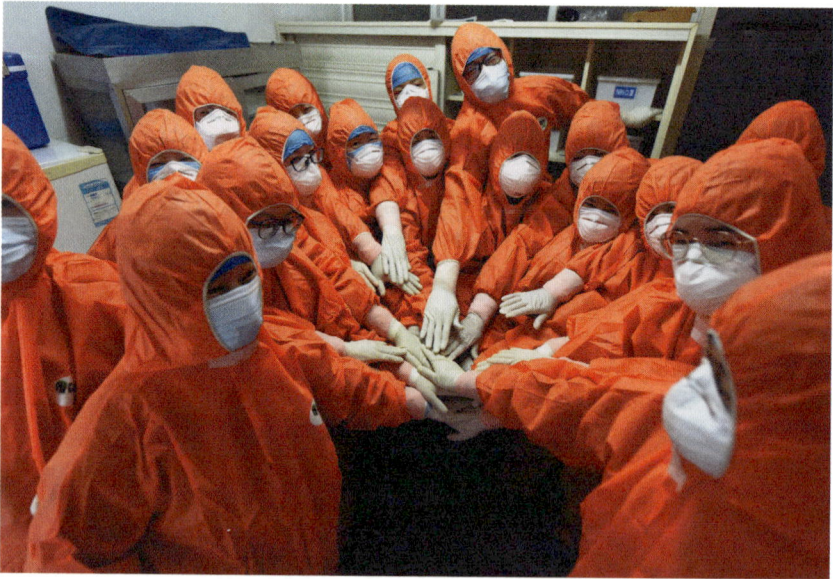

2月10日，湖北省十堰市郧阳区人民医院的医护人员在进入隔离病区前为自己加油。（周家山 摄）

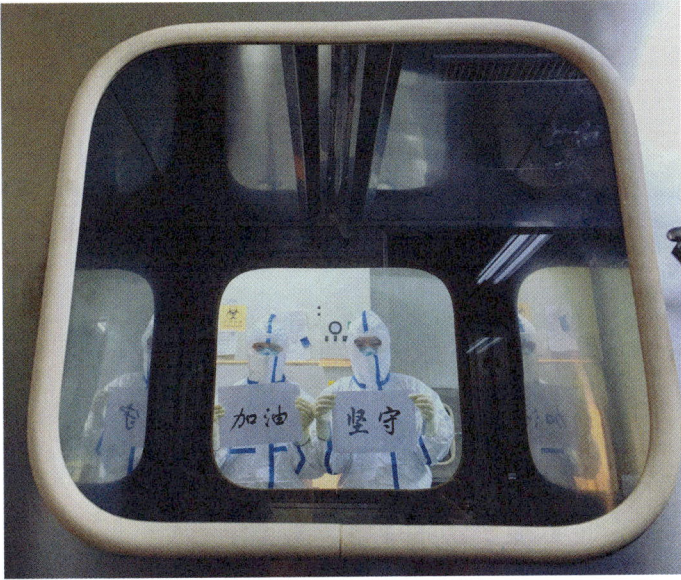

2月10日，浙江省湖州市长兴县疾控中心PCR实验室内，检测人员写下"加油""坚守"相互鼓励。(许旭 摄)

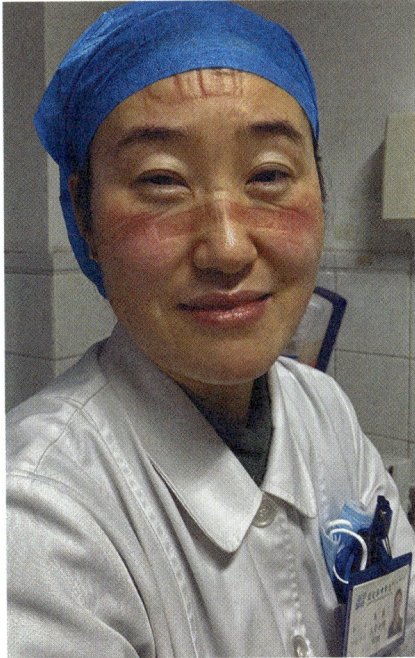

江苏省连云港市市立东方医院发热门诊护士惠慧从病房轮换下来，脸上的口罩勒痕清晰可见。(王健民 摄)

　　2月12日，江西省遂川县云岭新城医院一位医护人员在防疫留置观察点连续值班，给收治患者输完液后，趁着一点点空余时间抓紧休息。(**李建平 摄**)

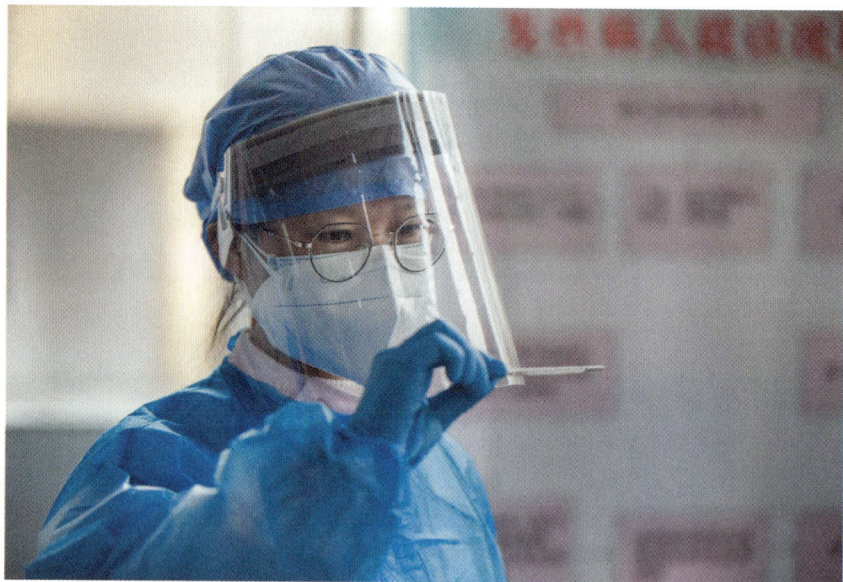

　　3月8日，在江西省九江市都昌县人民医院发热门诊预检分诊处，医护人员为患者测量体温。(**傅建斌 摄**)

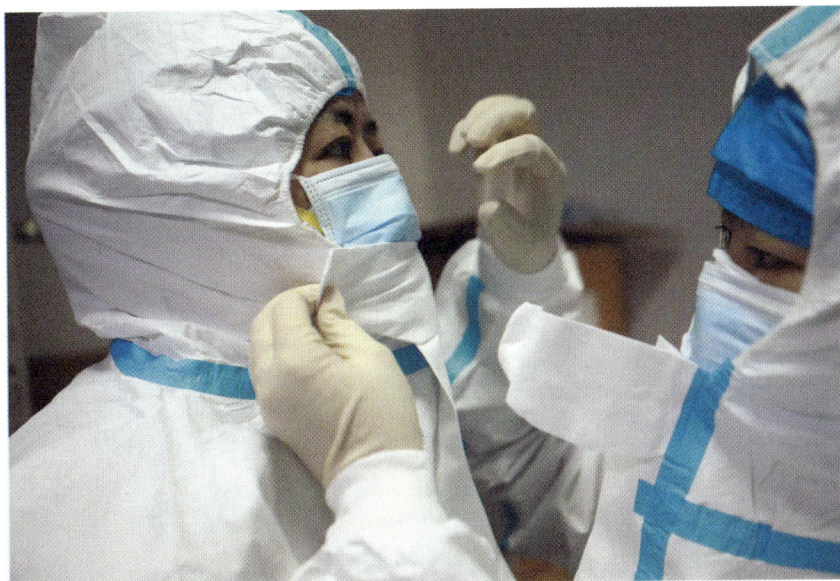

在湖北省随州市中心医院，医护人员相互帮助穿戴防护服。（陈地长 摄）

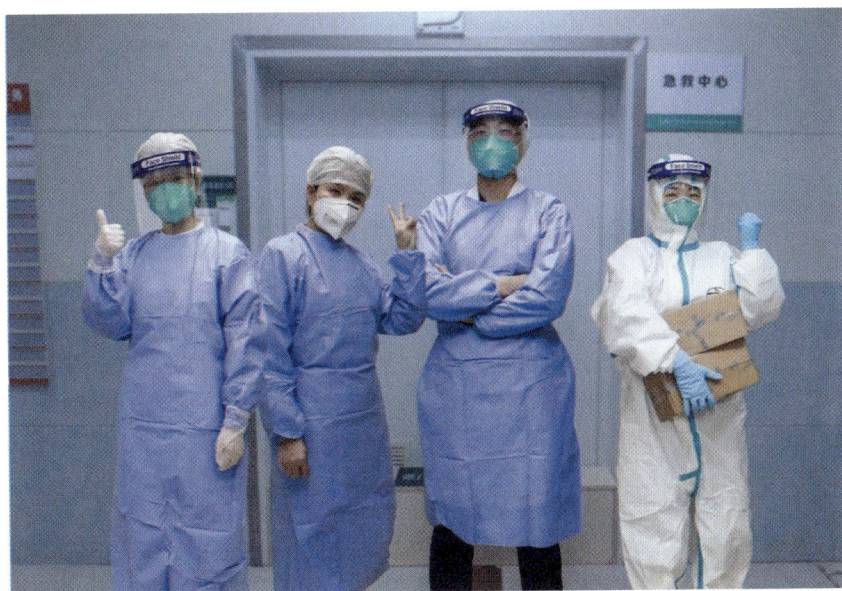

武汉中南医院急诊科"返岗天使团"。（武汉大学 供图）

　　在湖北省十堰市郧阳区,30多家城乡医院每天煎制数万剂提高免疫力的中药包送到一线执勤人员手中。图为药剂师们将防疫中药点数装袋。(周家山 摄)

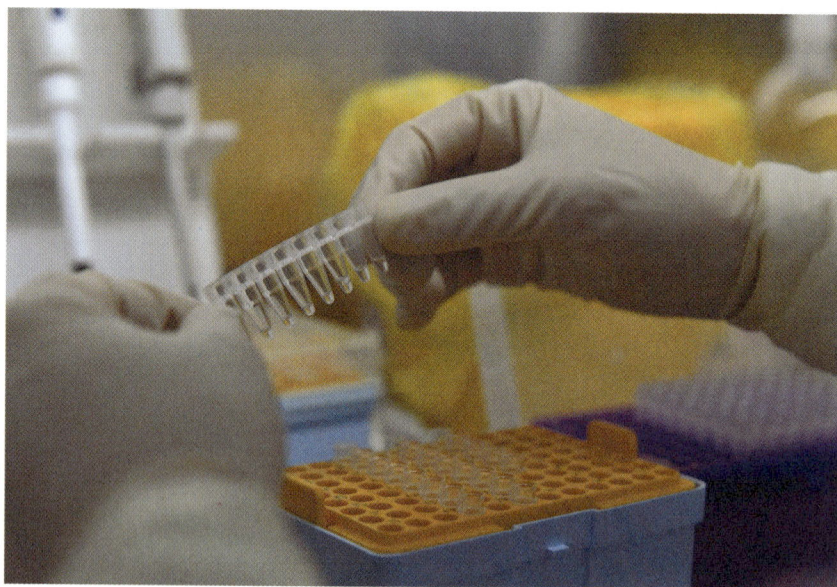

　　在医学检验实验室,PCR检验员对样本进行核酸检测。(张大岗 摄)

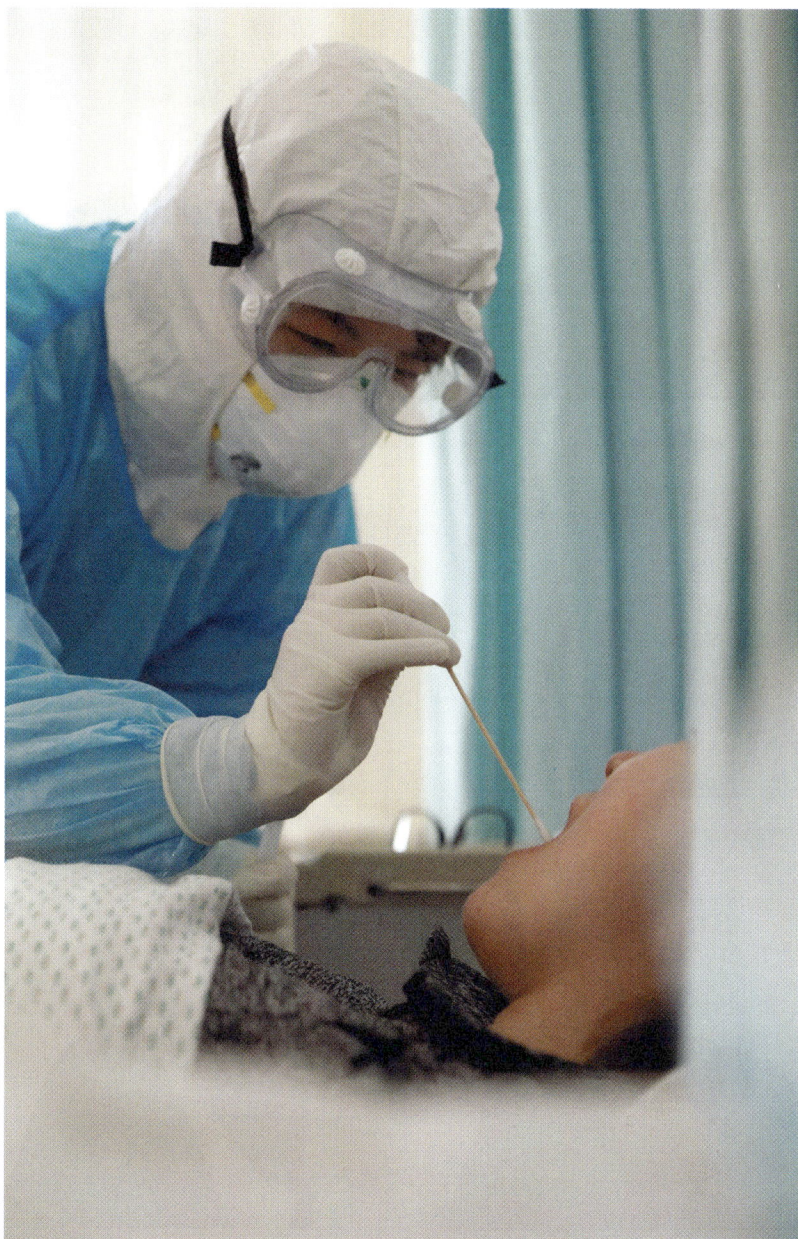

　　3月17日，中国医科大学航空总医院呼吸与危重症医学科16病区医护人员为病区患者采集核酸检测样本。（**张建房 摄**）

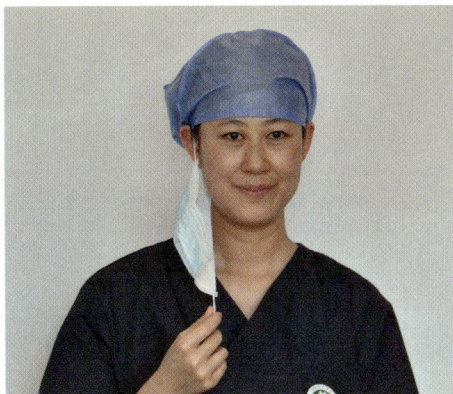

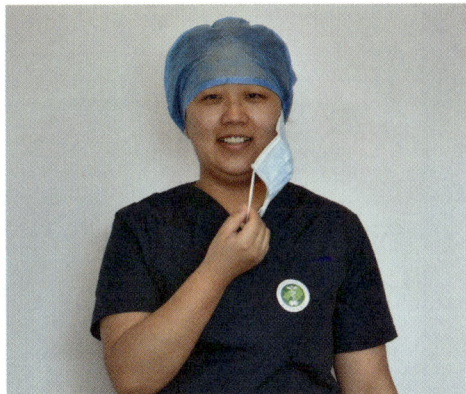

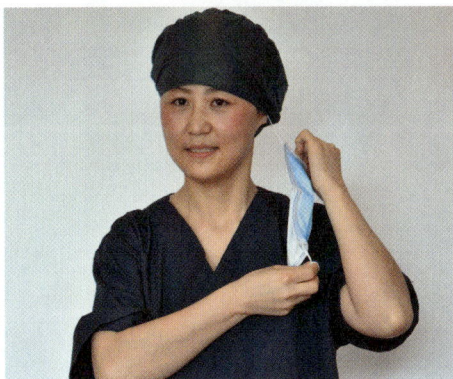

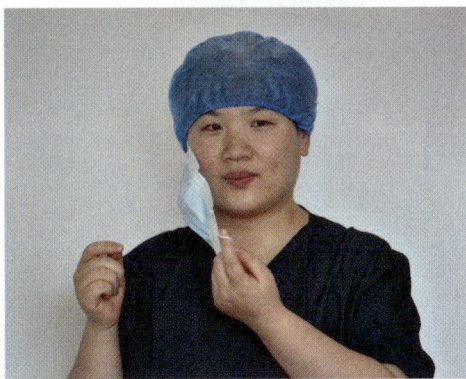

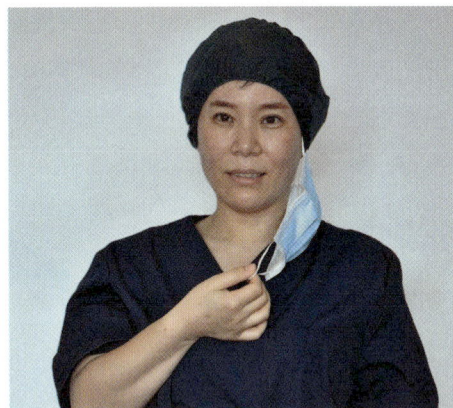

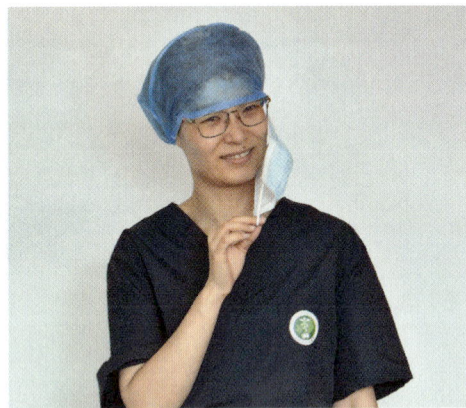

全国4万多名医护人员奋战在援鄂战"疫"一线。湖北各地摄影家协会组织摄影志愿者，在医护人员驻地，拍摄下她们摘下口罩的瞬间。（**杨韬 摄**）

一

医护人员是当之无愧的英雄。

他们，是一群"面目模糊"的人，在周严的口罩、密实的防护服的包裹下，连他们自己都只能通过背后的标记分清彼此。他们，又是一群辨识度最高的人，不用特意去找到谁，他们每一位，都是身披铠甲、冲在最前线的"战士"。

感动我们的医护人员，总是一批接着一批。有的，我们逐渐知道了；更多的，我们仍然不知道。疫情发生后，河南省胸科医院党委副书记、副院长袁义强不断接到医护人员的"请战书"，攥着这厚厚的一沓纸，他说："接到临床一线职工递交的'请战书'我非常感动，为大家在疫情灾害面前奋不顾身、救死扶伤点赞。作为胸部疾病治疗专科医院，抗击新冠肺炎疫情，我们责无旁贷。"

奋不顾身的请战背后，他们或许面临着疫情时期失去亲人的痛苦——

2月8日下午2点多，刚刚下班回到住处的林茂锐关上房门，呆坐在椅子上，泪水夺眶而出。这一天正是元宵节，本该是阖家团圆的日子，援助武汉方舱医院的医生林茂锐却接到了广东揭阳老家传来的噩耗，91岁的外婆因病去世。"虽然无法赶回去陪伴亲人，但他们都很理解我。"林茂锐说。

他们或许正在承受身体的极限——

北京大学人民医院呼吸内科护士长王雯参加过抗击"非典"，她觉得这次的疫情有些不一样。从防化服到防护服，从手套到口罩，从护目镜到纸尿裤……这身行头穿脱都不容易，全副武装后的医护人员们先是大汗淋漓，又在忙碌中用体温把汗湿蒸干。湿了干，干了湿，数不清有多少次。即便这样，王雯还是一再提醒护士，慢点走，不能急，一步一步按流程走,保护好自己,才能救更多的人。

脱下一身"戎装"的王雯,让人心疼。前胸后背,满是汗渍,护目镜和 N95 口罩勒得额头和面颊上都是压纹。"人们管这个叫'天使印记'。"王雯虽然是笑着说的,但我们能听到她笑声背后的疲惫。

有许许多多医护人员或许早将自身安危抛在脑后——

1 月 18 日有症状,1 月 20 日确诊后自我隔离治疗,2 月 4 日治愈后又返岗工作。这是武汉中南医院急救中心副主任医师赵智刚传奇的抗疫经历。

"我们急救中心的医护人员在第一线,早期对这个病毒不太了解的时候没有做太多防护,因此被感染了不少。不过,现在我们这里已经有 4 名确诊新冠肺炎后治愈的医护人员返岗工作了。"赵智刚语带镇定。生病初愈应该好好休养,但赵智刚义无反顾地冲回第一线。"初期感染的医护人员不能上岗,以至于疫情暴发时医护人员排班都快排不出来了。我们每个岗位都很重要,只有尽快返岗才能保证医院当下的高负荷运转。"

"始终不能返岗的话,会给没有被感染的医护人员造成心理压力。因为不返岗工作,其他医护人员心里就会打鼓、会恐慌。而能够顺利返岗工作,说明哪怕被感染过,也不会造成什么大的损伤。"赵智刚心里总为他人着想,为大局着想。

在这场防控疫情的战斗中,无数医护人员奋不顾身、义无反顾、毫无怨言、毫不退缩,真是使人肃然起敬。有数以千计的医护人员被感染,有好几位医护人员以身殉职,令人痛惜!

现在想来,用什么词能够准确形容此时的医护人员?思考良久,我们觉得,他们就是真正的英雄,是这个时代最可爱的人。

二

千秋邈矣，百战归来。武汉是一座英雄的城市，无论是以前，还是现在。

对生活于这座英雄之城的人民来说，此刻，他们皆是英雄。

社区干部从来都不是一个轻松的职业，但现在，他们还要鼓起巨大的勇气、冒着极大的风险工作——和患者近距离接触，他们随时有可能染上新冠肺炎。

他们退缩了吗？

荆门市土门巷社区网格员胡华丽没有。在接到荆门市金宇小区谢阿姨"蔬菜告急"的求助短信后，她第一时间将蔬菜送了过来。她说："这都是小事，没什么。"

武汉市汉阳区晴川街铁桥社区工作人员彭彩没有。即便累到天旋地转，狠狠地撞到椅子上的她，醒来后的第一句话也是："吴女士去医院了吗？"她，还惦记着社区发热患者。不到48小时的时间里，彭彩电话排查了200多户居民。做过此事的记者深知，这是多么巨大的工作量，而她说："这些事我该做。"

武汉市江夏区湖泗街邬桥村党支部书记叶斯良没有。刚上任一年多的他，此次疫情暴发后，毫不犹豫选择冲向疫情防控一线。得知自己村里要设立监测站后，他又主动请缨，在村委会的临时食堂里当起"伙夫"，为监测站的工作人员提供后勤保障服务。他说："能干一点是一点。"

武汉市江汉区北湖街建设社区副主任徐智鹏也没有。在接到社区独居老人的取药求助后，徐智鹏放下电话，迅速披上外套跑出办公室，冒着雨发动起外勤车，迅速驶往医院取药。因为对社区情况谙熟，不用说他也知道这位老人的常用药品。把取到的药递给老人时，老人忙不迭地说感谢。他说："等疫情过去，要回家好好抱抱自己的儿子'小可乐'。"

武汉市江岸区塔子湖街道华汇社区工作人员张莹同样没有。记者采访她之前的半小时，社区有老两口来电话说，他们测完体温，但眼花看不清温度计数字。于是，张莹和同事赶紧入户去记录。为了确保不漏一人，武汉正全力进行拉网式排查，不少社区工作人员每天超负荷工作。张莹在个人工作簿上写下了这样一句话："每天平均处理130多个社区居民来电。"电话联系、看望慰问困难群众和孤寡老人，为居民送医送药，电话一个挨一个，事情一件接一件，人像陀螺一样地转。吃一顿中午饭，她都要用微波炉热两三次。但她说："人命关天，我们要争取一切时间。"

英雄，就是如此。

三

封城中的武汉，街上鲜有行人与车辆。但生活在继续，城市要运转。

环卫工人、快递小哥、"专车"司机、防疫志愿者……当大多数人被迫宅在家里时，他们却一直在街头，一直在路上……他们保障城市的正常运行，他们是武汉的守护者。

他们，平常在人群中不起眼，但此刻，同样是英雄。

熊鹏德是一位"不起眼"的环卫工人。采访他时，记者经常听不懂他浓重的孝感口音，甚至在确认他姓名时，都反复沟通了好几次。"师傅，您叫熊鹏德还是熊鹏达？"无奈之下，熊师傅脱下手套，从裤兜里拿出自己的老年手机，生疏地按下了"德"这个字。

每天凌晨3点半起床，4点到7点清扫大街。从7点开始到晚上6点，他还要再做一次街道保洁工作。"现在人少，我们必须加油干。我妻子也是一名环卫工，现在，我们最希望的就是把街道的卫生搞好，给大家带来一个好的环境。我总跟老婆说，卫生多重要啊，我们必须要顶上。不为什么，只想快点消灭疫情。"

袁双是一位"不起眼"的快递小哥。下午2点21分，袁双当天的第62个快递单即将完成。记者见到他时，他戴着口罩，一路小跑，口罩外侧一鼓一鼓的。"你把快递放门口吧。"客户隔着防盗门在屋里说。这是这几天送快递的常态。正当袁双转身要离开时，没想到门开了。"等一下，这是给你的，这几天你们辛苦了，也要注意防护。"袁双接过来，一看，是两只口罩。"好温暖呀，客户挺关心我们的。"他笑着又跑了出去。

问他为何喜欢一路小跑送货，他笑着说，作为土生土长的武汉人，也是一名快递员，在危急时刻，能在自己的岗位上为自己的城市做一点事情，"我们能够奔跑，觉得特别有意义"。

午后的阳光正灿烂，送完一趟货，他对记者说："我想让父母看看，寒冬过后，温暖终会抵达，武汉加油！"

张一驰是一位"不起眼"的司机师傅。晚上9点，"专车"如约而至。车一停，摇下窗，记者见到戴着口罩的张一驰，他带着武汉人特有的豪爽，一挥手说："上车，这几天忙哟！"聊起这几天的工作，他说："昨天中建三局的朋友联系我，说有两位同事去雷神山医院建设现场报到。我下午4点接一位，晚上8点又接了一位，中途再接送两位医护人员，正好串起来不耽搁。"

32岁的他并不是一位专职司机，而是武汉市武昌区青联委员，在一家私企工作。"这几天，我要当好一名志愿者司机。"张一驰说。

1月23日，武汉的公共交通停运。他听说很多医生护士下班后回不了家。此时，一些热心的志愿者们迅速拉起了QQ群、微信群，一大批勇敢的武汉市民走出家门，组成了志愿者车队。这一天，有人粗略统计有四五千人参加，张一驰正是其中一员。

到了1月29日正月初五，张一驰早上起来后，发现微信群的求助单明显少了，他觉得这是一个好兆头，运力缓解了。这一天他找到了新工作，区里的青联征召志愿者，大量境外援助的物资抵达武汉，需要翻译人员。"我的英语水平毫无压力，妻子也是法语老师，日语 N1 水平。"他笑着说，语气中带些自豪。

2月4日中午，他回家睡了一觉，在家待了一会儿，看到微信群里有新消息，他马上拿起手机、驾照、口罩，又开车出门了。张一驰说："当秩序逐渐恢复，我就该'下岗'了。"

"不过，我特别期待能够'下岗'。"他告诉记者，这是他最近经常跟家人说的话。

正是这样一颗颗"不起眼"的螺丝钉，一个个再平凡不过的普通人，谱写了武汉全民战"疫"的感人篇章。

毕竟，在这座城市生活的每一个人都坚信，寒冬终将过去，春天就在眼前。

（作者：晋浩天、章正，系光明日报记者）

平凡英雄，社区战"疫"

○ 光明日报武汉一线报道组

沿江大道车流止息，江面之上帆影难觅。平静的长江，被第一缕晨曦照亮。一座受伤的城市，怀着强韧的心跳醒来。

武汉心跳，响起在数以千计的城乡社区，响起在数以百万计的寻常人家，响起在数以千万计的百姓胸膛里。当公共空间的蓬勃热烈因疫情而暂停，这些构成城市肌体的微小"细胞"，却承载着深沉持久的生命律动，奏响起昂扬不屈的希望乐章。

常年守护这些"城市细胞"的，是一大批平凡的社区工作者，尤其是挺在前面的社区党组织负责人。这个春天，当一场疫病狰狞着向百姓直扑而来，正是这些并不强壮的身躯挺身而出，在党旗之下，站成一道阻击病魔的坚强城防。

社区是疫情防控第一线，他们是火线作战的守关人；这场艰苦的人民战争中，他们是离人民最近的力量。没有"最硬的鳞甲"，也不觉得是在"逆行"。在他们眼中，家就在这里，心就在这里，一个共产党员的职责与岗位，就在这里。

会"胆怯"的勇士:"可以哭,但绝不撤防"

如果不是这场疫情,王涯玲从未发现,自己还有这么"勇猛"的一面。

娃娃脸、长马尾,说话带笑,这位 47 岁的社区党委书记喜欢柔和地把大事小情解决掉,"沟通能力还算好"。

春节前,她计划全家去惠州自驾游。订了宾馆,才听闻疫情"人传人";接着,己亥年腊月二十八,街道召开紧急会议;再接着,武汉封城。

社区办公室成了忙碌的旋涡。"电话潮水一样涌进来。每天一睁眼,手机座机叫个不停,各种咨询求助,各种信息轰炸,拽着你往前跑。"

王涯玲负责的武昌区中南路街道百瑞景社区下辖 8424 户,居民逾 2 万人。疫情初期,23 位社区工作人员 16 人在岗。力量严重不足,任务却越来越重:全面摸排居民情况、管控 8 个独立小区、联系医院争取床位、分批分次转运患者……忙到无暇吃饭,甚至顾不上害怕。

第一次直面恐惧,是置身于医院病区。

2020 年 2 月 2 日,王涯玲接到电话:刚运送到医院的 4 个患者中,有 1 个查不到登记信息,医院不肯收治。

哪里出了问题?纷乱的背景音中,没人回答她的疑问,只听到患者在哭泣。

此时的武汉,床位如金子般可贵。去医院吧,当面找人问!王涯玲一咬牙,穿好一次性防护服,戴上两层普通口罩,匆忙出发。

一进医院大厅,她的心像被狠狠攥了一把:眼前全是患者,陌生而密集的患者!这和自己在社区入户排查、组织患者坐车转运相比,危险系数不知飙升了几个等级。

听到王涯玲和自己社区居民交谈,周围人好奇地围了过来:"你是社区党委书记呀，敢进医院，不简单！能不能帮我反映个问题……"人越聚越多，王涯玲仿佛看到，病毒如同隐于无形的鸷鸟，一脸阴森地在头顶盘旋，随时准备发起进攻。她强作镇定地应和着，转身去找院方负责收治的人员，辗转解决了问题。等硬着头皮再次穿过人群，已在医院待了近两个小时。

一回到社区，立即脱下防护服。好心人捐赠了有限的几套，王涯玲用完舍不得扔，只能大量喷洒酒精消毒，也把自己从头到脚喷得透湿。当天的武汉飘着小雨，天气阴冷，她硬是在风口徘徊了半个多小时。

深夜回家，母亲守着灯等她。王涯玲不敢靠近，眼圈一红，躲进屋里大哭一场。哭完了，告诉自己：蛮勇敢，挺过去！可以哭，但绝不撤防。

靠着这样的勇气，王涯玲和同事们转运确诊或疑似病例 103 人次，秩序平稳。目前，社区疑似病例已清零。

和王涯玲一样，东西湖区常青花园第三社区党委书记、居委会主任白宓也会在"怕"与"不怕"间徘徊。

每次集中运送居民去医院或隔离点，她总是陪他们站在小区门口，等车来接。衣物准备得够不够、家里有什么需要照应、怎样调节好心情……虽然保持安全距离，心却并不疏远。"病了不是他们的错，社区的每个人都是家人，我等他们回来。"

最让她揪心的，是个一岁半的孩子。他的父母都要被送走隔离。孩子经查暂时无恙，须送给亲戚去照料。离别前，母亲看着不能入怀的宝贝，哭得撕心裂肺。白宓安慰她："你放心，我一定把他安全送到！"送孩子的路上，车行颠簸，白宓一路把他抱在怀里，像哄自己的外孙那样哄他入睡。此刻，对疫情的恐惧，已让位于对柔弱生命的爱与疼惜，让位于共产党人深烙于心的责任感。

也是出于责任，江汉区万松街道航侧社区党委委员、居委会副主任张胜林，把工作岗位安在了别人避之不及的地方。每天清早，他准时出现在武汉协和医院门口，负责接待万松街道15个社区的就医居民，引导他们有序挂号、协调床位。

"刚开始很多人不认识我，我就模仿医护人员的做法，在防护服上写了'万松街'三个字。自那以后，常有居民叫我'娘家人'，那一刻，我们彼此温暖。"张胜林说。

一个有担当的人，一个真正的党员，在危难面前有没有第二条路？"90后"徐智鹏问自己，旋即又给出了答案："没有！只有站出来，顶上去。"

战"疫"刚开始，徐智鹏担任副主任的江汉区北湖街建设社区就遇到难题——社区党委书记感染新冠肺炎住院，社区工作人员只有六七人，面对1000多户、3000多居民，谁来领头为居民们守好这道门？徐智鹏站出来了。

一次，接一位发热患者去就医，由于对方是残疾老人，行动不便，徐智鹏便亲手为他穿上了防护服。老人送医一周后确诊感染新冠肺炎，消息传来，徐智鹏才感到一阵后怕。"当时没想那么多。事情总要有人做，我们社区工作者就是做这事的人。"

"我是当过兵的，不怕。"徐智鹏常把这句话挂在嘴边，但他心里明白，没人能毫无畏惧。只因他是居民们的依靠，面对肆虐的病毒，居民能慌，而他不能。

一天晚上，一位居民因妻子高烧打来电话求助。徐智鹏一边安慰对方，一边告知他，其妻子须立刻分房隔离，并在第二天一早就医。高烧患者确诊后，他又叮嘱患者丈夫尽早做CT排除风险，之后把他送到隔离点，才放心离开。"不能怕，也不能莽撞。必须冷静处理，对所有人负责。"徐智鹏说。在他和同事们的努力下，社区所有四类人员全部被送往医院或隔离点，没有一例拖延。新增病例数很快得到控制，这是最令他欣慰的一件事。

厨房保卫战："送的不是菜,是人间烟火气"

一斤小青菜要多少钱,什么样的鸡蛋最新鲜,五花肉和坐墩肉咋区分……江岸区大智街铭新社区居民们一致觉得,这太为难他们的小叶书记了——这个"90后"小伙子,哪里沾过柴米油盐?

可眼下,"小叶书记"叶德添已经补上了这一课。自2月10日起,武汉居民小区实行封闭管理,他开始为居民们的生活供应奔走。除了组织居民们参加团购、做好配送分发,他还东奔西跑四处"考察",采购稀缺的鲜肉蔬果等带回来,给居民们的餐桌增味添彩。

青山区钢都花园绿景苑社区党委书记王俊的采买,比叶德添阵势更大。在小区党群服务中心,货品齐全的爱心小卖部已经开了起来。在每3天社区团购一次的基础上,她垫钱采购了更多物资,居民在微信群中自由选择,再按时段按网格前来原价购买。

这样的"厨房保卫战",是当下武汉几乎所有社区党委书记的又一场必经之役。当识大体、讲奉献的武汉人集体退回家中生活,把外出需求压缩至最低,正忙着织就疫情防控大网的社区干部们,又风风火火地操心起居民们的衣食。

这一役,看似寻常却艰辛。当市场供应仍不充裕时,如何尽可能满足每户居民的个性化需求?这些社区当家人没有奇招,只有六字原则:不敷衍、不惜力。

开完晨会,刚到9点,王涯玲动身去超市"扫货"。她把工作重点放在对孤寡、空巢、病弱老人的生活保障上。今天的任务单上,是网格员事先登记的30多个家庭的购物需求。第一站,直奔稍远的一家超市,把40多条新鲜的鱼"一网打尽";第二站,去大一些的综合超市,一项一项对照采买。

让她有些头疼的是，最近，老人们的口味越来越"刁"了。"有的说要苹果两斤，香梨两斤，你买多了回来他不要；明天再吃，要你再买新鲜的。还有的洋气哩，要喝品牌奶茶，只要红豆味的，有的要某大牌的自热小火锅……"她笑着历数，无奈中透出欣慰——能安心生活了，就说明恐慌和悲伤快要过去了。这么看，"送的不是菜，是人间烟火气"。

为重症慢性病患者买药，是封闭管理期间社区保供的又一重任。

当网格员丰枫浑身"披挂"着药袋的照片刷屏时，江岸区台北街道和美社区党委书记、居委会主任夏志刚笑了，他好像看见了自己社区那些同样为买药奔忙的网格员、志愿者们。

"为重症患者买药是个非常复杂的过程。不同的患者需要的药不一样，同样的药，品牌、厂家还有限定。有的患者没有医保卡，有的支付宝里钱不够，还有的药品需要部分自费……为一个人买药跑五六家药店也是常事。"夏志刚说。仅3月2日，和美社区安排5位志愿者为辖区35位重症患者买药，从下午2点一直忙碌到晚上10点半，仍然有药品没有配齐，只好加进第二天的"接力单"里。

即使是常备药品，只要接到请求，社区干部们也当作头等大事对待。

3月2日早晨6点许，一位居民给白宓打来电话，请她尽快送去两颗安眠药。得知其爱人几天几夜没有睡觉，精神到了崩溃边缘，白宓顿时担心起来。

没有医生证明，出门买药不可行，她灵机一动，在社区多个老年微信群里发送请求，试试运气。辗转了几轮，终于找到。爬起来，去拿药，再送去以解燃眉之急。之后，想起寻药过程中有位老人提起自己的安眠药也需要补充，她便折转去了老人家里，拿到他的相关证卡，交给网格员立即去购买。

"对我们是举手之劳,对老人是燃眉之急,能做,就一分钟都不要拖。"白宓说。

江汉区民族街万年社区卫生主任徐蕾也整天为老人们奔忙。

前些天,在给一对70多岁的老夫妇送米时,徐蕾发现他们家里的煤气管道老化了,便赶紧协调志愿者上门修理。得知老人家里的酱油、降血压药等快要告罄,她马上去楼下采购齐全。老人家住13楼,因为老旧小区没有电梯,徐蕾和志愿者们多次爬上爬下。看到他们气喘吁吁的样子,老人忍不住流下了眼泪。

"居民需要什么,我们尽力帮着解决。我经常跟他们说,我们都要挺到春暖花开、疫情结束的时候,那时候,大家就都是生死与共的朋友了。"徐蕾说。

有担当便有胸怀:"把努力保护他们放在第一位"

从 1 月 21 日起,洪山区新世纪社区党委书记刘婷已经连轴转了42 天。声音从春节开始嘶哑,整个人疲累得"站着都能睡着"。

疫情集中暴发的那段时间,她的手机几乎没断过线。一个电话挂了,立刻有另一个挤进来。询问小区疫情、要求给张床位、质问为什么还不安排核酸检测……几乎每个声音都有强烈的情绪,或恐慌,或无助,或愤怒。她只能一遍遍解释、一次次安抚。

然而,责骂和误解也时有发生。一个傍晚,刚在电话里被连环诘问,又接到了住户通下水道的求助。她打了很多维修电话,始终无人接单,只好发动一位略有经验的志愿者同去看看情况。摸黑检查、费力疏通,一不留神,污水顺着被撬开的下水道检修口往外喷射,浇了刘婷一身。即使这样,住户仍然不住埋怨。刘婷默默隐忍,第二天一早,继续帮他联系维修，直到解决问题。

"疫情持续了这么久，居民情绪普遍脆弱。我是党员，是他们选出来的社区干部，即使难过，也会把努力保护他们放在第一位。"刘婷说。

武昌区水果湖街道东亭社区党委书记、居委会主任王学丽也这样劝解自己。她曾被误解、被迁怒，甚至被投诉，这让她心里像刀割一样疼。"但我不怨他们，很多人失去了亲人，他们需要发泄情绪的出口。"

最艰难的时候，温暖他们的，是很多微小而真实的力量。

这种力量，来自基层党员之间的相互激励。

王学丽的团队中，有位老同志还有两个月就要退休，却坚持要站好最后一班岗。封闭小区那天，下着大雨，冒雨值守的他突发痛风，打了四天吊针才好转。拔掉针头，他又出现在了岗位上："危难当头，我是党员，得冲在前面。"

洪山区珞南街道洪珞社区党委"第一书记"黄恒，在社区因有工作人员确诊、团队整体隔离而陷入瘫痪的时候，主动请缨，来到这个别人眼中的危险岗位。日均接电话300多个，每天工作十几个小时，腰椎间盘突出的老毛病很快犯了，心脏供血不足。他强忍疼痛，以躺在地上的"舒服姿势"，继续接听电话。"社区不会关门，你们不要担心！"他的话从最低的高度传来，却温暖着最广的民心。

这种力量，来自平凡群众的守望相助。

因为保持着"零感染、零疑似"的纪录，拥有104户、320余名居民的硚口区六角亭街道顺道社区成了"网红"。社区党委书记、居委会主任潘丽娟早在1月24日便封闭社区的"硬核举措"备受赞誉，她心里最感谢的，却是这些自治能力强、拧成一股绳的老人。"他们多是退休教师，整体素质比较高。我提出小区24小时封闭时，几乎一致通过。并且，老人们的自管会发挥了很大作用。他们提出五个'不'：不出门，不串门，不聚集，不任性，不溜达。这已经成了居民们的'行为准则'。他们才是这个社区真正的'硬核力量'。"

在百瑞景社区最艰难的时候,很多居民给王涯玲和同事们送来了酒精、口罩、矿泉水。社区里的青年跑团、青年足球队先后在微信群中发起捐款,"给社区买物资,保护这些保护我们的人"。看到他们忙得只能顿顿吃泡面,社区一家牛肉面馆的老板包揽了午餐晚餐:"我在给方舱医院的医生们送饭,以后,也送给你们——我们社区最可爱的人!"

这种力量,来自至亲家人的理解与支撑。

一个多月来,王学丽都没回过家,家里就剩下丈夫一人。"他平时不会做饭,现在也学会了。以前,他总觉得我干社区工作工资低、事情多,全是鸡毛蒜皮,时不时'挖苦'我。现在,他不仅理解了我的工作,还呼吁大家都来关爱社区工作者。"

正在读大学的儿子,是王涯玲心底的自豪。在深夜转运患者的时候,儿子站到她身边:"妈妈,我陪你一起去吧,帮你一把。"三天前,儿子在社区报名当了志愿者,每天和队友们一起采买物资、分发配送,忙得不亦乐乎。

徐蕾的母亲,身患癌症多年。当徐蕾每次为无暇照顾她而内疚落泪的时候,老人总是告诉她,你做的事,是我的骄傲!如果大家都不出来,都不为居民服务的话,社区就完了,没救了。你专心工作,我绝不拖后腿,但是有一条,自己要做好防护。

徐智鹏很想念五个月大的儿子"小可乐"。一个月没见,他给儿子写了封信。"爸爸要和叔叔阿姨们一起去战斗了。虽然爸爸也会害怕,也会彷徨,但是看到视频对面小小的你,爸爸瞬间又充满能量。"徐智鹏说,信是写给长大后的儿子,也是写给自己的。"这是我给他的一个承诺。我要让他知道,爸爸是一名党员,是一个遇事不害怕、不退缩,有责任有担当的男人。"

一个党员,就是一面旗帜,一道光亮,就是疫情面前,中国共产党伸向群众的一双牵引之手、托举之手、呵护之手。在这些火线守卫者的勇毅与深情面前,武汉,这座长在国人心尖上的城市,正在一步步走出阴霾,走向春天!

（作者：光明日报记者蔡闯、王斯敏、刘坤、安胜蓝、
晋浩天、张锐、章正、李盛明、张勇、姜奕名、卢璐；
见习记者陈怡；光明网记者李政葳、季春红、蔡琳）

1月28日，湖北省武汉市江汉区西桥社区的一个小区里，社区工作者拿着小喇叭喊话，让居民注意安全、注意防护。（陈卓 摄）

1月31日，湖北省武汉市汉阳区龙阳时代小区，琴断口街龙祥社区的工作人员帮助57户居民集中购买6000只一次性医用口罩并运送到小区。（史伟 摄）

　　1 月 31 日，一名快递小哥从武汉市发展大道唐家墩路人行天桥下经过。（蔡俊 摄）

　　2 月 11 日，江西省上高县蒙山镇小下村的村干部正在检修"大喇叭"。连日来，该县各地"大喇叭"纷纷响起，以顺口溜、快板等方式，将"防疫须知"通俗易懂地广播到千家万户、大街小巷。（周亮 摄）

　　2月28日,湖北省武汉市公安民警在月湖桥疫情防控检查点执勤。(季春红 摄)

　　2月26日，湖北省武汉市武昌区中百仓储首义路店的工作人员正在清点分装好的面粉，确保满足疫情防控期间附近居民生活物资需求。（季春红 摄）

　　2月29日，湖北省武汉市京东物流仁和配送站工作人员向智能机器人内装载医用物资。（姜奕名 摄）

1 月 30 日，北京市西城区西单北大街一名共享单车管理员为共享单车消毒。（郭俊锋 摄）

2 月 9 日，北京西站工作人员对抵京旅客进行体温监测、登记健康信息。（郭俊锋 摄）

　　2月1日,贵州省丹寨县防疫人员在党员先锋岗位上检测排查车辆和人员。(陆德华 摄)

　　2月15日晚,在G15高速公路连云港市赣榆收费站,防疫人员冒雪对入城车辆的司乘人员进行体温测量。(司伟 摄)

　　浙江省杭州市余杭区推出"余杭绿码"，通过"线上+线下"的方式进行疫情防控。（**郑雨旸 摄**）

　　3月5日，北京中日友好医院支援武汉医疗队70余名党员在武汉医疗队驻地举行"重温入党誓词"主题党日活动。17名战"疫"一线火线发展党员也面对党旗庄严宣誓。（**季春红 摄**）

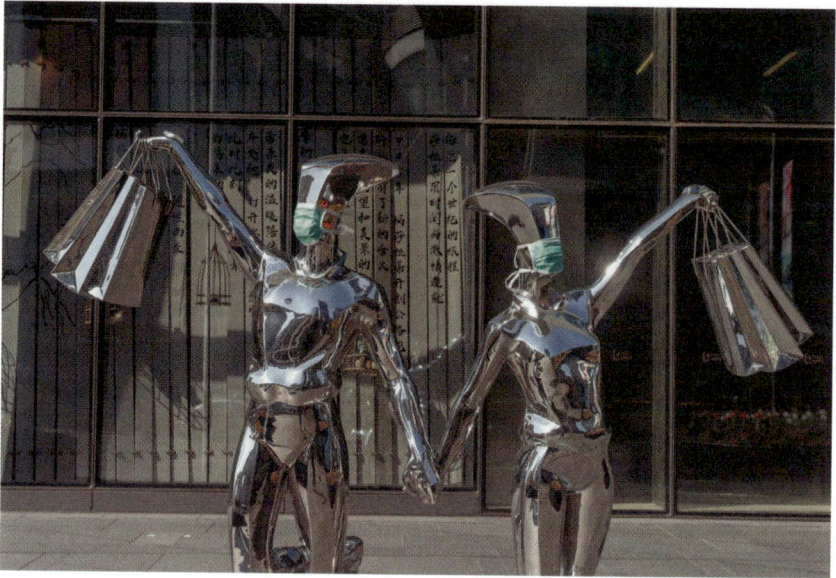

3月5日,上海陆家嘴商城路街边,一对不锈钢雕像被人戴上了绿色的口罩。(王冈 摄)

上海地铁各站点,在醒目位置张贴乘客提示,要求全程戴口罩。(陈玉宇 摄)

上海抗疫的第一时间

○ 何建明

　　人生中的"第一"都非常重要，事实上，一个城市的"第一"同样重要。尤其是当一场不测的风暴与未知的疫情来袭时，"第一时间"的反应，"第一时间"的判断与决策，将决定整个战役的成与败。

　　上海，中国第一大城市，拥有 2400 多万人口。新冠肺炎疫情在武汉暴发之后，许多人把可能的第二个疫情"暴发地"悬挂在上海这座城市的头顶上。这并非"空穴来风"——上海不仅是中国第一大城市，还是国内开放程度最高的国际性城市，又地处中国东南沿海的中部，且是经济最活跃的长三角核心地。

　　上海动，中国和世界也将地动山摇。

　　"绝不能让上海失守！丝毫不能！"在武汉疫情最初出现苗头时，上海市委、市政府和人民就在全国面前许下如此誓言。

　　"上海是中国共产党诞生的地方，当年革命战争时期，新生的共产党就领导我们浴血奋斗，血染黄浦江，建立了中华人民共和国！今天，世界都在瞩目上海，我们绝不能让一场疫情伤及她的美丽和繁荣……"在压抑和沉闷的时刻，上海人民的心底在这样呐喊。

一个偶然的因素，我被"留"在了疫情阴影下的这座城市里。之后的一段日子里，我相伴于她的身旁，时时感受着疫情中的特殊上海，火热的心和激情的泪，随这座城市一起跳动和流淌……

警报拉响

2020年1月20日，我从北京到上海执行一项采访任务。就在这一天，从手机上看到了一则新闻：国家卫健委确认上海首例输入性新冠肺炎确诊病例。

病毒这么快就传染到了上海呀！我的心惊了一下，转念又想：这么大的上海，出现个把病例，也属"太正常不过"的事吧！但后来我才知道，正是从这一病例在上海市领导那儿挂上"号"后，整个上海第一时间开动了防控机器，甚至精确到每一个细节。后来有人嘲笑"上海人怕死"，这其实是因不了解上海人做事风格而产生的极大误会。

我们来说一说上海第一例新型冠状病毒感染者的"来龙去脉"吧——

56岁的陈女士长期居住在武汉市，1月12日她来沪探亲。早在1月10日她就有发烧症状，自行服药几天，但热度一直不退，并伴随浑身无力、胃口差和明显的咳嗽症状。

1月15日晚9点，有些吃不消的陈女士在子女的帮助下，来到上海交通大学医学院附属同仁医院发热门诊。

"哪儿不舒服呀？"接诊的于亦鸣医生是这一天临时被抽调来支援发热门诊的呼吸内科医生，经验丰富。"我记得当时媒体报道武汉已有40多例确诊新冠肺炎患者，又听这位女士的口音好像有点像那边的人，所以特别留意起来。"事后于医生说。

"听口音你不是本地人……"于医生顺口问。

"不是,是武汉的。闺女在上海,来这儿过春节的……"陈女士吃力地回答。

"噢——武汉的。"36岁的于医生声音很随和,但心里却"咯噔"了一下。凭借13年的职业经验,他立即警觉起来,以最快的速度进行了"特别处理"——会同感染科行政副主任刘岩红,立即将陈女士移至独立留观室。"你先到这边休息一会儿,我给你开个单子,去做个胸片检查。"

"你们几个也要注意点,戴上口罩,防止传染。"刘岩红一边吩咐其他人防护起来,一边自己第一个申请进入陈女士治疗的发热隔离病房。

陈女士的胸部透视片子到了于医生手里。坏了!两侧肺部呈现多发渗出病灶,这是"非典型肺炎"的明显表现。

"马上给患者办理住院手续,并立即对其进行隔离!她的亲属在吧?也马上进行隔离观察。医院内部凡是这个患者经过的地方都进行消毒。你们几位和于医生一样要特别注意观察自己的身体状况啊!一有异常,立即报告。"刘岩红严肃地向身边几位医生和护士交代,随后立即向医院领导汇报情况。

"我们马上请专家来集体会诊。"医院领导同样在第一时间做出果断决定。

当晚,陈女士被安排在有隔离设施的特殊病房,并开始接受特殊治疗。同时,医院向上级行政部门和疾病预防控制机构上报相关情况。

1月16日一早,上海市卫健委即组织市级专家来到陈女士所住的医院进行会诊。当天下午,有关病情和样本上传国家卫健委。

1月20日,经国家卫健委专家复核,陈女士被确诊为新冠肺炎。

市政府领导的电话直接打到市卫健委,市卫健委领导的电话直接打到患者所住医院进行检查。

从上海市民们还在照常工作的1月16日起,市委、市政府及有关部门已经开始向各大医院、社区下达一道又一道的"内部指令":务必注意来自武汉的发热者和他们的生活与工作范围,一旦发现情况,立即采取隔离措施!

"哎哟哟,真来了!急滚急滚!"说话当口儿,第一例确诊病例已临门,而这,也便意味着中国第一大城市的疫情从此拉响警报。

市委、市政府领导当晚立即召集有关部门负责人开会,同时下达几道"死命令":

"必须全力抢救患者,以 100% 的努力抢救生命。"

"必须全力隔离好密切接触者,做到绝不扩大传染范围!"

"必须全力做好市民和医院的防控,工作布置到各个社区、各个基层单位!"

"必须全力做好虹桥、浦东两个主要交通枢纽的防控安全……"

一道比一道严格和严谨的指令从人民广场边的市政府大楼里发出,然后传遍全上海市区与郊区的每一个单位、每一条街道、每一个乡村。

"陈阿姨,您放心好了!有我们在,您尽管放心。有啥事情和不舒服的地方,告诉我们就是啊!"病房里,医生、护士一句句温馨的话,一个个关切的举动,让一度担忧、焦虑、情绪极度低落的陈女士,慢慢地舒展眉头,露出了希望的笑容。与此同时,在专家指导下,医院不停地对各种药物和治疗方案进行调整和试验,更科学、合理地对症下药……

1 月 21 日,我在上海某单位采访,发现原来约好的采访人员被抽调到防疫一线执行任务去了。这是我来到上海的第二天,这一天市民们似乎没有发现其他特别之处,除了大家拼命抢购口罩、食品外,"重大新闻"没有太多。但是,市政府机关和市委大楼里,人们早已忙坏了,有同志告诉我,他们连中午饭都是跑步去抢了几口便重新回到岗位。

"怎么啦?上海也出现大疫情了?"我急切地问。

"没有。但市里要求我们必须充分做好准备，迎接可能出现的大疫。"上海的同志说，"再过几天就是春节了，每天四面八方过往上海和来旅游的人就有几百万啊……对这些人都得防控呀！一个患者防不住，可能就会传染给百个；百个再传染千个、万个……整个上海是啥样晓得哦？"

晓得！我心想。

后来，我知道了这一天他们为什么忙得不可开交。他们在为 1 月 23 日全面开启的防控措施做准备和布置——这，绝对是一场"战役级"的战斗。

"一旦发现问题，立即采取措施，毫不含糊，这就是我们的'上海经验'！"这位朋友骄傲地说。是的，在全国疫情尚处"火苗"的阶段，在大上海已经垒起了防疫的"钢铁长城"，这是极其可贵的，它为上海市阻止疫情来袭争取了无比宝贵的时间。

上海经验

"上海经验"何来？上海经验来自这个城市的特质，也许更准确地说，是血的代价换来的教训。

自开埠以来，上海经受的疫灾比中国的任何一个城市都要多——不说远的，仅 1926 年至 1949 年的 23 年间，上海先后有 6 次天花大流行，其中 1938 年那次最为猖獗，发病率为 116.8/10 万，死亡率为 38.2/10 万。

专家告诉我，旧上海传染病之所以猖獗，其原因主要是市民对城市环境缺少保护意识，旧制度下的城市管理又几乎处于应付状态。"城市病和城市疫情时常暴发成为必然。"专家说。

"城市病"在现代化进程中同样存在。

1988年,甲肝传染病在上海流行,35.2万余人感染。上海人民在政府的坚强领导下,背水一战,雷厉风行地出台了后来被专家们评价为"可圈可点"的"三招"。第一招,360度全方位无死角卫生宣传,让整个上海市民的"神经全都竖了起来"——疫情真相和防控手段人人皆知,全民上阵。第二招,果断掐断直接传染源头。上海市政府决定全市严令禁止销售毛蚶,一经发现立刻重罚,不留半点死角。第三招,动员全市人民参与战"疫"。1988年的上海,可以接收传染患者的床位只有2800张,全上海总共也只有约55000张床位。疫情暴发高潮时,不到半个月床位就紧缺了。怎么办?工厂企业主动把仓库、礼堂、招待所等改成临时隔离病房,让本企业的甲肝患者入住;部分旅馆酒店也临时被征用为隔离病房;各区学校、新竣工的楼房,改用于安置病患……再不够时,市民纷纷从家里扛着折叠钢丝床跑到医院来捐献。一时间,全市共增设12541个隔离点,床位达118000张,另有近30000张家庭病床随时备用。

如此这般,一场史无前例的上海大疫硬生生地被遏制住了!血的教训与经验让上海人对传染病有了不一般的警觉与警惕。上海人终于活出了更高、更好的水平!

2003年"非典"来袭,广东、北京基本"沦陷"之后,上海以其强大的抵抗能力,四面阻击,最终以最小的代价,保卫了这个当时有1000多万人口的城市。

然而,此次疫情似乎来势更猛,更凶!与十几年前相比,如今2400多万人口的大都市在疫情来袭时所面临的困难和问题,非同小可!"疫情就是命令,防控就是城市保卫战、阻击战、人民战争!"我听到这样的声音不断在黄浦江两岸回荡,也在万千栋摩天大厦的霓虹灯下闪烁,更在每一个市民的手机里传播……

1月23日,我没有停下脚步,很快知道了当天上海的一些战"疫"情况。

这一天各个医院已经严阵以待。比如,在著名的瑞金医院急诊大厅内,进门右手边,就是新设的前置预检台,站在那里的导医犹如一名时刻警惕又很友善的"边防警察",拦下每一个进门的人:"从哪里来?有武汉接触史、旅行史吗?发热吗?"

进门第一道关卡已经加装了移动空气灭菌站。再往里走,可以一眼看到这样的装备:口罩、防护服、护目镜……在一间急诊室内,院方负责人介绍,自新冠肺炎传播以来,在像瑞金这样的大型三甲医疗机构中,医院感染管理升级显得尤为重要。

发热门急诊装备完备,进门诊大楼也须检测体温。这里是切断传染源的关键地段。从急诊到发热门急诊,约有2分钟步行路程。在新门诊大楼隔壁的平房外墙上,"发热门急诊"的招牌赫然高挂。

患者可以往里走,但一般人会立即被制止:"门内就是污染区了,请与它保持距离。"把守在此的医护人员"铁板一块",即使是本院工作人员也不能随便通行。正在工作的医护人员一律穿戴一体式防护服。

这是真真实实的临战状态!上海医院真"硬核"!

隔着玻璃门,可以看见"发热患者治疗间"如同一个完备的"小型医院":预检台、候诊区、收费处、诊间、检验科、放射科……瑞金医院在此刻已经能够做到每一个发热患者的一切就诊和治疗均在这样的空间内完成。

"1月23日起,我们上海重点接收新冠肺炎患者的医院,都要求这样做。这是阻击疫情、坚守高地的主战场,绝不能有半点马虎。"上海市卫健委负责人后来这样告诉我。

"当时你们心里害怕吗?面对来袭的新型冠状病毒……"我曾问一位重症病房的年轻女医生。

她笑了一下，又绷着脸，认真道："不怕。上了战场，怕也没有用。再说，看到患者恐惧的样子，我们就更不能流露出一点慌乱情绪……"

就在疫情防控前沿阵地布阵初见成果之际，上海市领导又在为下一步疫情"大决战"下达"组合拳"。

绝不能有丝毫麻痹大意，更不能出现任何慌乱现象。

要落实全市联防联控机制。

要全力救治每一个患者。

要密切监控好每一位患者的接触者。

要做好早发现、早诊断、早报告、早隔离、早治疗。

要确保防护物资储备和全市人民的生活市场供应。

要确保全市人民能过上一个安定祥和的春节。

要……

"那天，市委书记、市长轮番讲了一长串'要'，而每一个'要'，都像钟声在我们的心头回荡！"上海朋友对我说。

1月24日上午，上海市政府召开工作会议，决定正式启动重大突发公共卫生事件"一级响应"机制，严格落实国家关于新冠肺炎"乙类传染病采取甲类管理"的要求，实行最严格的科学防控措施。

这座中国最大城市的战"疫"正式打响……

人民战争

"一级响应"对普通人来说，他所能感到的是：远行难了。先是疫情严重地区来的列车停了，飞机航班没了，轮船自然也不会有了，省市区际间交通后来也一律停运。

所有人出门得戴口罩。若不戴口罩闯入居民小区或单位、商场等公共场所,另一方有权拒绝进入并要求强制劝返。

凡从疫情严重的地方来的人隔离 14 天。后来证明这是完全正确的决策,它为大上海防疫战斗抢回了宝贵的时间。

上海自 1 月 24 日启动"一级响应"后,所有娱乐场所停止活动,包括迪士尼乐园。全市所有公共图书馆、美术馆、博物馆等实行闭馆。简单一句话:除了生活和副食品商店及药店外,其他的街道门面统统关闭。上海还有个"狠招":公安、交通、卫健等部门从这一天开始,对经由公路、铁路、机场、水路道口等来沪人员实行体温测量及信息登记,现场发现发热人员立即采取临时隔离或转送定点医院等措施。也就是说,一张全覆盖的防疫大网把全上海所有陆地、水上和空中给严严实实地罩上了。

有人厉害呀,你举"盾",我出"矛"。有数名外地人听说上海要防疫检查后,企图藏匿在汽车后备厢内以蒙混过关,哪知仍被居民和执勤人员发现,直接劝返。几天后又有一起类似事件,同样被发现。

听到这样的故事,会让人笑出声:百姓,百姓嘛,啥事都可能做得出来。有时我在想,对"游击队队员"你管得住吗?

"阿拉管得住!"上海朋友毫不含糊地回答。他说:"当然我们没有用篱笆和围墙将整个上海围得严严实实,但我们确实要求郊区四周的村庄、社区干部群众自觉组织起来,昼夜巡逻,把控所有进出人员、车辆,自然也包括田头、村庄的角落。这是外围。好吧,你肯定怀疑即使这样也有漏网之鱼。问题是,假如有这样的人进到市里,他靠一双腿能跑多远?他只要一出田间地头,就会被我们的执勤人员发现,除非他往地洞里钻。他真要钻到地洞里,好啊,你让他待上 14 天后,他再出来不就等于自我隔离了嘛!"

哈哈……这招厉害!什么叫人民战争?就是全体人民被充分地调动了起来。这就是中国,中国本来就是靠人民战争打败了对手,打败了帝国主义列强,打败了日本侵略者。小小病毒疫情难道不能打败吗?

"笑话!阿拉上海是诞生了领导人民战争的中国共产党的地方哟,侬别搞错了呀!"

我要实地去冒险,试试"阿拉上海"会是什么样,比如"一级响应"启动后是不是真正响应了。

我先考察了陆家嘴的几个大商场:确实全关了,除了超市。1月24日,大年三十下午三四点钟,我又一次壮着胆走进一家超市。有些吓人——里面人很多,大概与我一样,想做春节前的最后一次"备战",多买些存货。会不会被感染呢?其实那个时候大家的防护意识还不是很强。

进吧。我进去了,顺着人流。

我是戴着口罩的。多数人也戴着口罩。但确实也有没戴口罩的,怎么办?"请你到这边来排队。对对,保持一定距离,两米吧!"我突然听到有服务员过来对几个没戴口罩的顾客这么说。

"好好,我过去我过去。"那几个没戴口罩的人自觉地离开我们戴口罩的人,在另一个地方排队结账。

该结账了。可惜我没有支付宝,也不会用,拿的是现金。

"这里有消毒水,拿了钱后擦擦手,就不会有问题了。"在我接过钞票时,服务员指指旁边的一瓶消毒液。

太好了!商店想得这么周到!拎着一大袋食品出了超市后,我站在马路边,深深地吸了一口气:完成一次"历险"!上海的保护网蛮"结实"。

我心头一笑。还没有笑完,突然有人喝住我:"哪儿来的?"一位酒店保安,戴着口罩,很严肃地拦住我。

"住在里面的。"我掏出房间卡,给他看。

"谢谢。"保安说,然后友善地用手示意我,"请这边测量体温。"

"正常,36.4℃。"他又说,"我记一下你的房间号。"

他在一张表上填写后，又客气地朝我示意："谢谢，你可以上楼了。"

"辛苦你了！"我对他说。

"应该的。"他点头。

这样的一个细节在之后的几十天里就不足为奇了。然而在疫情前期的上海，在 1 月 24 日这样一个时间里，我还是感觉"蛮好"的。

这个大年夜或许是我一生中心情最差的一次：房间里没有任何"新年之喜"，桌子上不是口罩就是消毒药水，还有一堆"备战备荒"的食品……往窗外望去，街是深沉的，天下着蒙蒙雨，寒风拍打着玻璃窗。我关注着每一天疫情的变化，然而宅在酒店里的我，又怎能获得第一手情况呢？

突然，我想到他和他们——在写《浦东史诗》时遇上的几位著名医生及卫生系统的公务员。他们一定知道情况。

"喂——×大夫，你好啊！给你拜年啦！"我轻声细语地开始"拜年"。

"哎呀，你是何作家呀！谢谢侬！也给侬拜年！你在上海啊！你想知道点情况呀？可以呀，侬稍等……"估计他手头有些事要放一放。稍后，对方接上电话开始跟我 "聊"："今天市卫健委刚刚正式对外公布了，全市新增新冠肺炎确诊病例 13 例，加上前面积累的，现在全市累计发现确诊了 33 例病例……"

"感染者已经不少了啊！"我说。

"是，形势还是不可预测……"对方的声音有些沉重，"这几天是关键。现在我们全市防控把守已经非常严了，输入病例可以掌握，同时已经开展各小区的排查，看在武汉疫情初发阶段和我们还没有实施一级响应前，到底有多少'潜伏'在市区内的隐形感染者……"

"这么大的城市，这么多的房子，怎么能把这些'潜伏'者找出来呀！"我的目光投向陆家嘴成片的高楼大厦，再顺着黄浦江往浦西的老上海望去，那边更是密布的弄堂、楼宇和交叉纵横的道路……嘴里不由长叹一声,那份担忧也传递到了朋友那边。

"确实,这是现在上海最困难的一场关键仗⋯⋯但我们有信心!上海有经验呀!"对方说,"虽然昨天一天新增病例多了起来,但总体都在我们把握之中。其中 30 例目前病情平稳,2 例病情危重,1 例治愈出院。另有几十例疑似病例正在排查中⋯⋯"

我注意到他讲了一个关键点。"你说你们有经验,怎么个经验?"

"阻止传染病,防控是关键,而且越早下手越好⋯⋯"他给我"透露"了一个"黄浦江防线"的"秘密":

——1 月 3 日,上海著名病毒学专家张永振随国家疾控中心专家组到武汉实地考察病毒感染情况,其间获得一份由武汉市疾控中心寄来的不明原因发热患者标本,该患者有华南海鲜市场暴露史。张教授领导的复旦大学的 P3 实验室立即启用。通过实验分析,发现该病毒与"非典"病毒同源性高达 89.11%,且是历史上从未有过的新型冠状病毒。这就意味着"来者不善"!

——1 月 5 日,张永振团队将新型冠状病毒分析报告上报给上海市卫健委和国家卫健委。

——1 月 6 日、7 日,上海市卫健委组织全市相关医院就如何阻击新型冠状病毒对医护人员开始培训。

——1 月 10 日、11 日,被称作"上海小汤山医院"的市公共卫生临床中心正式启动备用,一切设施恢复战时所有功能。该中心位于上海郊区金山,除常设 500 张病床外,公卫中心还在大片草坪下预留有各种管线,可于短时间内搭建 600 张临时病床,以满足突发事件的需要。

"晓得哦,我们这个地方叫金山!市民们称它是生命的'金堡垒',它在关键时刻是保护上海人民生命的'金方舟'!"上海人这样骄傲地说。

当"一号患者"15 日出现在上海时,"金方舟"第一时间启用。

又是第一时间,对"一号患者"的流行病学调查全面展开。"当天凌晨 2 点 5 分'一号患者'的核酸检测结果出来,呈弱阳性。我们当即对几位密切接触亲属进行隔离,然后对患者居住的小区、来上海的行踪点上可能接触的 100 多位相关'可疑'对象全部按传染病要求进行观察,采取隔离措施……"上海朋友说。

"找出这 100 多人你们用了多长时间?"我问。

"几个小时吧!"

"这么快呀!"我惊诧不已。

"不快不行呀!这个流调(流行病学调查)过程不仅要准确,时间也很关键。如果一拖再拖,感染者将由原来的一个人变为几个人、几十个人……这样的教训太多太惨烈了!"

"如果……如果那个'一号患者'的流调晚一天,或者说对她的诊治晚一天的话,会有什么结果?"我不由想到更可怕的问题。

"这个……其实对我们来说,没有'如果',只有'必须'。分秒必争地排除'地雷',不留一点死角,留一个,就有可能功亏一篑!"

或许听出我声音有些凝重,上海朋友马上"呵呵"笑了一声,说:"放心,作家同志,要知道,上海人做事是最讲究细致的,我们有一套机制和本领,还有一支庞大的专业流调队伍会将埋藏在深处的所有'地雷'全部排除……"

其实,就在我与朋友"聊天"的时间里,上海整个战"疫"行动已在各个角落、各条战线拉开。先不说那些一乘十,很快又十乘百、百乘千的流调队伍像天罗地网撒向每一个疑似患者的四周,光是从 2400 多万市民里冒出来的发热患者来到医院门诊,得有多少医生和护士要去接诊、排查和确诊?寒冬季节,感冒发烧本来就很多,你能保证没个头疼发热?

醒来时,已是庚子年的大年初一清晨。也不知外面的世界变成啥样了——反正,手机上满是戴口罩的"拜年"与祝福的信息。但其中有一条信息令我一下从床上跳了起来。

"何老师:报告一个好消息,我们的'一号患者'今天下午正式出院了! 她已经连续三天核酸检测为阴性,属于康复的患者……祝你平安健康,新年快乐。"

这是这个庚子年的第一个早晨我所获得的一个喜讯,它比一顿年夜饭更令我兴奋。

这天清晨,我起床后从酒店的楼上奔跑到后面的草坪上,向着近处632米高的"上海第一楼"——上海中心大厦,向这座伟大而可爱的城市深深地三鞠躬……

（作者:何建明,系中国作协副主席）

他们的名字叫美德

○ 普　玄

　　那些在大街上奔走的人们，不管你是谁，无论你多大年纪，我们都是这个城市的孩子。

——题记

城市病了

　　这个孩子还不知道她的城市生病了，还不知道她的家人中有 8 个人染上了一种病，包括她的妈妈。她只有 11 个月大。突然之间，她所有的亲人一下子都不见了。

　　这个病叫新冠肺炎，它以不可思议的速度袭击着中国中部城市武汉，袭击着湖北乃至全国。

　　2020 年 2 月 14 日早上，美德志愿者联盟的成员冯丹丹在微信群里发布一条消息，说她居住的武汉市洪山区铁机路保利城小区有一户人家的男主人求助。他全家 10 口人，有 8 个感染了新冠肺炎，分住在市内不同的医院，家里仅剩他和孩子。他也是疑似患者，11个月大的孩子肺部拍片显示也已感染，只是没有做核酸检测。现在，孩子的爸爸正要准备到医院住院检测治疗，可这个孩子怎么办？

这个消息把群里所有的人都震惊了。

做决定的是美德志愿者联盟的汤红秋、徐斌和陶子。

还有一个孩子。这个孩子还在母亲的肚子里，还不知道性别。这个孩子的母亲，在全城封锁、疫病弥漫、充满恐慌的时候即将分娩。孩子哪一天出生，是上天定的，由不得人，但待产的母亲面临一个问题——无论她到哪一家医院生孩子都极其危险，几乎所有的医院都挤满了疫病患者和等待检测的人。

十万火急。需要迅速做决定。

每天都有一大堆这么急的事情要做决定。

武汉这个城市已经"患病"30多天了。

这30多天，有时候觉得快得像3天多，有时候觉得慢得像30多年。

城市病了。

汤红秋是"80后"，从事翻译工作，知道城市"生病"是她听到了封城的消息。腊月二十九晚上9点，她开车从汉口穿过长江隧道到武昌，前面没有一辆车，后面也没有一辆车。明天就是大年三十啊，往年这个时候，隧道都是满的。而此时，她如同穿行在一条幽深的峡谷，似乎忘记了自己是从哪里来的，又往哪里去。

武汉封城了！

这条消息像一颗闷雷在汤红秋头脑里爆炸，震惊了所有的武汉人，也震惊了中国人和全世界。一百年来，武汉没有封过城！一百年来，战争发生过多少次？洪水发过多少次？在汤红秋和上一辈人的记忆里，都没有听说过封城。这个城市肯定发生了一百年来最严重的事情！

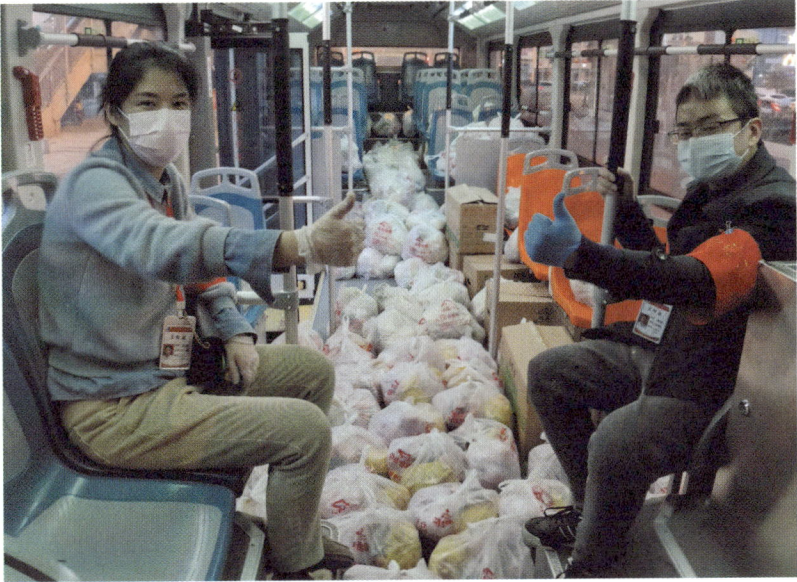

湖北省武汉市江汉区唐家墩街唐蔡社区的网格员、志愿者,把分袋装好的生鲜套餐装上公共汽车,为社区居民提货、送货。(**李长林 摄**)

2月26日,湖北省武汉市复兴路社区的志愿者们为社区居民配送生活物资。(**季春红 摄**)

　　2月6日,在浙江省湖州市东苕溪德清段,德清县乾元镇组织青年党员、水上民警和"德清嫂"志愿者为滞留该水域的船舶的船民送菜上门,解决他们的生活困难。(谢尚国 摄)

　　江苏省宿迁市泗洪县蓝天救援队是一个由500余名志愿者组成的志愿服务组织。新冠肺炎疫情发生后,该队每天都组织志愿者携带消毒设备、物资等深入居民小区、商场超市等人流密集区域义务进行全面消毒。图为该救援队组织队员义务在超市内消毒。(许昌亮 摄)

　　2月12日,安徽省合肥市庐阳区大杨镇吴郢社区一支由15名退役军人组成的志愿者队伍正式上岗,他们被分派到社区8个网格当中,协助社区工作者和辖区物业开展疫情防控工作。(葛传红 摄)

　　四川省泸州市龙马潭区红星街道退役军人志愿服务队的20余名党员志愿者在党旗下重温入党誓词,签下"请战书",积极投身到疫情防控阻击战中。(杨尚威 摄)

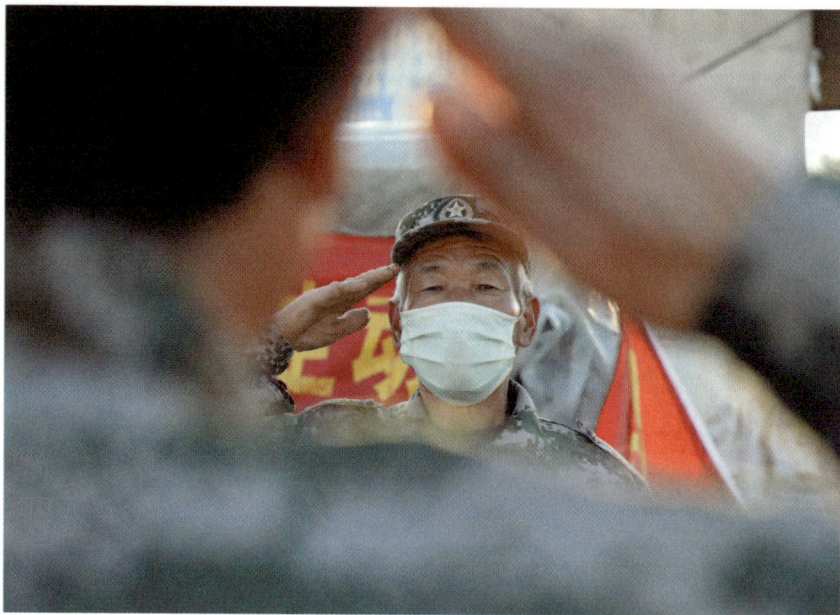

　　2月16日，河北省广宗县葫芦乡大辛庄村疫情防控检测点，"退役军人志愿者"小分队用实际行动诠释"若有战、召必回、战必胜"的使命担当，为保卫人民群众的生命安全筑起了一道绿色屏障。（王垒 摄）

　　2月16日，浙江省湖州市南浔区旧馆镇10多名退役军人志愿者，替补成为包装工和搬运工，义务协助员工生产一次性医用防护服面料。（陆志鹏 摄）

这个事情人们都知道了。知道归知道，它有多厉害很多人却不知道，觉得它和自己的生活没有关系，但是突然封城，让人们都明白了，它和每个人的生活都有了关系，一件大事发生了。

汤红秋说——

我们这个志愿者团队最初没有名字，名字是后来取的。最初是6个人，两三天后发展到60个人，现在有600多人。没有工资，不管生活，很多人倒贴车费油费，甚至自己还捐赠。为什么发展这么快还能坚持到今天？我也很奇怪。

大年三十那天，封城的消息一直在我脑海里回旋，让我茶饭不思。到了晚上9点，春节晚会开始不久，我憋不住了，开始给武汉的几个朋友打电话。我一共打给了5个人，第一个是郭晓。我说，晓晓，看样子城市情况很严峻，我们是不是要做点什么？否则人生就会留下遗憾。她立即回复我说，可以，我们一起看看能为这个城市做点什么。

然后我又分别给其他人打电话，最后一个打给徐斌。我觉得他是比较有主意的一个人，给他打了几个电话，最后一次打电话是夜里3点多，徐斌在电话那头迷迷糊糊地说"你还让不让我睡觉"，随即说话的声音变清晰了。

就这样，没有名字，没有共同的办公地点，没有工作计划、目标，只有一股想干点事的冲动和一个微信群，我们就开始了。

刚开始什么都乱

新组建的团队似乎不知道该干什么，微信群里很多人彼此都不认识。

大家只知道往群里拉人，似乎人越多越好；大家只知道募集资金和物资,这是传统的经验告诉他们的。第一笔资金是千里马机械供应链公司捐赠的,公司董事长杨义华和徐斌同是中国民主促进会会员。徐斌还利用他的湖北民进企业家支部主任的身份向另外的民进医药文卫专委会群和其他的会长单位群发布捐赠信息。

刚开始几天大家有点乱。

大家都知道医院里物资紧缺,缺口罩,缺护目镜,缺防护服,缺药品,还缺吃缺喝。疫情正在暴发,交通限行,餐馆关门,似乎什么都缺。

最乱的是救灾物资和信息处理。捐赠的钱要买口罩,口罩好不容易找到了,但价格混乱至极——一只口罩价格从 0.66 元到 5.2 元不等,最高相差七八倍。如果不买,转瞬就没有了;并不一定价格便宜就好,质量如何谁都不知道,如何运输也不知道。

我们的城市"病"了,大家都没当过城市的"医生",只能根据经验往前走。志愿者余淑芳的孩子的同学家长在另一个群里告急,说他已确诊患病,住不上医院,她答应帮忙;志愿者刘唱的先生从另外一个群里也转来一个告急消息,她也答应帮忙。他们以为自己的团体在给医院捐赠物资,医院应该会给一个面子,但是他们接力协调了一天都没有找到床位。不是有床位不给,而是根本没有。

最让徐斌觉得不能松气的是,他在国博中心协调外地捐赠的一批蔬菜的时候遇到的矛盾。

这是一批来自广东的捐赠物资,有土豆,有大米,有蔬菜,捐赠方比较多,通过美德志愿者联盟要捐给广东省援助武汉的医疗队。徐斌对接时遇到了问题。美德志愿者联盟的车队司机们除了带身份证和货物清单之外,什么都没带,按照武汉市封城规定,没有赞助单位公函的车是无法出城的;而且,司机和广东捐赠方的联系人都不知道广东派来的医疗队在哪个医院服务,住在哪里,与谁接头。车已经来了,怎么办?那就先把货卸下来再说。他们在群里喊话,找仓库,找卸货的志愿者。他们到国博中心附近一家由朋友捐助的仓库卸货时，出事了。下货的是两个不同团队的志愿者，由于言语不和，要打起来了。徐斌反复说好话，总算把大家给劝住了。

徐斌说——

刚开始什么都乱，外面联络乱，内部协调乱，经过最初的几天混乱之后，我们意识到这个临时团队应该分工和管理。于是我和汤红秋还有几个核心成员开始给大群分组。这个时候才想起来给我们这个志愿者团队起名字。一商量，叫"美德"吧。为什么叫联盟？这是一种胸怀。除了分组，我们还对群成员进行安全管理，还给这个临时团队设计了一个徽标，我们甚至还成立了宣传组，后来还建立了"心灵方舱"。

城市的孩子

那个 11 个月大、全家 8 个人患病的孩子把陶子给镇住了。她是美德志愿者团队外联组负责人，她在群里发信息，求助联系医院和护送，但首先要确定孩子是否也患病。一位志愿者回复，说武汉市儿童医院同意给孩子做核酸检测；又有一位志愿者回复，她愿意带孩子去检测。

销售从业者陶子是武汉这座城市的女儿。她 15 年前离开武汉，在苏州安家。她和武汉的联系并不单单是因为父母和亲友在这里，也不是因为这个城市里有她的客户。

刘唱和余淑芳也是汤红秋的朋友，她们在疫情全面暴发之前离开武汉，刘唱去了广西北海，余淑芳去了浙江杭州，两人本来准备旅游过年，却因为是武汉人，在旅游地被隔离。余淑芳全家被隔离 14 天，期满检测全家无人感染，被放行。但因为是武汉人，酒店不敢让他们再住了，好在余淑芳从事酒店工作，通过朋友关系周转，在杭州租住下来，但不能在杭州自由行动,也不能回武汉。刘唱在北海也差不多。她们用手机和在家乡武汉的汤红秋联系,被汤红秋拉进志愿者团队。

滞留在远方的这个城市的孩子们,每天都在等待城市康复的那一天。刘唱和余淑芳都说,她们现在特别想念这个城市,想念往日讨厌的堵车的样子,也想念那种喧嚣和热气腾腾。好想回到那个满大街都是尾气,满街叫骂的时候。

被困在城里的志愿者们按捺不住了,他们每天关注着疫情数字变化,关注着物资,关注着这个城市每天发生的一切。刘启安并不是土生土长的武汉人,他出生在河北,大学毕业后一直生活在武汉。他对"汉骂"之类的不良习俗一直抵触,但这次疫情让他对这个城市产生了新的归属感。

疫情严峻。这一群由热情和冲动聚集起来的志愿者每天承受着巨大的压力。他们觉得自己的力量太小了,只是一杯水,解不了城市的渴。

他们每天晚上都在微信群里碰头,很多次都一无所获,甚至是一片沉默。有人甚至不敢在群里发消息,一发就是坏消息。

有一回陈蓉在群里只发了一个字——哎。她还没有发下文,就能感觉到几百人的群在震动!所有人都在担心。

刚满18岁的志愿者徐强,本来已随父母在美国读书,他回武汉是为了举行成人礼仪式,没想到碰上疫情。他开着自己的车每天当志愿者。妈妈劝他不要干,他不听,坚持每天早出晚归。远在美国的妈妈一边流泪一边叮嘱他保护好自己。

这是一次刻骨铭心的成人礼,有遗憾也有疼痛。有一天,一个新冠肺炎患者家属打电话请他帮忙接人,他抽不开身,等空闲下来打电话过去,对方用低沉的声音告诉他,不用去接了,老人已经去世了。

最艰难的时刻

徐斌还在为广州来的那一批货着急。两支不同团队的志愿者陆续散去,只剩下几个人。天太冷了,大家都缩着脖子。徐斌开始不停地打电话,打了三个多小时,联系广州捐助方的各个层级,寻找广东医疗队,寻找可以解决司机出城问题的各方人士。手机打没电了,又掏出充电宝,边充电边打。

天色一寸一寸暗下来。他开始饿了,手一直发抖。他开始给三个司机联系盒饭。有一个司机缩在驾驶室里坚决不开门,认为外面的空气里有病毒会传染他。后面人们反复劝他,他才接下盒饭。

徐斌没有吃饭。他吃不下去。他不知道这两辆车会停到什么时候,也不知道什么时候才能回家。

这是美德联盟搭建的第 3 周。

联盟发起人汤红秋后来说,最艰难的时候在第 2 周和第 3 周。

郭晓和陶子也都说,第 2 周和第 3 周是"至暗时刻"。

有人在喊加油。有些电视和报纸也天天在喊。武汉加油!武汉加油!喊来喊去志愿者们感觉身上还是没有力量,油加不上来。这个城市需要更大的力量来帮助:似乎需要更多更多的医生护士,似乎需要更多更多的物资。

每天都有无数坏消息传来。

在医院排队的人,有的甚至要等七八个小时,才能拿点药回家去。一个床位几乎就是一条命。微信群里求助信息太多了。一个志愿者说她每天早上打开手机,最多时能看到一千多条求助信息。

得病而没有住上院的人,通过朋友转朋友告急。待在家里隔离的人一天一天严重,打市长热线,打 120 急救,打警察电话,都打不进去,打电话的人太多了。

这是一种新型病毒,目前没有治疗这种病毒的特效药。

报纸和电视天天在宣传,似乎雷神山和火神山这两所医院一建好就可以解决问题,但是志愿者们天天和医院打交道,知道这两所医院只能容纳 2600 人,从每天的求助信息来看,远远不够啊。所幸后来方舱医院建起来了。

汤红秋的一个同学是一家医院的护士。护士同学说她们上班一天只有 1 只口罩和 1 套防护服,一上班就要穿 10 个小时。她们打仗可以,但要有盔甲和子弹啊!这个消息扯动着汤红秋的心。

汤红秋和上海的朋友陈蓉共同募集到一笔资金,想买一批医用口罩给上海支援武汉的医生护士,也给她同学那个医院一批,但是等她们筹到了钱,联系上的口罩厂家却停产了,坊间消息说是因为春节工人加班工价高,并且原材料稀缺。

怎么会停产?

现在是打仗!医生护士就是战士,前面战士没有子弹,后面还有一批一批的人往上冲!这是干什么啊!汤红秋在电话里和陈蓉两个人哭泣。

这个城市会不会倒下?这个城市似乎要倒下了。

陶子就是在这一段时间崩溃的。有一天她给一个 75 岁的确诊老人在医院找床位,打了三个多小时电话,口腔都打溃疡了,还没有协调好,她一下子崩溃了,大哭起来,打电话对着汤红秋大吼:汤红秋!你为什么要把我拉到这个群啊!

志愿者郭晓在团队里负责物资对接,她的工作一半在室内一半在室外。她要和医院打交道,要协调其他人,有时候也亲自出门送货,充满风险。有一个志愿者司机在送医生和患者的时候感染,几天以后离开了人世。郭晓每天基本上都要忙到夜里一两点,加上每天都听到坏消息,精神几近崩溃。

那一阵子她天天失眠。一旦感染了怎么办？她当然可以撒手不干，但是这个城市还有那么多人，又怎么办？

有一天夜里，她睡不着觉，忽然想起要留遗嘱。

她一旦感染，她的父母怎么办？她问她先生。

她要先生承诺，万一她感染，他一定要赡养她父母。

先生承诺完毕，打电话给汤红秋，说，你们这些志愿者都变成神经病了啊。

城市接力

那个 11 个月大的孩子被志愿者抱着在武汉市儿童医院做了核酸检测，结果要一个星期之后才知道。这一个星期孩子待在哪里？如果离开医院，谁来带孩子？孩子会不会传染别人？住在医院边打针边等结果当然安全一点，但医院提出要求，必须有一个健康人全程陪护。谁来陪？

愿意陪护孩子的志愿者找到了，小崔，一个没结婚的小姑娘，还从其他志愿者团队找了一个叫周杰的男生。两人都没带过孩子，但在这么急的情况下，只有他们顶着上了。

那就开始吧。两个新手学着带孩子，轮流倒班，一个人 12 小时。

给那个即将生孩子的孕妇送防护服的事也解决了，前后用了不到 24 个小时。最先发现这个需求信息的还是冯丹丹。她半夜给汤红秋打电话，最后送去的是徐斌，他在一个天很黑的夜晚从南湖的桂安社区出发，先到江夏区去拿防护服，又送到青山区的白玉山康达社区孕妇家中，来回接近 100 公里。徐斌清楚记得那天的情景。孕妇的丈夫姓黄，他们的社区被封了，他是翻墙出来拿防护服的。他给徐斌打了张收条，上面写上了他的姓名电话，还写了下面三行字："谢谢你们，你们辛苦了！武汉加油！中国加油！"

1月21日晚，孕妇生产了，一个健康的女婴！

陶子说——

我们这个团队做事，大部分靠接力。没有哪个人有那么大本事能解决所有人的问题。比如这个11个月大的孩子，她的防护服是一个人送的，口罩是另一个人送的，送到儿童医院做核酸检测是一个人，带孩子的又是另外两个人。有些人我们并不认识。我们帮助过的人给我们打电话或者发微信，说你们派人送的东西收到了，但是我们并没有派，他们都是自愿的，我们只知道他们的微信名或网名。

这个孕妇的故事也是。冯丹丹找汤红秋，汤红秋找到我，我就在那个大群里发公告，因为我是那个群的管理员，我@（通知）了所有人，然后就搜那个孕妇的地址，把地址发出来。消息发出后，有几个人联系我，说要提供防护服。这个时候郭晓很细心，她提醒我说孕妇要住院，防护服要好一点的。我就问那几个志愿者，结果防护服质量不够好，最后到夜里徐斌大哥才帮忙落实下来。

有一个药品接力的事最搞笑。有一个朋友给我打电话，说要买胰岛素，他住在武汉市很远的郊区东西湖。我把信息发在群里，30秒之后有两个人跳出来。一个说有药，另外一个人就住在附近。现在送药是大问题，城市的交通禁行了，快递只有顺丰和邮政。顺丰这么远的郊区也不送。结果呢，2个半小时以后，那个人告诉我，我们派的人把药送到了。他们两个是如何对接的？骑自行车还是什么方式？不知道，他们也没有加我微信。

这就是我们团队的特点，做事不留名。每个人都觉得自己做的是一点小事，是应该的。

志愿者刘启安为武昌民族路社区联系消毒喷雾器的故事，也是一个典型的接力。刘启安的一个朋友在微信里发出需求，说他的社区紧缺一个消毒喷雾器。这个平常不起眼的东西现在成了紧俏物资，每个社区只发一个。他那个社区的喷雾器杆子坏了。

刘启安让陶子和陈蓉在群里发消息，一两天都没有人接这个活儿。

后来，刘启安让他们学校的后勤人员到乡下的农资商店去买。学校在鄂州市华容区，也全城封锁了。从乡镇买到后送到学校，没有办法送到武汉。怎么办？刘启安打电话给当地参加抗疫的书记，由书记把这个东西带到鄂州市抗疫指挥部，又请抗疫指挥部用顺路车带到武汉，在武汉由志愿者接收，再送到社区。一个小小的消毒物件，最后到达社区，经过了5次接力。

等待着那一天

志愿者小崔开始在医院里面陪护那个11个月大的婴儿了。疫情发生之前，她是一名销售员，加入美德志愿者团队之后，她的工作是帮忙联络信息，并调配接送医护人员上下班的车辆。现在她和周杰轮流照顾孩子，虽然很忙乱，但也很有成就感。毕竟面对的是一个这么有朝气的小生命。

3个小时喂一次奶，用200毫升水兑6勺多的奶粉。抱着的时候婴儿虽然不会说话，但是机灵的大眼睛会到处看。眼睛盯住一个地方不动时，就是要睡觉了。

孩子喜欢音乐，用手机放儿歌给她听，她会拍手，身体也会随着音乐晃动！他们用视频联系上孩子的妈妈池女士，让池女士看看孩子，池女士病情已经好转。两个没带过孩子的志愿者把孩子带得这么好，这大大出乎她的意料。

几天之后，医院里核酸检测结果出来了，这个女婴没有染上新冠肺炎。

消息传到微信群里，大家都乐坏了！这个孩子，真是百毒不侵啊！

城市在明显地发生着变化。

徐斌认为变化是从方舱医院建成以后开始明显的，人流朝医院里潮涌的现象开始缓解，再就是全国医疗队和军队医疗队一批一批进入。还有一个变化，就是社区也采用封闭式管理，这个上千万人口的大城市，现在才叫封住了。

这个城市没有倒下。

他们期待的一股更大的力量——来自国家的力量已经到来，正全面铺开，全面发力。

美德志愿者的工作方向也开始发生变化。现在募集资金和物资已经不是主要工作了，政府采购力量加大，全国大批调配以后，美德志愿者团队开始朝城市服务发力。

社区老人、滞留在武汉的外地人、养老院……这些容易被忽视遗忘的地方成了他们服务的重点。

他们把20吨84消毒水运送到武汉的60家养老院，用了4个志愿者车队，志愿者们全部用的是私家车。因为封城，酒店关门，很多滞留在武汉的人找不到住宿的地方，他们给滞留在火车站附近在地下隧道里住宿的人送被子和开水，方便面和面包；在一个老社区，里面的住户年纪偏大，大多不会使用手机网上购物，封城之后，附近的超市都关门了，他们联系采购了4吨大米和蔬菜，给200多个老人逐一发放。

正在前方帮广州来的运货司机协调卸货和入城相关证明的徐斌在现场碰到戏剧性的反转，他协调好工作的时候，天已经黑了，那一帮原本要打架吵着离开的人，又开着车返回了。

卸货现场出现了二十世纪六七十年代在农村流行的号子声，不知道是谁开始喊的，有人在车上扔，有人在车下接，有人在扛包，有人在码货，一片"嘿哟嘿"之声。

中间休息的时候，他们之中有人给徐斌点烟，说，都是志愿者，不打不相识！

徐斌被公认为是整个团队最坚忍的人，他用他的沉默、定力和宽厚，陪伴团队度过一个又一个混乱而艰难的日子。每天晚上他们几个核心人员都要开视频会议，会上大家都发牢骚，他并不劝解，只是听，甚至不用安慰，发完了第二天接着干。有人在说疫情快结束了，但迟迟也不到来，大家都问他什么时候是个头儿？他说他也不知道。

结束就是头儿。

他比谁都关心疫情结束。他说，武汉一直是我的城市。

陶子说，我今天跟我的一个客户说，我一直低估了我们这个城市和老百姓。我原来认为人都是自私的，但是通过这场疫情我才明白了普通人之间的那种力量，他们团结在一起，力量真的非常非常大。

汤红秋说，我现在特别想很多很多朋友，大家在一起，即使在外面很乱的夜市，只要大家是健康的，我们在一起，吃饭，喝酒，赏花，只要是热闹的，只要在武汉。

（作者：普玄，系中国作协会员、湖北省作协签约专业作家）

一位叫"大连"的志愿者

○ 李朝全

这是一个真实的故事。主人公是一位大连小伙儿,不满28周岁,因为名字里有个"强"字,我们就称他为"小强"吧。小强原计划从上海乘高铁去长沙谈生意。2020年2月13日路过武汉时,阴差阳错地下了车,从此开始了一段悲欣交集的难忘经历。

误打误撞到了武汉

小强1992年5月出生,在大连经营一家手游工作室,已婚,儿子不满3岁。过完元宵节,小强计划去长沙。他每年都要去长沙,找和他一起做手游工作室的师傅拿脚本和IP(知识产权)。这时全国的新冠肺炎疫情正处于胶着状态,尤其是湖北和武汉的疫情处于高峰。家里人很担忧,但小强在网上查了一下,看到湖南包括长沙的疫情并不严峻。他安慰家人,说谈好生意就回来。

他简单收拾了行李,只背了一个包,带了一两天的洗漱用品和换洗衣服,从大连乘飞机到上海,在上海住了一晚。

2月13日早上8点24分,小强坐上了上海虹桥开往长沙南的G576次列车。车票是上海到岳阳东的二等座,3车6F靠窗。

车厢里人很多,都戴着口罩,都不交谈。小强坐在座位上,一直玩手机。快到中午时,他感觉肚子有点饿,就走到9号餐车买了盒饭。他看到临近的8号车厢里有很多空位,就找了一个靠窗的位置坐下来吃饭。再走回拥挤的3车厢实在有点麻烦,因此,吃完饭他就继续坐在座位上玩手机。玩了不到1小时,就听见列车员喊:武汉站到了,请8号车厢的全体乘客下车。

下午1点25分火车准时停靠在武汉站。车厢里嘈嘈杂杂的,只有小强坐着没动。乘务员喊他:小伙子,该下车了!

小强回答:我是去长沙的,不是到武汉。

列车员说:这节车厢人家都是到武汉的,你自己误打误撞来了这个车厢,又跟他们坐在一起这么久,要不你也跟着他们都下去吧!

这时小强才注意到他身边坐的几个人,果然都已站起来拿好行李准备下车。前面是一位大叔,右边是夫妇俩带着一个孩子,后边还有一个大学生。

小强拿着车票想走近去和列车员解释,列车员却一个劲儿地往后退,说你别过来!你别过来!

没办法,小强不想为难人家,就从高铁上下了车。下车后没几个小时,他就后悔了。当时他如果强硬地要求留在车上,列车员也未必会赶他下去,毕竟他的车票是到岳阳而不是到武汉的,谁也不能强迫他下车。但是,这个1.83米的小伙子觉得人家那么催促他下车,那话说得让他实在不好意思再硬留在车上。

站在站台上,小强不知所措。这时,他看到刚才坐在前面座位上的那位大叔,就过去问他去哪里,大叔说他是回武汉的医生,要参加一线的救治工作。

小强问他：您能不能捎我一程？

大叔就捎了他一段路，然后给他放下来。

得想法离开武汉！小强心想。

他打开手机，发现离汉火车票全部停售。又用打车软件搜索离开武汉的其他交通工具，发现快车、出租车、顺风车都停了。在大连就知道武汉已经封城，但只有到了武汉，才感受到什么叫封城，也就是所有留在武汉的人都不能离开武汉！

他给110打电话，希望警察能帮他；给120打电话，对方回答，现在没有车可以离开武汉。

没办法，既来之则安之吧。

下午，小强给家里打电话说自己被困在长沙了，暂时回不了。他想，如果家里人知道自己的真实处境，肯定会急疯的。

小强打算找家酒店住下来，但搜遍各种网站也订不上。他在马路上走来走去，沿途商店都是关着的。

天快黑了，又下起小雨，变得阴冷。小强想，找志愿者看看能否帮到自己。他搜索到一个本地志愿者招聘信息，上面赫然写着四个字：包吃包住。这四个字对饥肠辘辘的小强来说，太有吸引力了。

一开始他想避免去医院。他先看到一个道路清洁的工作，就打电话，对方问：你能过来吗？小强回答：我过不去，我没有车。对方说，我们真想用你，但确实没办法来接你。

小强又打了第二个电话，是想应聘司机的。对方说：如果你想来的话得自己带车，要是你没有车的话，就得等。但他等不起呀，天就要黑了，他得马上找个地方住下。

怎么办呢？他想起2月8日听到过大连派出医疗队支援武汉的新闻广播。他想，要不就去医院当志愿者，医院总会管吃住吧？但是他不知道大连医疗队在哪一家医院。他搜索了一下最近的医院,搜到武汉市第一医院,电话打过去,对方说:来吧! 我们正缺人。小强问:能不能开车来接我? 对方说:你得等一等,我们现在车辆也紧张。

等了40分钟,车来了。晚上9点,小强终于到达武汉市第一医院。

时间太晚了,医院一时间也没法给他安排合适的住处,让他暂时在地下车库搭个简易床对付一晚上。小强把医院给的一张折叠床打开,盖上医院给的一床被子。又累又冷又担惊受怕,小强一晚上都没睡好。

半夜他听见有人痛哭,看见医院工作人员推着一具尸体送到殡仪车上,家属就跟在后面哭,既不能靠近去看也不能去触碰他们逝去的亲人。小强感觉到死亡离自己这么近,他被吓哭了。

向家乡求救

第二天是2月14日,西方的情人节。这个日子小强本该留在爱人身边,陪着儿子。他怎么也没有想到,一早起来就要开始工作。他想得很美,到了医院,怎么着都会花一两天培训新手吧,自己先待两天,两天里兴许就能找到办法离开了。没想到医院人手奇缺,根本没时间搞培训。

督导老师让小强跟着自己学,教他怎么穿脱防护服,给他分配了任务——直接进到9楼的病房里,负责23病区。

小强人高马大,防护服和手套都没有适合他的尺寸。穿好防护服,总觉得不是这儿不对就是那儿不对,稍微一使劲儿,手套就从袖口崩开了,他特别害怕,因为皮肤都裸露出来了。支援武汉的南京鼓楼医院医疗队护士长朱欢欢赶紧带着这个笨手笨脚的小伙子出去消毒,又给他找了一副长手套戴上。从那天起，朱护士长每天都要从南京医疗队给小强拿一副长手套。

小强怀疑护目镜也有问题，一吸气总觉得眉毛那里有凉风。他很担忧，赶紧去找督导老师。督导老师回答：只要没有唾沫或是固体的东西沾到眼睛上，有护目镜挡着就没问题。

但他还是半信半疑，又接连问了好几个护士，大家都说没问题他才相信。别人都是戴两层手套，小强却坚持要戴三层，袖口处还用胶带层层捆起。

小强的工作是清理患者的生活垃圾、拖地和卫生消毒。一天工作12个小时，早上7点到11点半，下午1点半到5点，傍晚6点到晚上10点。早上进去收拾70多位患者前一天晚饭的餐盒，然后分发早饭；中午去收一下早饭餐盒，分发午饭；傍晚去收午饭餐盒，再分发晚饭。每天早上7点他还负责给医护人员消毒，往他们的鞋底上喷洒消毒液。晚上下班前还要负责收拾医护人员脱下来的防护服。他每天要三次出入病房，因此要换三套防护服。

第一次到病房里收饭盒，小强伸手拿起饭盒，感觉饭盒下面黏黏糊糊的，糟糕，有水！他的心里"咯噔"一下：完了，完了，我被传染了！手里拿着饭盒，手足无措。

当他终于把饭盒放进垃圾袋掉头要走时，又听见患者喊：小伙子，还有垃圾桶。

小强一看，垃圾桶里有吃剩的苹果核、酸奶盒，这些都沾过患者的嘴，肯定都有病毒呀！他怕极了。

他慢慢蹲下去，感觉风就从脸颊两边被挤了出来。他不敢再站起来，心想：我一站起来，脸颊就会再吸进空气啊！

这一整天，小强都在提心吊胆中度过。

晚上，医院方面告诉小强，已给他安排附近一家酒店的单间，带卫

　　1月24日,农历除夕深夜,450名陆海空三军医疗救护队队员驰援武汉抗击疫情。(**魏铼 摄**)

　　2月1日,驻鄂部队依令组建"驻鄂部队抗击疫情运力支援队",协助地方运输武汉市人民群众生活必需品和医院医疗防护物资。图为驻鄂部队运力支援队车队行驶在武汉长江大桥上。(**朱勇 摄**)

2月7日,驻鄂部队抗击疫情运力支援队官兵前往武汉市洪山区文化和旅游局运送帐篷、被褥等物资。(闵宇祥 摄)

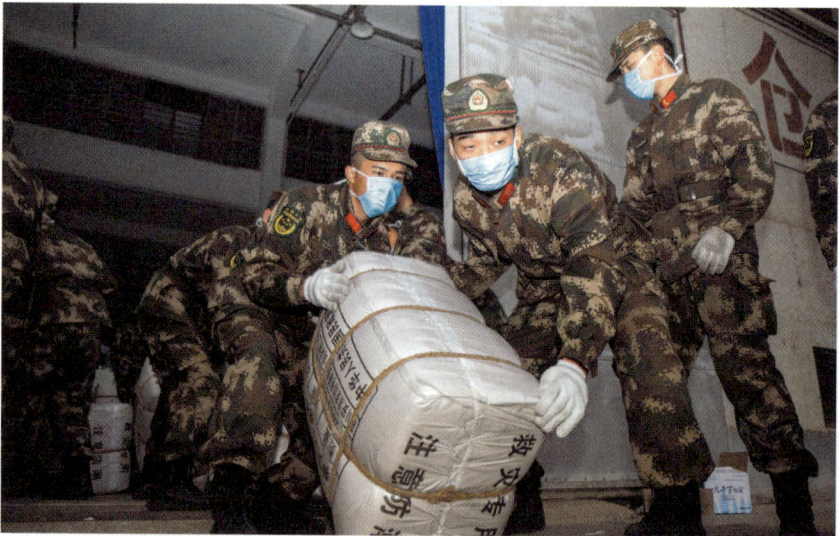

2月8日,武警广西总队机动支队官兵接到驻地政府转运疫情防控救援物资请求,立即派出230名官兵、24台物资车火速驰援。(余海洋 摄)

　　2月11日，由退役军人医疗队组成的小分队在江西九江换乘，数百件医疗设备和生活物资仅半个小时就完成了装车转运。（洪永林 摄）

　　2月17日，军队支援武汉抗击新冠肺炎疫情的医护人员乘坐空军运输机抵达武汉天河国际机场。（范显海 摄）

2月27日,驻鄂部队抗击疫情运力支援队行进在武汉市主干道上。(季春红 摄)

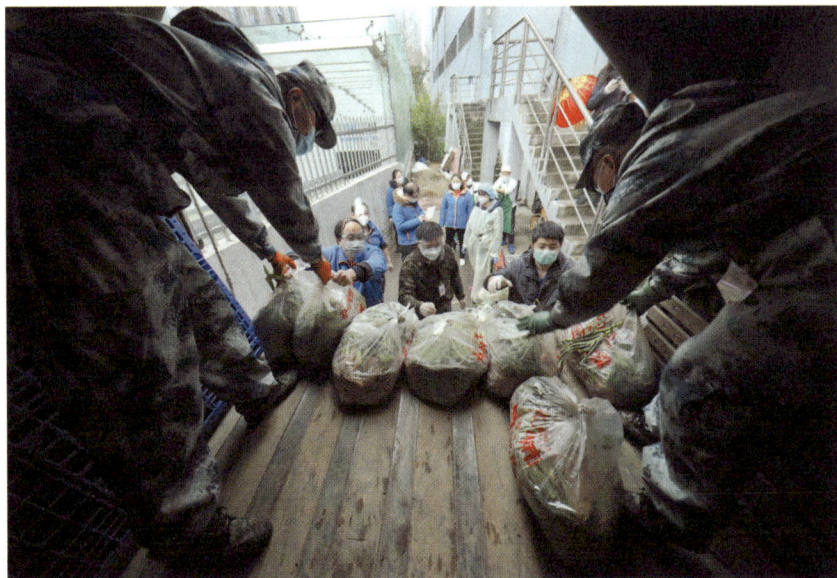

2月27日,驻鄂部队抗击疫情运力支援队官兵在武汉市武昌区首义路中百仓储配送物资。(季春红 摄)

生间,有电视,还有 Wi-Fi。

下了晚班,昏暗的路灯照着空旷的马路,小强独自走回酒店。这个年轻人轻轻哼起歌手海鸣威的一首歌:

> 我走在没有你的夜里
>
> 好大的北京
>
> 我哭都没有了声音
>
> 我坐在没有你的家里好冷清
>
> 你走得如此地肯定
>
> 我躺在没有你的回忆冷冰冰
>
> 我痛都没有人伤心
>
> 我站在没有你的窗前
>
> 看孤独的风景

此时此地,他觉得,这首歌唱的正是自己。

这天夜里,小强内心非常惶恐,害怕病毒会找到他。他感觉到了自己的渺小,孤单单一个人在武汉,人生地不熟,连一个可以说话的人都没有。他辗转反侧,难以入眠。

第二天早上,小强打起精神到病房去。75 床的老大爷一直在流鼻血,他不小心把擦鼻血的纸扔到了正在收拾卫生的小强腿上。小强吓坏了:这下完了! 跑不了了! 肯定被感染了!

旁边的护士看他发怵的样子,就对他说:小伙子,你去把撮箕拿来,再拿点卫生纸来,我帮你一起收拾。小强不敢动,看着护士拿纸去擦地上的血再往垃圾桶里放,非常感动,他对她竖起大拇指。

护士对他说:你现在就出去,把腿处理一下,然后消一下毒。

小强如获大赦,他真的怕了,这地方没法再待下去了!

两天里一连串的打击让小强打起了退堂鼓：我得赶紧另找工作，这个活儿不能干了！

但是，他上网搜，但凡招人的，都是医院。

是啊，这时候工厂、企业几乎都已停工，最缺人的就是医院！

2 月 16 日是小强到医院工作的第三天。每次看到患者痛苦的样子、窒息、剧烈的咳嗽，他就特别恐惧和紧张。前一天和他说话的一名患者进了 ICU，隔壁病房传来谁又被列为疑似病例的消息，一整天小强的心都提在嗓子眼儿。到了晚上，他感觉呼吸和胸口都挺沉重，怀疑自己是不是已经染病了，半夜三更都睡不着，越想越怕，他想求救，他给能想到的求助部门都发了求救微信和短信，也想到了自己经常听的大连交通广播。

2 月 17 日凌晨 1 点 15 分，小强在大连交通广播微信公众平台上发出了一条求助微信。

17 日早上，大连交通广播电台《欢乐同行》主持人高峰发现了这条微信名叫"时光手游"发来的特殊消息：

"记者你好，我是一名大连人，目前我滞留在武汉，在武汉市第一医院做义工，每天会面对 70 多个患者，跟他们零距离接触，每天会看到很多患者病危，甚至死亡的都有。慢慢地我觉得害怕了，但是不敢跟家里说我在武汉，更不放心跟家里人说我在医院做义工，每天要在病房工作 12 个小时。我看到大连来了医疗队，但是找不到他们，我特别想跟家乡的人在一起奋斗。有时候我很怕自己被感染，没机会再回去见到我的父母、妻子，还有我不满 3 岁的儿子。不敢跟父母打视频电话，真的很害怕我再也见不到他们，作为一名中国人，作为一名大连人，我不畏惧病毒，可是作为一名儿子、丈夫、父亲，我害怕再也见不到他们，我还有未尽的义务！给你们发这个信息，我是想如果真有不测，我希望你们能帮我告诉我的家人，告诉我的儿子，他的爸爸是个勇敢的中国人，是个勇敢的大连人。我叫××强，身份证号是210×××××××××××××××，电话是199×××××××，希望你们可以帮我转达！此致，敬礼！一名奋斗在一线的、普通但却勇敢的大连人！"

节目播出后，听众纷纷留言。大连交通广播迅速反应，立即成立援助报道小组。当天晚上8点36分，节目组的记者联系上了小强。小强说，我不奢求现在就能走，只想大连的医疗队如果有返回大连的，第一批带上我就行，特别感谢你们！其实现在着急也没用，我在这里每天也有住的地方，一日三餐都有，也是为国家尽一份力。

电台记者姜馨然感觉小强的心理状态很糟糕，急需心理疏导。于是，电台紧急联系上了派驻雷神山医院的大连援鄂医疗队，帮助小强联系上大连医科大学附属新华医院领队刘医生。刘医生告诉小强，因为他不习惯戴口罩，现在长时间穿着厚重的防护服，戴着两层的N95口罩和医用外科口罩，感到胸口沉重是很正常的。

听了刘医生一番话，小强心里的石头落地了。他感觉自己就像一个落难到孤岛上的人，忽然看到一条可以带自己回家的船。从那天起，刘医生就和小强保持联系，询问他的状况，提醒他做好防护就可以避免被感染。

一天中午，在酒店大堂外，一群医疗队员正在合影。突然，小强听到有人喊他：小伙子，你抢镜了！

小强一听，这些人口音和自己有点像，就问：你们哪里来的？

对方说，我们是哈尔滨医科大学附属一院派来的黑龙江医疗队。

老乡见老乡，两眼泪汪汪。黑龙江医疗队的领队和小强互加了微信。晚上，医疗队给他送去了红肠、士力架等零食，还送去了沐浴露、洗发水和剃须刀。他们送的吃的太多了，小强就分给别的护士和义工一些。

工作之余，小强就看护士们忙碌，看她们怎么跟患者打交道，他问：护士姐姐，你们这样零距离接触患者不怕被传染吗？

护士耐心地告诉他：我手套虽然碰到患者了，但立马做手消就没事了。记住，从病房出来，不管你手碰没碰东西，都应该立马做手消；在病区里不要用手去碰身上任何部位，因为脱防护服时你不知道哪里是被沾染过的。

就这样，护士姐姐一点一点地教他。小强自己也一点一点地积累，慢慢地战胜了恐惧。

但他心里还是很排斥同患者说话。每次进病房前，他都是先吸一口气，然后憋住气再走进病房，快快收拾完，快快出去。

小强喜欢和护士姐姐们聊天。护士们知道了他的经历，都夸他挺机智勇敢，挺棒的。有个护士说：你的经历让人想到了电影《人在囧途》。

突然就变成了"网红"

2月24日，二月二，龙抬头。黑龙江医疗队专门送给小强一套理发器，让他给自己理发。

2月26日，有位40多岁的女患者治愈出院。小强很惊奇，就跟她聊天，问她这个病究竟是什么情况。这位大姐把小强当成了医生，流着泪连声道谢：感谢你们！谢谢你们！

小强想，这个病真能治好啊！他又揣摩：大姐都40多岁了，自己抵抗力和体格肯定比她好，即使感染了也一定能治好。这下，他才真正放下心来。

2月27日起，大连交通广播电台通过官方微信、微博和抖音同步推出《大连义工小强的武汉日记》,受到越来越多大连人的关注。

小强的心态越来越平稳了,他从义工转成了志愿者,劳动强度也降低了,每天只需工作6个小时。

他变得更有耐心,和患者时常能有一些交流。虽然大连和武汉的方言有很多差别,但小强每次都很耐心地去倾听。他感觉这些患者都很乐观,很友善,比如54—56病床的患者,有时小强要进病房,这时患者如果没有戴口罩,他们就会喊小强等一下,等戴好口罩,再让他进去。

有位大妈入院时情绪不好,看到小强后,情绪变积极了,由衷感慨:只有中国才有这么好的青年。

武汉志愿者何女士接到大连交通广播电台听众王建军的电话,知道小强因为个子高,防护服不合适,就把手里所有的大号防护服都给他送去了。

小强的心底慢慢生出了乐观和幽默。譬如医生说:小强,把袋子给我用一下。小强回答:好的,这就给你,伙计! 大伙儿都被逗笑了。

小强在护士站对面电梯口墙上贴了一张纸,写着"大连小伙儿等候处,9楼守护者,若有需,召必回,请喊'大连'"。每个字里的点,他都画成爱心的形状。闲下来时他就搬把椅子坐在那里等候。护士们需要搬东西、推送饭车什么的,都喊"大连"。

进入病房污染区穿防护服的过程相当烦琐,也非常耗时,要求一丝不苟严丝合缝。先要戴上N95口罩,再戴上外科医用帽子,接着穿上一次性鞋套,再穿上全身套的防护服,然后戴第二层口罩和帽子,再穿上外隔离衣,隔离衣的系带系在背后,然后再穿上外鞋套,戴上外手套。每天,小强都严格地按照这套程序来穿戴,不敢有一丝疏忽和懈怠。有一天傍晚,姜馨然连线采访小强,小强说时间快到了得马上走。姜馨然说就最后一个问题了,但小强坚决地说:不行! 我得赶紧去病房,一分钟都不能耽搁!

小强把自己微信号的签名改成了"生命有终点,人生须无憾"。

在他看来,自己这次在武汉的经历,大概是命运安排他为武汉做点什么——为了让人生没有遗憾。

黑龙江医疗队的老乡经常给他送东西。小强说真不知道该怎么感谢,回去后一定要去一趟哈尔滨看望这些亲人。

姜馨然逗他:你不先来交通台吗?

小强说:肯定去!回大连第一个去交通台找你们。然后再去哈尔滨,再去南京。

姜馨然问:去南京是因为什么?

小强说:我所在的9楼病区的主管就是南京鼓楼医院的医生和护士。他们给了我很多帮助。

小强又问姜馨然:我能进交通广播电视台里面吗?

姜馨然回答:能。

小强问:可以带我媳妇一起吗?

姜馨然说:能,带你儿子也行。

小强说:回去以后我就不用怕人了。我就可以说出我的名字。我也想骄傲骄傲。

小强成了媒体、网络"红人",小强"火"了。

但小强却说:我不想"火",我就想过平头老百姓的日子,我只想回大连踏踏实实过我的日子。

3月11日,大连援鄂医疗队刘领队来到武汉市第一医院。经过协调,医院安排小强做了CT检查和核酸检测。结果一切正常。

要离开医院了。

小强去和护士姐姐们告别。

护士姐姐逗他:我们都还没走,你怎么就走了呢?

小强说：我到南京找你们。

护士姐姐说：到马林广场等着哦。

（作者：李朝全，系中国作协创研部副主任、中国报告文学学会副会长）

三月正青春

○ 李春雷

"我叫肖思孟。'孟子'的'孟',不是'梦幻'的'梦'。"

电话中,她热情却又认真地对我说。

是的,在近期的新闻报道中,她的名字大多被写成肖思梦。采访之前,我曾想,这应该是一位清纯、漂亮且浪漫的女孩子。

2020年3月上旬,由于她仍然在武汉市第七医院病房做护理工作,我只能通过视频和电话同她联系。视频中的她正蜗居轮休,戴着一顶可爱的小红帽,的确清纯且漂亮,但谈到疫情,谈到工作,她马上收起浪漫的表情,变得严肃起来,并摘下帽子,露出白亮亮的光头。提及自己的名字,她也格外较真儿。

"我的'孟',是'孟子'的'孟'。"

"我当然也有梦,但每一个梦,最需要的是脚踏实地……"

一

肖思孟的生命,有着别样的沉重。

她,是一个遗腹子!

1994 年 10 月,她出生于河北省秦皇岛市青龙县一个名叫拉马沟的小山村,乳名梦梦。此前一个月,她的父亲遭遇车祸,不幸去世。

第二年,母亲抱着小梦梦,改嫁到邻镇的拉拉岭村。继父纪友义,是一位家境贫困的民办教师,兄弟五人,多半残疾,纪友义年过三十,尚未婚配。

给妻子办理户籍手续时,纪友义被好友建议:要让女孩改姓纪。

可是,这个朴实、善良的汉子啊,不仅没有这样做,而且还时常送孩子回拉马沟村,带她看望肖家的爷爷奶奶。是啊,儿子去世了,孙女就是两位老人唯一的精神寄托。

看着女孩健康,看着妻子病弱,想着家境赤贫,本来可以拥有自己亲生孩子的纪友义便主动提出,不再生育,全心全力养育小梦梦。这个特殊的家庭,虽然异常贫寒,却从来不缺少爱和温暖。

等到孩子到了上学年龄,长辈和邻居们再一次郑重劝说纪友义,一定要给小梦梦改姓。他们说,这个孩子与你没有血缘关系,又与肖家亲密,如果再不随你姓,长大后肯定会远走高飞,谁为你养老?但这个固执的民办教师仍然不改初衷。不仅如此,他还为她取了一个有特殊寓意的名字——肖思孟。

纪友义抚摸着女儿的头,深情地说:"肖,是你亲生父亲的姓。他虽然去世了,但你要永远感恩父亲。梦,虽然美妙,但总是飘忽。咱家穷,将来你要扎扎实实地做事。所以,我把'梦'改为'孟'。这是'孟子'的'孟',孟子与孔子齐名,是中国传统文化的根!"

母亲身体欠佳,因此小思孟由继父一手带大。虽然纪友义待小思孟如同己出，却从不溺爱，不仅学习上严加教导，为人处世上更是时时叮嘱——要学会吃亏、先人后己，要有责任心，更要有爱心。

沐浴在父亲的宠爱和教诲里，小思孟出落成了一个纯朴善良、温柔体贴的大姑娘。

2013年高中毕业，肖思孟考取了河北中医学院护理专业。2016年大学毕业后，她以优异成绩考入河北省中医院，成为该院呼吸二科的一名护士。

母亲患有高血压、颈椎病和腰椎间盘突出等慢性疾病，需要长年服药。父亲虽已转为公办教师，但年近花甲，由于多年劳累过度，已切除胆囊，还患有胃糜烂、鼻炎、便秘等病症，近日，又做了喉异物切除手术。而且，父母还供养着两个光棍兄弟，其中一位残疾。生活的重担，像山一样压在这个小家庭身上。懂事的肖思孟参加工作后，总是将自己的大部分收入寄给父母，补贴家用。

同时，她还以护士的专业和细心，为父母制定详细的康复计划。所有的用药都由她精心选配。不仅如此，父母的通信费、家里的水电煤气费等，所有可以通过手机远程缴纳的费用，全部由她包揽。纪家的爷爷奶奶都去世了，只剩下肖家奶奶，她也时常买衣寄物，嘘寒问暖。

每天，她都会给父母发去许多微信图片，汇报自己的工作和生活。

上学的时候，她喜欢三毛、琼瑶小说和一些消遣类杂志，可参加工作之后，她的业余阅读逐渐向文学、历史方面靠近，尤其喜欢唐诗、宋词等古典文学和传统文化。

有一次，她给父亲打去电话，首先吟诵了一段："鱼，我所欲也；熊掌，亦我所欲也。二者不可得兼，舍鱼而取熊掌者也。"而后，询问作者何人。

父亲不明就里。

她接着诵读："生，我所欲也；义，亦我所欲也。二者不可得兼，舍生而取义者也。"再问语出于谁。

父亲一时想不起来。

"爸爸呀,您怎么把咱俩的根本都忘记了?"

"怎么回事?"父亲一头雾水,大惊失色。

"这是孟子的名言。而且,您的名字,也来自他老人家啊。"

"哈哈哈……"纪友义恍然大悟。

渐渐地,这个善良可人的小姑娘,成了家中的顶梁柱和主心骨!

二

2020年春节快到了,父母早早动手,鸡鸭鱼肉,蒸烤卤煮。

纪友义和妻子每天念叨啊,女儿哪天放假,哪天回家。从石家庄到秦皇岛,高铁票245元,太贵了,女儿从来不坐,而是乘坐81元车票的普通列车,但那样需要行走八九个小时。今年,父母反复催促女儿,一定要坐高铁回家。他们心急啊,已经大半年没有见到女儿了。

肖思孟早就预订了高铁票,并为爸爸妈妈和家人都准备了礼物。她还专门来到美发店,打理头发。

是啊,她刚刚26岁,正是爱美的年龄、恋爱的季节。她特意蓄养了几年的披肩发里,藏着内心深处甜蜜的期盼呢——等到当新娘的那一天,盘一个最漂亮的发型。

发梢轻烫微卷,空气刘海儿——她对自己的新发型十分满意,于是随手一张自拍,第一时间发送给父母。

看着照片中娇美的女儿,父母的心底甜蜜蜜的。

然而,就在肖思孟起程回家的前一天,本来春节值班的同事因家中急事,不得不离开,单位里人手骤然紧张。看到这种情况,肖思孟略微犹豫了一下,便主动要求留下来值班。单位领导喜出望外。

她赶紧退掉车票,并给父母打电话,许诺元宵节一定回家。于是,爸爸妈妈又开始眼巴巴地盼望元宵节。

鼠年春节近在眼前,新型冠状病毒突然偷袭!

大年二十九,武汉市宣布关闭离汉通道。举国震撼,世界注目!

大年初一晚上,肖思孟值班。

清晨 5 点,电话骤然响起,火急火燎。肖思孟以为是 120 接诊,接听之后听到护士长的声音:"刚才接护理部主任通知,要组建医疗队赴武汉救援,现在开始报名,自愿参加。"

"护士长,我……报名!"她迟疑半秒,旋即坚定了语气。

"思孟,你不再考虑一下吗?"

"我刚才已经考虑过了!"

当天中午,肖思孟接到通知:"你被批准去武汉了,下午 2 点半集合出发!"

啊!太突然了,就像疫情一样让人猝不及防。

她匆忙回到住处,简单收拾衣物。

这是河北省派出的第一批援鄂医疗队!

可是,如何告知父母呢?他们身体虚弱,正苦盼自己回家。肖思孟心中纠纠结结,颤颤抖抖,直到踏上南下的火车,才拨通电话。

纪友义沉默良久,嗫嗫嚅嚅地问:"孩子,必须要去吗?"

"我在火车上,已经开车了。"

"哦,既然这样,我和妈妈支持你。不过,千万千万要注意安全……"

三

第二天凌晨 4 点,医疗队抵达武汉。

从大巴车上向外望去,街头一片死寂,昏黄的路灯无精打采。影影绰绰的暗影里,似乎有无数伸头探脑的恶魔,正在居心叵测地打量着远道而来的北方来客。谁都不说话,空气黏稠凝滞,甚至大家连呼吸都格外小心,生怕一不留神便会惹祸上身。

新来乍到的肖思孟面临的第一项任务就是接受培训。

培训从穿脱防护服开始,首先用消毒液清洁双手,然后戴防护帽、戴口罩、戴橡胶手套、穿防护服、戴护目镜、穿高腰鞋套、戴第二层口罩、戴第二层橡胶手套……

人被防护装具包裹得严严实实、密不透风,像茧中被五花大绑的蚕蛹。

特别是平时让她引以为豪的一头披肩长发,此时却变成累赘,总有几缕头发固执地露在防护帽外。只得将头发高高地盘在头顶,可穿上连体防护服后,又感觉紧紧绷绷,如压重物,低头弯腰、举手投足,更是牵牵绊绊。

最危险的是脱防护服的时候,长发失去束缚,猛然披散下来,屡次触碰防护服外部。如果在实战中,必然造成病毒沾染。

每一次穿脱防护服,都要耗费一个小时。

投入实战的前夜,肖思孟失眠了。

她定定地看着镜中的飘飘长发。

之前,爸爸曾经开玩笑说,我闺女的这头秀发价值千金。

然而,此时的"千金"长发突然变得怪异起来。

四

肖思孟进驻的武汉市第七医院医疗条件和医护力量比较薄弱。疫情暴发后,这里被开辟为定点救治医院,由武汉大学下属的武汉中南医院接管。

医院共有 5 个病区,肖思孟被安排在第一病区,与另一名护士负责护理 16 位患者。

南北方语境不同,方言各异,对他人的称呼也五花八门。

起初,肖思孟见到一位年长的男性患者,便按照北方习惯,她上前亲热地称呼对方"大爷"。对方听罢,一脸茫然。原来,武汉人称年长的男性为"爹爹"、女性为"婆婆"。

与患者交流的障碍还不仅仅是方言方面。戴着两层厚厚的口罩,说话闷声闷气,语音不清。可是,如果声音过大,又戴着护目镜,患者看不到医护人员的表情,往往会误以为带有情绪,不太愿意配合。

各种想象不到的困难更是接踵而至。

以前肖思孟的双手多么灵巧啊,为患者输液、扎针穿刺,伸手一摸,就能探到对方的血管。眼疾手快,轻柔稳准。

可是现在,戴着两层橡胶手套,双手木然迟钝。加之穿着臃肿的防护服,更像笨拙的木偶。

面前的"婆婆"已经 70 多岁了,连日输液反复穿刺,血管瘪瘪。肖思孟伸手探摸,丝毫没有手感。

用眼睛看呢? 护目镜镜片上结了一层薄雾,像隔着一层纱帘。

心急如焚! 多年前第一次为患者穿刺的时候也没有如此紧张。

突然,她发现护目镜镜片的边缘没有结雾,但宽度不足毫米。她竭力地歪斜着眼睛,向"婆婆"手腕处看去,果然看到了一条青色印记。

这不正是血管吗?!

肖思孟随即屏气凝神,小心穿刺。可是,由于镜片边缘会产生光线折射,看到的位置与实际位置有一定偏差。

第一次穿刺失败了。

她深深地长吁一口气,抱歉且柔声对"婆婆"说:"您要相信我啊,不要动,不要动。"

然后,她再次俯下身,侧着脑袋,眼珠上翻,盯紧"婆婆"手腕处的血管,小心地将针头刺进去。刚进针的时候,她仍然没有感觉。随着"婆婆"的皮肤绷紧,慢慢进针,终于看见了回血。

成功了!

肖思孟这才感觉两眼酸痛,头发都湿透了,黏糊糊地黏在头顶。

…………

患者多,没有家属陪床。除了打针喂药、测量生命体征等治疗程序之外,他们的个人卫生以及吃喝拉撒睡也完全由护士负责。

肖思孟与同事忙得团团转,只恨非孙猴,没有分身术。

然而,纵然如此,却又不能着急,反而更要放慢节奏。

病房内不允许快速行走,以免惊扰浮尘,也是为了避免防护服被器物刮破;脚步呢,又不能过于沉重,否则会磨破鞋套和防护服。

防护服破损,后果不堪设想!

因此,虽然工作繁忙,心急如焚,但肖思孟只能耐着性子,轻手轻脚、小心翼翼、如履薄冰……

这就是经历啊,这就是磨炼呢。

每一步,都是成长,都是成熟!

五

飘飘披肩发，竟成烦恼丝。

肖思孟最终还是决定忍痛割爱，改留短发，甚至剪成"假小子"也在所不惜！

可是，美发店全部暂停营业。询问工作人员，内部也没有理发服务，仅有一把男士理发器可以借用。

肖思孟彻底死心了。

她把眼睛一闭，对医疗队的一位同事说："干脆，给我理光头吧！"

同事瞪大了眼睛，眼眶里翻动着一个个问号。漂亮女孩剃光头？这可是从来没有听说过的新闻。

"是的，我要剃光！"肖思孟的口气，斩钉截铁。

秀发，缕缕飘落。

眼泪，簌簌而下。

…………

收治患者不断增多，已有 48 名。

有一位胖胖的"爹爹"，下肢瘫痪，虽然用着气垫床，但两侧股骨头外的皮肤还是产生了不同程度的压疮。肖思孟除了帮他擦洗身体和定时换药外，每两个小时还要为他翻身一次。

然而，即便"爹爹"全力配合，可毕竟重病在身，下身又不听使唤，肖思孟和同事每次为他翻身时，都累得浑身是汗。

最让肖思孟力不从心的体力活儿是更换氧气瓶。由于医院中心供氧压力不足，一些患者需要使用氧气瓶吸氧。

氧气瓶粗粗壮壮，又高又重，根本搬不动。肖思孟只能将其倾斜到一定角度，旋转滚动前行。

可是，平时老老实实的大钢瓶，一旦旋转起来，顿时"脾气"变得十

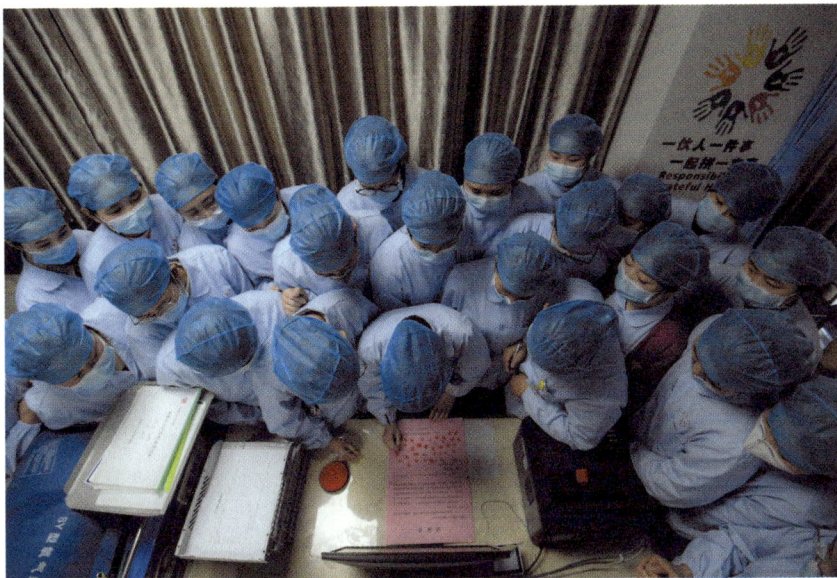

江西省宜春市人民医院护士在"请战书"上签名,郑重按上手印。(袁剑波 摄)

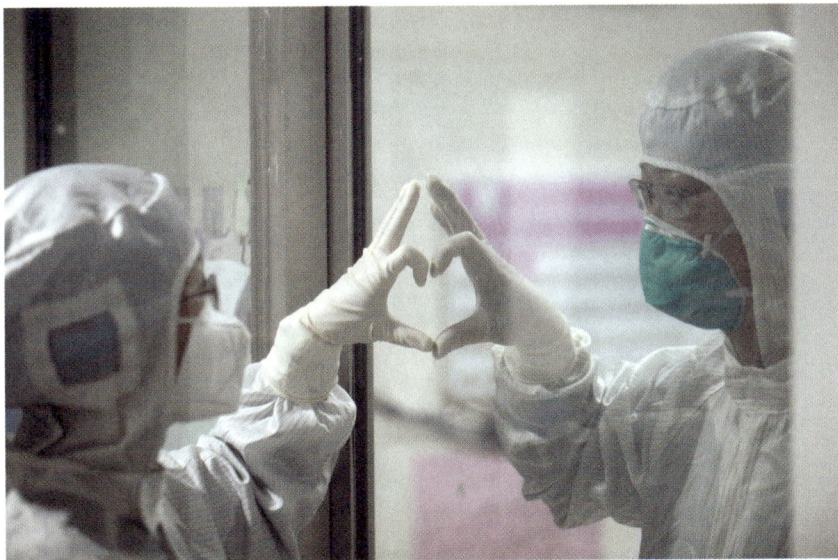

2月14日,江苏省扬州市第三人民医院的新冠肺炎隔离病房,一对医生夫妻隔着玻璃做出爱心手势。(孟德龙 摄)

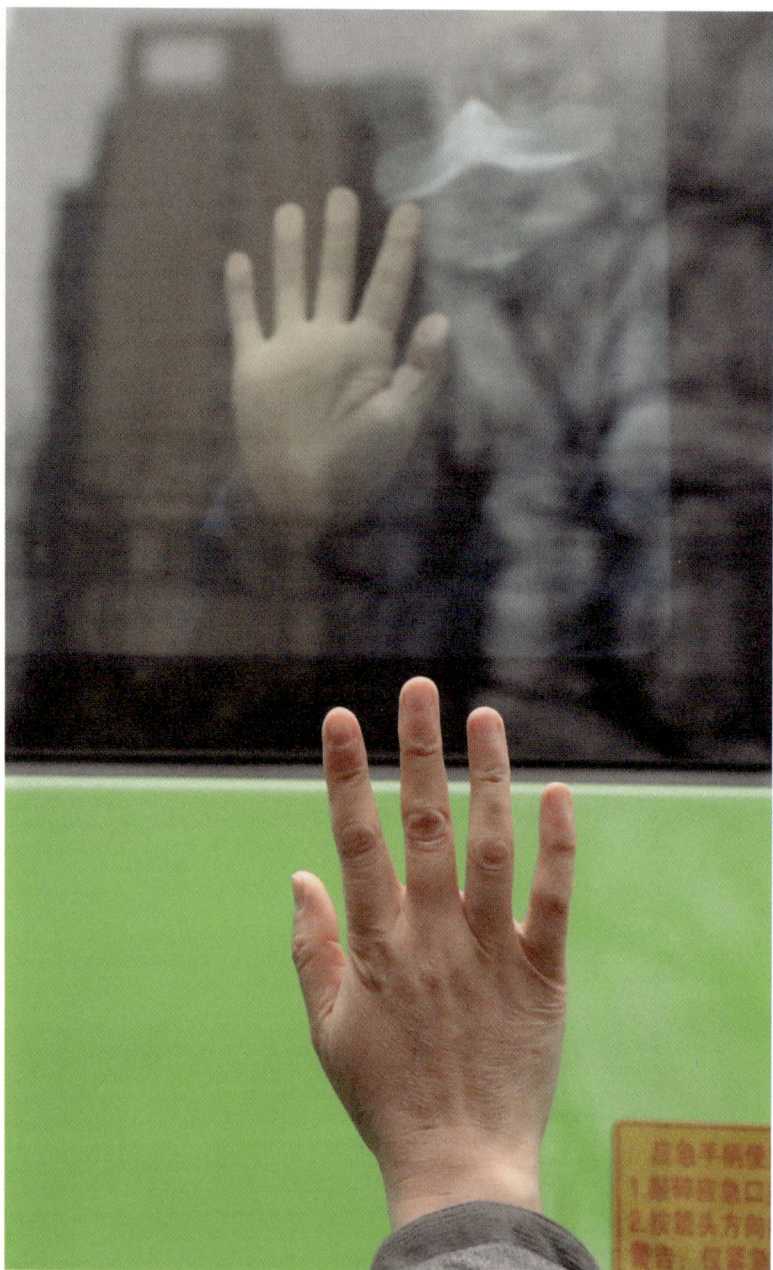

　　2月7日，由西安交通大学第一附属医院100余名专业骨干组成的支援湖北医疗队出征武汉。车窗内外的两只手久久挥舞，虽然隔着玻璃，但传递着同样的温度。（戴吉坤 摄）

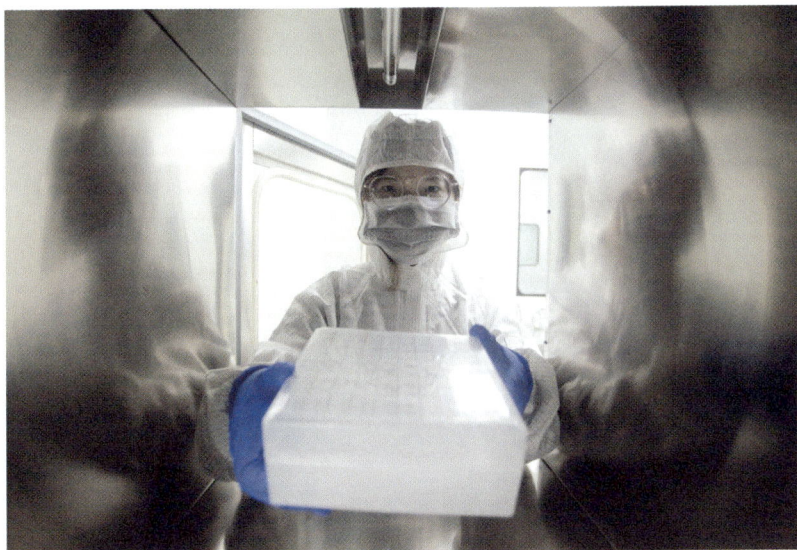

　　新冠肺炎疫情发生以来,扬州邗江生物医药创新实验中心技术人员快速复工,加紧生产新冠肺炎的检测试剂盒。2月17日,在扬州邗江生物医药创新实验中心,工作人员递送冻存盒。**（孟德龙 摄）**

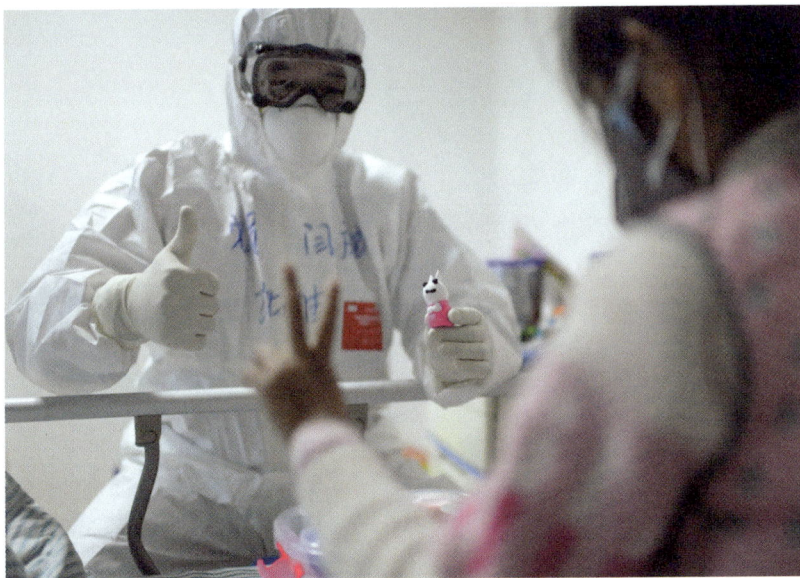

　　2月22日,重庆市璧山区人民医院,医护人员与隔离病区的住院患儿一起捏泥人,为孩子做心理疏导。**（胡悦建 摄）**

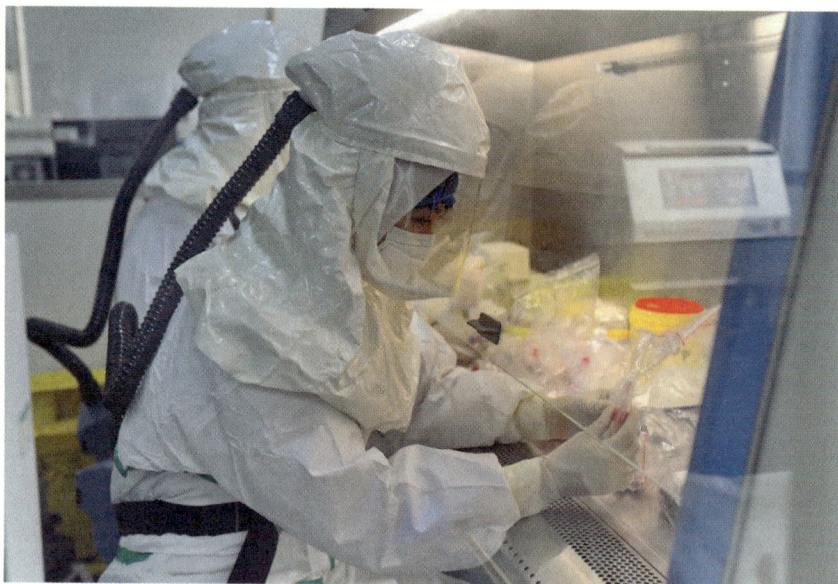

河北省秦皇岛市疾控中心检验科检验人员清点核对样本。（**曹建雄 摄**）

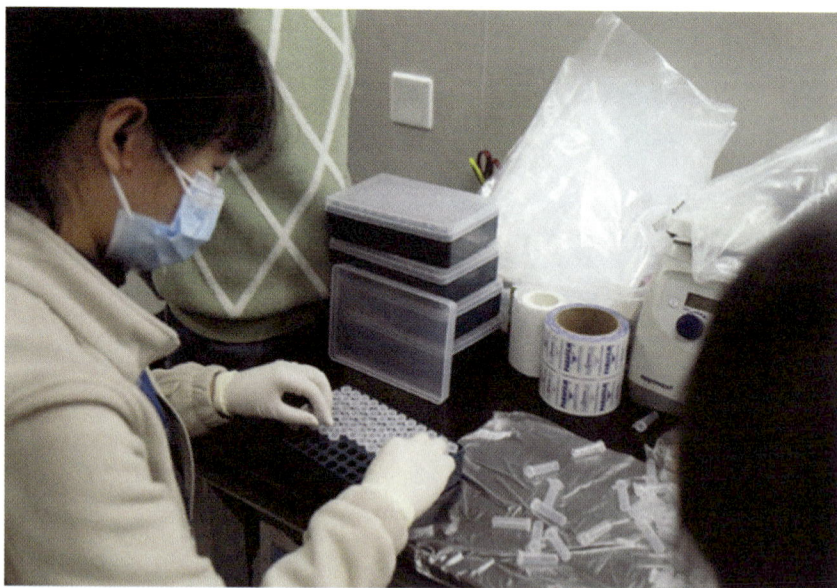

武汉华大基因的实验室工作人员正在准备接收新的新型冠状病毒核酸检测试剂盒样本。（**章正 摄**）

分乖张。万一偏离"轨道",瘦瘦弱弱的肖思孟,根本不可能"力挽狂澜"。倘若失控,惊扰患者事小,若是砸伤患者呢?若是刮破防护服呢?若是碰坏医疗器械呢?

不敢想! 不敢想!

每换一个氧气瓶,肖思孟都是战战兢兢、汗如雨下。而一个班次下来,她常常要更换七八个氧气瓶……

2月8日元宵节,这是肖思孟原定回家与父母团聚的日子。

当天晚上,纪友义一边帮妻子按摩腰部,一边收看中央电视台的《2020元宵特别节目》。

画面中,出现了一个戴口罩的"光头小伙子"。他瞥了一眼,不认识,便接着低头干活儿。

此时,中央电视台节目主持人欧阳夏丹大声说:"剪掉了一头长发的河北护士肖思孟,'90后'的你,也许正引领着这个春天最时尚的发型……"

听到这里,纪友义与妻子猛然抬头。这才看出,电视上的"小伙子",正是自己的宝贝女儿!

可是,自己的女儿,怎么变成了一个光头呢?

他这才明白,自从到达武汉之后,女儿没有发送过一张照片,自己一直在疑神疑鬼呢。实在没有想到,日日夜夜的牵肠挂肚、半个月来的朝思暮想,今天终于见面,却是以这样一种方式。

夫妻两人,顿时号啕大哭。

六

一天晚上,肖思孟刚刚接班,就发现一位与自己年龄相仿的男性患者意识不清,总是咬舌头,极易造成窒息!

测量生命体征,倒也正常。

为了平复他的情绪,肖思孟不断地安慰,可他只是眨眨眼睛。

是饿了吗? 渴了吗?

肖思孟拿来流食喂服,没有吞咽。又喂水,竟然喝掉了。她得到了回应和鼓励,于是找来注射器,慢慢喂水。直到清晨 5 点,这位患者才平静下来。

清晨,护士们开始为患者们抽血、抽血气、测量生命体征。肖思孟忙碌着,还时不时地走到这位患者身边,看一看,摸一摸,冲着他笑一笑。

但愿自己的笑容能感染他。

从急诊部转过来一位"婆婆",戴着无创呼吸机和导尿管。

大龄患者往往意志比较消沉,可这位"婆婆"却十分坚强,积极配合治疗,还不时地向她眨眼和点头。

那位上了呼吸机的叔叔,虽然病情严重、面色枯白、不能言语,但肖思孟每次护理时,他的两眼中都会漾出感激的泪光,亮亮的。那是生命的火焰,那是新生的希望!

希望,是这个世界上最美好、最伟大的内动力。有了希望,一切都会好起来。

肖思孟和患者们时时在相互地加油鼓劲儿呢。

情况日见好转!

胖"爹爹"病情稳定,已经被转入轻症病房了。

"婆婆"的治疗方式由呼吸机换成了高流量辅助呼吸,并且导尿管被取掉了。随后,高流量辅助呼吸又换成了面罩吸氧。

那位同龄人的意识也逐步清醒,可以长时间地睁开眼睛了。而那位上了呼吸机的叔叔,面色日渐红润,血氧量也趋于正常……

轰轰烈烈的一个多月时间里,病床始终处于饱和状态。

直到 3 月上旬，终于开始有空床了，一张、两张、三张……

一张张空床，像一张张笑脸，绽开在病房，绽开在每个人的心头。

…………

3 月中旬的一天午后，下班了。

肖思孟在驻地宿舍里休息。她忽然发现，窗外阳光明媚，青青翠翠，一群小鸟啾啾鸣啭，兴奋而热烈。倾耳听去，还有布谷声声，悠扬且欢快。

楼下的花园里，各种各样的花儿们，也正在热烈地盛开。层层叠叠，粉粉白白，像朝霞，似晴雪，如婴儿的脸，若新娘的羞……

哦，来到武汉 40 多天了，却还没有来得及欣赏一下这个城市的美丽。

她看着镜子中的自己，头发黑黑，蓬蓬勃勃，已长成板寸，有一种说不出的刚健与挺拔。她用劲儿攥一下双拳，感觉浑身新添了一种别样的力量。

于是，她拿出手机，以武汉为背景，认认真真地拍起来。

春天来临了，战斗胜利了，头发新生了，我要回家了。

她要选择几张最美的照片，发送给最亲爱的爸爸妈妈……

（作者：李春雷，系中国报告文学学会副会长、河北省作协副主席）

甘 心

○ 曾 散

我是医生,骑车也要回武汉

武汉关闭离汉通道的消息铺天盖地传来的时候,甘如意有些蒙了,她当时在老家正陪着父母烤火,电烤桌的温度如同新冠肺炎疫情资讯的热度,灼得她隐隐作痛。

回乡下的这些天,甘如意的内心颇不平静。作为一名从武汉回来的基层医生,她惦记着300多公里外的武汉,密切关注着疫情新闻和单位工作群信息。形势急转直下,谁都始料未及。

2020年1月25日,大年初一,甘如意一家的新年饭吃得心事重重。"我要赶回医院!"她的决定比武汉关闭离汉通道的消息更让父母惊慌。

"你才刚刚回家几天?还在过年啊。"母亲急着接过话头,马上又补了一句,"现在回武汉太危险了!"后面这句话才是母亲真正的想法。

"现在情况紧急,哪怕是普通感冒,居民都会恐慌。我们科室只有两个人,我去了,能为更多的患者化验,也能减轻同事的压力。我同事都 58 岁了，也一直没休息。"甘如意又望着父亲。这个家里，父亲的话不多，但他最支持甘如意的工作，当年选择学医也是父亲的建议。

父亲抬头看了看悬在天花板上的灯，然后看着甘如意，轻轻地叹了一口气。"你回去工作我不拦你，这是你的职责。一定要注意安全啊，你不但是医生，也是我们的女儿！"

青白色的光散落在厅屋的角角落落，怜爱与不安在父母的心头不断发酵着，然后蔓延开来，随同灯光荡漾，飘飘洒洒在厅屋里。

"到处都封路了，明天去办通行手续，后天走。"甘如意当机立断，马上跟单位领导申请提前返岗。

1月26日是大年初二，没等手续办齐，传来消息，所有去武汉的公共交通停运，就连甘如意所在的杨家码头村去往县城的主路都只能通行两个轮子的车辆。

"怎么办呢？"甘如意的父亲自言自语，又像是在跟女儿说话。他们村位于湖北省荆州市公安县斑竹垱镇，距离武汉 300 多公里。

未满 24 岁的女儿一直是父亲的骄傲，从小到大乖巧懂事，从湖北省中医药高等专科学校毕业后，顺利考到武汉市江夏区金口中心卫生院范湖分院成为一名化验医生，他相信以女儿的专业知识回去多多少少能尽一份力，可他发愁的是这几百公里路程该怎么办。

"看能不能叫一辆车送我去，我看村里很多人家买了车。"甘如意回村后看到有些邻居家门口停放着车辆。

"我去问问。"父亲说完就起身出了门。

父亲回来的时候已经很晚，车辆没有着落。其实后来出发后他们才发现，即使叫到车也通行不了。

"没有车不要紧，我可以骑自行车去。"思前想后，甘如意大胆提出想法。

"那怎么行？几百公里路啊！"父母不同意。

"骑一段就少一段,路上说不准还能坐上顺风车。我每走一段路就给家里报平安,你们放心!"甘如意打定主意。

父亲自责没有本事,双手将头发抓了又抓。甘如意也心疼父母,他们在家务农,辛苦了一辈子,也不能享女儿的福。

接下来几天,甘如意一边规划骑行路线,一边办理各种手续,等单位的返岗证明和临时通行证办好就出发。

骑行路上,泪水伴着雨水,被风吹落

1月31日,甘如意早早起来,发现父母起得更早。临行前,她把母亲给她装好的年货拿出来,背包里只装了点饼干、坚果、几个橘子和换洗衣服。

上午10点,阳光灿烂,甘如意开始了她的"远征"。

甘如意那张编号为"009"的临时通行证,车牌号一栏填写的是"自行车",通行事由填的是"到武汉市江夏区金口中心卫生院上班"。

父亲坚持要送上一程。父女俩每人一辆自行车从家里出发,农村的路弯弯绕绕,经常还会遇上路障。爬坡过坎走了近50公里,到达公安县城时已是下午3点。当晚,父亲带她借住在一个远房亲戚家。

甘如意那天发了一条微信朋友圈:多年没有骑自行车,膝盖疼,还有一个流泪的表情。看得出,漫漫征途的第一步给了她一个下马威。

2月1日上午,甘如意又要启程了,她不忍心父亲辛苦,拒绝了他再送一程的建议。告别父亲,甘如意真正踏上了她一个人的"逆行"之路。

老旧的蓝色单车哗哗作响,承载着瘦瘦弱弱的甘如意,一点点向前移动。这辆车伴随她长大,如今又随她奔赴抗疫战场。甘如意跟我说,那天她回想起年少的时光,小学三年级起她就每天骑这辆车上学,一直骑到她离家上大学。岁月流转，她长大了，自行车也老了，车架上的斑斑锈迹仿佛是它的年轮，一层叠着一层，两个轮胎有气无力地滚动着，干干瘪瘪，颤颤巍巍。

对复杂的路况甘如意虽然早有心理准备，但有时候冤枉路还是会让她沮丧，她只能靠手机导航一段一段前行。

下午1点，甘如意到达荆州长江大桥。工作人员告诉她，桥上已经不让自行车通行。她只好把自行车寄存到一个副食店里，打电话让父母日后抽时间取回去。

失去唯一的交通工具，甘如意只能步行经过荆州长江大桥，等她走到荆州市区，天已经黑了。她找不到开门营业的旅馆，手机也没电，只能向一个未营业的旅馆老板求助。老板多方打听，终于找到一家还能安排住宿的地方。

2月2日，甘如意一大早就起了床。她在路边拦了十几辆出租车，都被告知不能出城。

中午11点，一辆出租车把甘如意放在了荆州市中心城区的街道，看到路边停放的共享单车，她艰难地决定继续单骑远征。沿着318国道骑行，她下一站目标是70多公里外的潜江。

冬天天黑得早，一场雨不期而至。甘如意心中万分沮丧，可她没有退路，只能冒雨前行。她打开手机电筒照明，累了就下来推着车走一截，走走停停。

冬雨细细碎碎，冷风咋咋呼呼，浓雾缭缭绕绕，甘如意慌慌张张。外套淋湿了她不怕，带的干粮快吃完了她也不怕，但天黑让她恐惧，夜色张牙舞爪扑面袭来。前不着村，后不着店，手机微弱的灯光能见度有限，眼前朦朦胧胧、影影绰绰。这个未满24岁的小姑娘终究忍不住了，她记不清路上哭了多少次，泪水伴随着雨水，被风吹落。

318国道不断延伸，依稀的路牌和导航指引着甘如意往前。9个多小时后,灯光闪现,路口站着三四个警察。潜江终于到了。

300 多公里路程,四天三夜

还没等甘如意到跟前,警察赶忙迎了上来。

"这么冷的天,又这么晚了,你怎么一个人在外面啊?快回家吧!"潜江市公安局民警熊陶虎边走边说。

甘如意冒雨走了一天,饥寒交迫。此时见到灯光,见到警察,仿佛见到了希望。她跳下自行车,赶紧回答:"我是公安县人,是武汉市江夏区金口中心卫生院的医生。我这是从公安县赶往武汉。"

看了甘如意的身份证、通行证和返岗证明,又听她讲了一路的骑行,执勤民警被深深地震撼了。

"小姑娘不容易!我们先给你找个休息的地方,你好好休整一下!"熊陶虎立即联系了执勤点附近的一家酒店,安排甘如意住下。反复叮嘱她,去武汉的事不要着急,大家一起想办法。

当晚,潜江市公安局决定派车送甘如意回武汉。民警施虎给甘如意打去电话,甘如意当然高兴,但她转念一想,非常时期,要靠警察维持日常秩序,哪能过多麻烦他们。"你们有你们的岗位要坚守,我这也是要奔赴我的战场!我们各有不同职责,哪能让你们专门送我去武汉?"甘如意婉言谢绝了他们的好意。

"那你早点休息,明天再想办法。"施虎深受感动。

经过民警多方协调,最终为甘如意找到了一辆去汉阳送血液的顺风车。

2 月 3 日上午 8 点半,施虎将甘如意送到沪渝高速潜江收费站等待,还给她准备了水果和方便面。

"谢谢你们，要不是你们，我还不知道什么时候才能到武汉呢！"甘如意的内心被感动充盈着。

"不用客气，你是好样的！到了武汉给我们来个信儿！加油！"

上午 10 点，浓雾渐渐散去，高速公路潜江路段开始放行，甘如意搭乘的顺风车终于驶向了快车道，她的返岗历程也终于按下了快进键。

看着窗外快速后退的风景，连日来的历程也如同电影镜头，在甘如意的脑海里循环播放。后来她告诉我，当时想起父亲曾给她讲过的话。1998 年长江流域发大洪水，她的家乡公安县是重灾区之一，老百姓是靠着国家，靠着一方有难、八方支援才渡过难关的。那时她才 2 岁，没有什么记忆，但是如今，她作为一名医生，必须冲到一线去。

2 个多小时后，甘如意搭乘的顺风车到达汉阳区。她怕耽误送血车的事情，向司机道谢之后，急急地下了车。

甘如意在武汉生活才 2 年多，只知道武汉很大，对于从汉阳到她工作单位的距离，其实完全没有概念。

武汉所有公共交通早就停运。甘如意只好又找了一辆共享单车，靠手机导航，骑过杨泗港长江大桥，到武金堤上，继续向前骑。

天色渐渐黑了下来，手机又一次没电关机，无法导航，不熟悉路况的甘如意走了不少弯路。"当时天黑，我很害怕，越骑越快，不敢回头，总感觉后面有东西在追着我跑。"

经过 6 个小时的骑行，晚上 6 点左右，甘如意终于到达她工作的地方——武汉市江夏区金口中心卫生院范湖分院。

300 多公里的路程甘如意前后用了四天三夜。

跟上夜班的同事简单交流之后，甘如意回了自己的宿舍。晚上 8 点 28 分，她通过微信朋友圈向所有人报了平安。

2 月 4 日，返回武汉的甘如意没有休整，第二天一早便回到自己的工作岗位。她先去库房领防护服、护目镜、手套、口罩、鞋套等防护物资,穿好防护衣,开始一天的工作。开窗通风,打开电脑和仪器,环境消毒,准备采血用具,接待患者,患者手指消毒,生化检验采血,标本离心,上机操作,等待出结果,患者信息录入,给患者发放结果……

紧张忙碌的一天落下帷幕,下班前对所有仪器设备进行关机保养,写好保养记录,做好科室卫生,做到彻底消毒……这就是甘如意返回武汉度过的第一天。

一路"逆行",甘如意心甘情愿

"甘如意骨子里有股韧劲,这事发生在她身上一点也不奇怪。"江夏区金口中心卫生院院长陈宗勇说,"她平时工作认真负责,在大是大非面前,也一样有责任心!"李高洁是甘如意的大学同学,她说:"认准这个事就会执意去做,还要做好,这就是她的风格。"

2017年毕业时,甘如意以优异成绩通过招考,成为一名基层医务工作者。面对其他同学选择了待遇丰厚的医疗检验企业,甘如意说:"我就是从农村来的,我很清楚基层医护人员紧缺的状况,我愿意在这里贡献一份力量。"

2月9日,社区78岁的王婆婆来范湖分院查尿常规,因为年纪大了,腿脚不便,心脏功能也不好,王婆婆爬个楼梯都喘气。甘如意扶着老人家,到二楼女厕所去接小便。然后一手端着小便标本,一手搀扶着老人送回输液室后,自己拿着尿液样本再去化验室化验。

甘如意说,这个非常时期,很多人都会有思想包袱,没病都先吓倒了。她遇到这样的患者总会想方设法开导他们。

"帮助老年患者,这样的事情,在甘如意身上,真是太多了。"化验室主任肖大建是甘如意的科室领导,他说,甘如意很敬业,经常加班加点。确实,这些天我通过微信采访她,她都是晚上 10 点多钟回到宿舍才有时间给我回信息。

在抗击疫情的紧要关头,武汉的各条战线都物资紧缺。甘如意下班之后也没有闲着,她年纪小,人际圈子也小,但她仍搜寻她所有的资源,不断联系那些在外地工作的同学、朋友。河北爱心人士侯艳泽看到有关甘如意的报道之后深受感动,辗转联系到她,决定筹集防疫物资对口援助她所在的卫生院。

2 月 22 日,侯艳泽和她的同学共同筹集到的第一批防疫物资,顺利抵达武汉市江夏区金口中心卫生院范湖分院,4000 只鞋套、100 套 3M 防护服、150 套国标防护服、300 只 KN95 口罩、10000 只一次性医用 PVC 手套、5000 只一次性检查检验手套,这批物资有效缓解了甘如意所在卫生院物资短缺的状况。

这次新冠肺炎疫情暴发以来,像甘如意一样,辞别家中亲人,向武汉坚毅“逆行”,往湖北千里驰援的人还有很多很多,这些人是父母、是子女、是丈夫、是妻子……一个人的力量或许很渺小,仿佛微弱的星光,但汇聚在一起,最终成为耀眼夺目的光束,照亮黑暗,驱散阴霾。

单骑“逆行”,风雨兼程,面对所有的艰难,“95 后”甘如意都心甘情愿。

她说,她姓甘,不怕苦。

（作者：曾散，系中国作协会员）

老唐这一路

○ 普 玄

  2020 年大年初五,老唐从天津出发。他先从天津塘沽站赶到天津站,又从天津站赶到北京西站。北京西站到武汉的所有火车都停运了,他准备转飞机,一查飞机也都停飞了。他买了一张到湖南岳阳的火车票,整整 10 个小时后到了岳阳,已经是正月初六的早上 7 点多。

  岳阳到武汉,无论是火车还是汽车全都停运了。火车站行人稀少,只有少量出租车还在支撑。他想包一辆出租车到武汉,但出租车司机告诉他那是不可能的,给再多钱也不行。前往武汉的高速封了,即使从国道往武汉跑也不行。湖南省和湖北省交界的地方,专门设了哨卡,车子一旦过去,是不可能回来的。出租车司机把老唐拉到离湖北最近的临湘县城,老唐到临湘之后才知道,再也没有任何机动车朝湖北方向跑了。此时是正月初六早上 8 点多。

  老唐决定骑车朝武汉赶。新冠肺炎疫情肆虐武汉,他必须赶过去。

老唐去当志愿者

老唐叫唐培钧,虽然只有 45 岁,人们却都喊他老唐。老唐去当志愿者,出发的时候不敢跟儿子说,到北京西站买票的时候不敢跟售票员说,在临湘买自行车的时候也不敢跟卖车的人说。

"志愿者"是一个很高尚的词。老唐人到中年还只是一个工人,老唐原本有家庭现在却成了一个没有家庭的人——老唐离婚了。老唐觉得自己是一个失败的人,他怕自己配不上"志愿者"这个词。

临湘也封城了,大街上看不到人。来的路上老唐想过骑车,但他当时想的是买辆摩托车。大街上没有一辆摩托车。他拦住一个在街头吸烟的人说要买自行车,对方问他干什么,他说去湖北,但没说去武汉,也没说去当志愿者。

老唐买了一辆没有后座的永久牌自行车,他把行李拴在前杠上开始骑行。他从上午 9 点多骑到 12 点多,赶到湖北和湖南的省界羊司楼,碰到检查站里的十来个人,两名警察、六七名协警,还有一个测体温的人。老唐还是没说去当志愿者。

一群人拦住他测体温,问他干什么,他说去旅游。他说他去前面的赤壁旅游区,一群人都很诧异。当时湖南对湖北交界地的规定是只能出不能进,离开湖南到湖北可以,但从湖北进湖南不行。检查站的人告诉老唐,出去可以,但可就回不来了!

老唐没准备回来。

老唐骑了 1 天之后在路上还碰到另外一个刘姓骑车人,这个人在深圳打工。他从老家湖北嘉鱼县骑车到湖南,原本想骑到岳阳,从岳阳坐火车到深圳,结果在省界被拦回。老唐也没有告诉他自己要去武汉当志愿者。

老唐说他到湖北旅游被困住了,他说他出不去了,只能四处骑车旅游。刘姓骑车人边骑车边给老唐介绍附近都有什么地方值得一游，老唐在湖北交了第一个朋友，加了手机微信。

此前在北京西站，老唐要买到武汉的火车票的时候，售票员和他纠结了很长时间。他问去武汉怎么走最近，怎么走最方便。售票员告诉他怎么走都不近，怎么走都不方便。售票员说湖北的火车站都封了，河南驻马店和湖南岳阳是离武汉最近的站。售票员问他去武汉干什么，回家也不是走亲戚也不是，那这个时候朝武汉赶干什么呢？

老唐也没说去当志愿者。

老唐在路上没想明白

老唐中午从省界开始朝武汉方向骑行，一开始充满好奇。国道上车辆稀少，骑上一段才会碰到一辆；自行车比汽车更少，走路的行人则几乎没有。老唐要骑过赤壁，骑过嘉鱼，他要骑五六百里。老唐在路上看不到车和人就有点慌，因为四周空旷的时候会有很多想法冒出来，让他左想右想，但一直想不明白。

有些事情还得从头说起。老唐出生于中国武术之乡的河北沧州。老唐自幼习武，还是中国武术协会会员。老唐想当警察，结果却只当了工人。老唐在生活中爱管闲事儿，行侠仗义。老唐觉得本事不比别人差，但是在生活中，身边大部分人比他混得好。老唐想不明白。

老唐包里面带着干粮、面包、鸡腿、榨菜和矿泉水，对学过野外求生、自幼学武天天吃苦的老唐来说，路上的艰苦不算什么，但他抵挡不住不时冒出的念头，这些念头沿路折磨着他。老唐看见路边的麦苗和油菜，他惊诧地发现路边和堤岸上居然长出了黄色的油菜花。他生长的北方现在还很冷，野外都是一片枯黄。

老唐的朋友里有人当了处长，也有人当了百万甚至千万富翁，老唐只是一个工人。老唐本来有一个幸福的家，有老婆、儿子，还有一个3岁的小女儿，老唐想让他们过上好日子。但是老唐却离婚了，成了孤家寡人。

老唐继续骑行，他看见成群的野狗。老唐每隔三四里地都会看见一群一群的野狗。老唐心里不是滋味，路上的狗比人多。这个时候，人们都缩在家里。他要到武汉去。

老唐骑行中喜欢看路边的公里牌，每看见一个公里牌都离武汉更近一点。老唐喜欢经过集镇，喜欢看疫情里不能走亲访友的人们待在门口无聊的样子，喜欢看他们吸烟、喝茶和晒太阳。

老唐骑得最累的一段路是赤壁和嘉鱼交界，路上封得很严，老唐那一段绕行走小路，有一段无路可走的山丘，不是他骑车，而是车骑他。老唐把自行车扛在肩上走了几里地，汗水湿透了内衣。老唐要到武汉去。

老唐也想改变生活。想改变生活的老唐用积累多年的钱和朋友共同做红木家具生意，结果亏了几十万元，生活越改越糟。老唐结婚近20年没陪老婆逛过商场，老唐觉得逛商场陪老婆不是英雄。老唐生意亏本后和老婆吵架，两人赌气离婚，儿女都判给老婆，老唐每月付儿女生活费。

老唐在路上过了两夜，第1夜住在嘉鱼县官桥镇，第2夜已经进入武汉市。老唐进入武汉的时间是正月初八晚上7点，他在边界检查站签字，照样要测量体温，照样说只能进不能出。老唐满大街找不到住处，又累又乏，他想到了报警求助。

老唐在警察的帮助下找到一家旅馆，在旅馆的前台，他碰到一个人，那个人认识武汉国际博览中心志愿者团队的负责人，并且给了他电话，老唐通过这个电话来到国博中心。

老唐用重活儿淹没自己

老唐当上了志愿者。老唐在国博中心物资仓库当搬运工,当登记和发货员。老唐和一班跟他一样从天南海北来的人一起干活儿,共同倒班。老唐和大家每天迎接一车一车的捐赠物资,卸货、登记、装货。

老唐每天卸货的时候,都朝最高处爬,选最大的箱子搬。连绵不断的物资让老唐流汗,也让老唐沉默。这里都是捐赠的物资,这里的物资又要送到医院和社区。所有的物资存放不能超过 24 个小时。

老唐每天都用重活儿淹没自己。

老唐每天把物资登记得很清楚,一箱一箱的物资标识得也很清楚;口罩、防护服、测温仪;大米、面粉、蔬菜。老唐每天看见载物资的汽车一辆一辆开进仓库,看见高得如同半个天空的国博中心仓库下面,汽车如晃动的影子,人如移动的鸡蛋。那些天天折磨他的念头也被淹没,不再出现。老唐每天吃饭很多,睡觉很香。他和其他人共同吃山东一位志愿者大姐做的大锅饭,他和一帮来自辽宁的志愿者搭班干活儿,他们共同归一位大学老师志愿者指挥。

老唐和志愿者们看见来自四面八方的力量。每一车物资都有捐赠单位,从大大小小的公司到个人。有一回一家民营公司捐赠了 27 车货,一辆接一辆车开进,前后连绵如同山脉。货物让他们累得汗流,也让他们沉默。老唐偶尔想起他原来羡慕的百万甚至上千万的富翁,也就莞尔一笑,冲在前面干活儿。

和老唐搭班干活儿的 9 个人来自辽宁阜新,除一对夫妻以外,此前他们并不认识。他们有的开旅行社,有的包工程,有的开货车,有的开饭店。他们在网上结识,组成团队,包了一辆中巴开往武汉,和老唐

　　1月26日正式开工后,武汉雷神山医院项目工地现场工人们正争分夺秒全力奋战。(**梅涛 摄**)

　　1月31日,经过昼夜奋战已现雏形的武汉火神山医院。(**黄跃勇 摄**)

2月2日,俯瞰武汉火神山医院工地全景。(梅涛 摄)

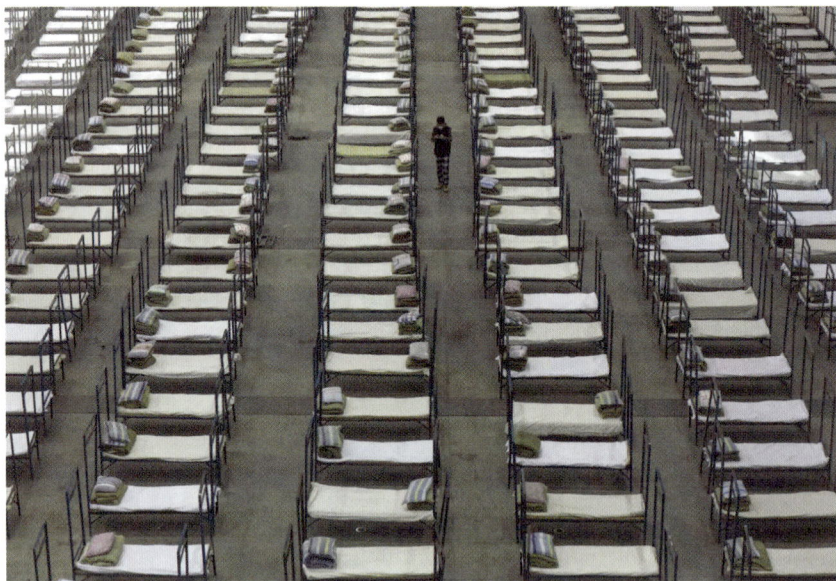

2月5日,位于武汉客厅会展中心的武汉中南医院方舱医院,千余张床位准备就绪,主要收治新冠肺炎轻症患者。(陈卓 摄)

　　海外华人华侨以"蚂蚁搬家"的方式汇聚爱心物资,克服航班取消等重重困难,把一批批爱心物资安全运送回国。(黄继明 摄)

　　2月2日,湖北省十堰市郧阳区疾病预防控制中心的工作人员搬运北京市东城区捐赠的抗疫物资,助力抗击新冠肺炎疫情。(曹忠宏 摄)

　　2月2日,江西省赣州市会昌县九州工业基地蔬菜储存仓库,工人在加紧装运第一批100吨小南瓜,用于驰援湖北武汉等地疫情防控前线的蔬菜市场。**(朱海鹏 摄)**

　　3月1日,一架装载12.8吨防护服、口罩等防疫物资的全货机飞抵江苏南通兴东国际机场,其中8万只口罩支援武汉。**(许丛军 摄)**

一样在国博中心当志愿者。

那位给他们做饭的大姐来自山东济宁，原来是一位司机，丈夫在交通局上班，几年前内退后每天在家打麻将。正月十四晚她正在牌桌上和邻居边打麻将边看电视，社区检查的人上门禁止打麻将，当时电视上还在播放武汉抗疫的新闻，她把麻将牌一推，抱了一床被子上车，直奔武汉。

那位领导他们的志愿者叫高明，老唐住在他家里。他是一位大学老师，老唐进武汉的第一天晚上在旅馆前台拿到的就是高明老师的电话号码。

隔壁就是方舱医院

老唐在正月十二接到儿子的第一个电话。儿子问他是不是在武汉，他一愣。

老唐走的时候只有弟弟知道。老唐现在明白，弟弟知道了，全家都知道了。

你要给我活着回来！儿子对老唐说。

儿子问他危不危险。当然很危险。隔壁就是方舱医院，他们在 A 座，方舱医院就在 B 座，你说危不危险。

老唐知道儿子身边还站着其他人，他在电话里能听到他们的呼吸声。老唐知道那是他曾经熟悉的家，那里有他的儿子、女儿和孩子们的妈妈。

老唐的眼眶一热。

老唐转头去看方舱医院。方舱医院是抗疫之路上的一个创举，把一个巨大的空旷场所临时改造成医院，安放上病床，一个地方可以同时容纳上千甚至几千个患者。老唐和他的工友们忙完歇息的时候，会看见一辆一辆车拉人进方舱医院，也会有一辆一辆车拉着已经治好的人离开。

他们看着一连几十辆车的患者进院和出院，看着一连串的车上的穿白衣的医生和护士，每个人都不再说话。巨大的沉默塞满 A 座和 B 座之间的空间，塞满头上的天空，也塞满了老唐的心里和胸口。

老唐不知道流过多少次泪。

这个练武的汉子一生都不愿流泪，但是这一回当志愿者他却一次次忍不住流泪。

看到他的临时领导高明老师请人照顾家里 90 岁的老母亲，自己却天天骑车去国博中心当志愿者，他流泪；看到一帮辽宁阜新的兄弟每天朝最高处爬，挥汗如雨，他流泪；看到团队中一对夫妻每天和几千里之外的 12 岁儿子视频，他也流泪。

还有做大锅饭的大姐金雷。这个推倒麻将牌抱着被子开车赶到武汉的 50 岁女人，临走前写好了遗书。她在遗书里把银行卡号和密码都写好了，一一交代。她离家 3 天后，居住在另一套房的丈夫才知道。她的儿子在西安当兵，至今不知道她在武汉。

她说她要给儿子做个表率。她要让丈夫和儿子看到，她并不是一个天天只会在麻将桌上混日子的人。她说不打胜仗绝不收兵。

她的话也让老唐流泪。

老唐抽空也给儿子打电话。

老唐在等抗疫全胜的那一天。他回去之后要和孩子们的妈妈复婚，他要陪她逛商场，也想多陪陪孩子们。

（作者：普玄，系中国作协会员、湖北省作协签约专业作家）

火神山的"义渡人"

○ 王　昆

2020 年 2 月 2 日上午，武汉火神山医院举行交付仪式，火神山医院正式交付人民军队医务工作者。此刻，就在不远处的医院工地上，一位来自重庆大渡口的建设志愿者眼含激动的泪花，默默站在角落里见证着这一切。这位 48 岁的重庆汉子叫曾鑫，从事暖通行业已 20 余年，是火神山医院的一名通风系统安装志愿工。

在火神山医院建设之前，中国人恐怕从未如此挂念过一座医院的建设。每天，数千万网友端坐在或大或小的屏幕前，自愿充当"云监工"，为建设者鼓与呼。

1 月 25 日，庚子年正月初一。晚上 11 点多钟，刚从成都姨妈家赶回重庆家中的曾鑫接到一个朋友的电话，提及他们正为武汉火神山医院建设提供新风材料。听到这个消息，曾鑫心中"咯噔"一下，马上在网上仔细搜索火神山医院的相关信息。他得知，全国的建设队伍正从四面八方驰援武汉，而火神山医院建设工地急需有经验的技术人员，传染病医院对排风系统有超高要求，更需要这方面的专业人手。曾鑫是这一行的老手，他想，积累起来的技术经验不在此时驰援火神山、为国家出一份力,更待何时? 曾鑫经过反复考虑,做出了"逆行"武汉的决定。当天晚上,他动员几位"志同道合"的工友同去武汉火神山当志愿者,一下就有 10 多个人报名。

1 月 28 日傍晚,火神山工地上终于打来电话,要求曾鑫立刻组织团队出发。此时全国疫情形势已非常严峻,早已收拾好行李的曾鑫坐在门口,心中忐忑不安,开始了思想斗争。最近几年,曾鑫的事业干得不错,还参与了一些大型项目建设,家里完全不需要他冒这样的风险去"挣钱"。毫无疑问,要从温暖的家中"逆行"出发,不是每一个人都有这样义无反顾的勇气。

曾鑫是土生土长的重庆大渡口人,从小在八桥镇民乐村长大,曾在职业高中学机电专业。毕业后,他在啤酒厂工作过,在维修站工作过,现在在一家建筑公司任项目经理。"他这人啊,就是诚信、踏实。他跟我说,要去火神山! 这人真勇敢!"曾鑫现在的老板何天跃这样跟我说。

这样的勇敢,对曾鑫来说,不是第一次。20 多年前,曾鑫曾遇到一起严重的客车交通事故,他毫不犹豫地冲进现场救人,还和几个人一起成功拖出一位伤者,送上了救护车。在维修站工作的时候,曾鑫每年都被评为年度先进个人。近年来,曾鑫带队完成的工程,都得到甲方好评,他负责实施的两江新区企业总部暖通工程获得了重庆市颁发的"鲁班工程奖"。

面对突如其来的疫情,面对太多未知的恐惧,心生忐忑再正常不过,不过,对于一个已经下定决心的人来说,击败焦虑并不难。曾鑫站起来告别家人,独自上街打了一辆出租车,赶到长寿和其他志愿者会合时,已近晚上 10 点。在集合地,曾鑫把此行的志愿者组织了一下,将队伍分成三路,两路从长寿出发,一路从万州出发,直奔火神山工地。凌晨,几辆渝 A 牌照的私家车向武汉疾驰。雨夜疾行近 10 个小时，行程 800 多公里，终于在次日天亮时分抵达武汉。在高速路口的设卡点，曾鑫和工友们在出示中建三局火神山医院建设项目指挥部的介绍信后，获准通行，奔赴武汉蔡甸区知音湖大道的火神山医院建设工地。

1 月 29 日，武汉火神山医院建设进入病房安装攻坚期。工地上马达震天、灯火通明，千余名戴着口罩的建设者在现场紧张忙碌着。工地上 24 小时不间断施工，装卸空调、钢板等物资的车辆络绎不绝……"太了不起了，这就是中国力量。"第一次身处这样令人震撼的建设工地，"60 后"曾鑫和"90 后"年轻人一样热血沸腾、浑身是劲。

"工期相当紧，工程量也较大，我们班组负责 4000 多平方米的医院通风管道安装任务，要求 3 天之内完成。"曾鑫说，"当时，火神山医院通风系统安装班组一共 28 个人，我们重庆去了 6 个，还有湖南、江西及武汉本地的人员。"除了工期紧张，最大的难题是现场人员技能素质参差不齐，一部分志愿者甚至根本没有从事过相关行业。曾鑫组织大家抢工期、保质量，手把手地带着身边的志愿者进行安装施工。

曾鑫每天回到宿舍休息时，都凌晨 2 点多钟了——他们的住宿地离施工现场有十二三公里，开车要十几分钟，后因道路封闭，还要步行几公里，得花四五十分钟才能走到宾馆。"我们的人，确实还是顶得起的。"3 天后，曾鑫和工友们完美地完成了安装任务。

1 月 31 日晚，中建三局火神山指挥部又把分管的 6000 多平方米组装工程紧急托付给曾鑫他们的安装团队，问了一句话："能不能 2 天组装完？""能！"曾鑫他们齐声回答。

建设工地上，孙春兰副总理来了，李兰娟院士来了，所有人都深受鼓舞。寒冷的清晨，武汉的志愿者抱着 10 多箱湖北特产，站在工地大门外，见人就发。曾鑫不断被工地上那些真诚付出的人们感动着。

尽管有一定的心理准备，疫情的残酷还是超出了曾鑫最初的想象。2月3日一早，天上飘起小雨，天气很冷，工地上突然走进来一家三口。曾鑫看到，那对五六十岁的农村夫妇，站在几十米开外，脸色很不好；而一同前来的那个20多岁的年轻人匆匆走到医院门口四处询问。原来，这家人看到了火神山医院2月2日将投用的新闻报道，大老远赶来，希望尽早入院；可看到工地上还是马达轰鸣，一家人都不知所措。看到这一幕，曾鑫非常难过。他想，这个工地每分每秒都在和死神赛跑，哪怕是为了让火神山医院能早1分钟、早1个小时投用，自己也要把任务快速、标准地完成。

2月2日，经过日夜鏖战，曾鑫与工友们圆满完成了任务。"每间病房单独设置不循环利用的新风系统和排风系统，共同构成负压系统，病房内持续供应新鲜空气，排出的气体经消毒后才会排入空气中……"当天晚上的央视《新闻联播》在介绍火神山医院时，如此报道。

火神山医院建设从方案设计到建成交付仅用10天，被誉为"中国速度"。2月4日，武汉火神山医院正式接诊新冠肺炎确诊患者。当日晚上9点，完成了火神山医院全部排风系统安装的曾鑫，终于得空给远在大渡口的家人打电话报平安，他明白，亲人们每时每刻都在牵挂着自己的安危。千言万语，化作一句珍重。

回到家中进行自我隔离的曾鑫在电话里对我说道："庆幸的是，从火神山医院回来，我带出去的志愿者每个人都是安全的。"我捕捉到其言语间隐约闪烁的一份沉重。而他们在疫情最关键时期的付出也见到了巨大成效，正是在2月4日火神山医院投用后，国家采取的各项措施开始逐步到位，疫情开始了明显好转。

在随后的PCR核酸检测中，曾鑫的结果为阴性，身体情况良好。在隔离期结束后，他又马不停蹄地奔赴四川一家医院建设工地。很多认识和不认识的人纷纷通过手机、网络向曾鑫表示赞誉，曾鑫依旧谦虚而淡然。

"其实,我只是做了一点很普通的工作,也没多么伟大。"他说,"就当作祖国母亲生病了,我来尽尽孝心。"

（作者:王昆,系中国作协会员）

哭笑天使

○ 李春雷

青萍之末

风，起于青萍之末。

武汉的呼吸道流行病风潮，总是从每年 10 月底开始，到次年 4 月谢幕，春节前后是高点。但是 2019 年，整个 11 月，医院冷冷清清，直到 12 月中旬，才进入熙熙攘攘。

作为湖北省中西医结合医院呼吸科主任，张继先心底纳闷呢。暖冬？还是别的原因？

12 月 26 日下午 4 点左右，一位 60 多岁的老太太，因呼吸困难，住院治疗。拍片后，主治医生看到肺部造影呈磨玻璃状，便来会诊。张继先仔细端详后，也感觉特殊，却没有格外惊奇，因为呼吸道疾病有几百种，呈现不同，或有变异。她嘱咐，进一步观察。

最早的警觉，来自第二天。

12 月 27 日上午，在医院神经内科住院治疗的一位老先生，CT 检查时，发现肺部异常。神经内科主任便让主治医生携带资料，去询问张继先。张继先一怔,竟然与那位老太太症状类似?她思考片刻,便提议将老先生转入呼吸科治疗。当天中午,老先生办理转院手续时,明确要求与那位老太太住同一病房。原来,他们是夫妻!猛然,张继先意识到了什么。

帮助办理转院手续的小伙子,是老两口的儿子。张继先提出,请小伙子也拍一下胸片。小伙子一听,气得爆炸,我年纪轻轻,健健壮壮,只是来陪床,又不是患者。张继先委婉地解释。但小伙子挺有个性,就是不听,责怪张继先多事,甚至怀疑遇到不良医生,借机揩油赚钱。张继先告诉他,小伙子,请不要多想,我是医生,只是想让你查一下。至于费用,如果你不能支付,我可以帮你负担。

疑疑惑惑中,小伙子进行了检查。

拿到片子时,张继先倒吸一口凉气:一家三口,症状相似!

她马上对三人进行隔离治疗,并吩咐医护人员接触患者时,务必戴上口罩。同时,她报告业务副院长。

12月28日和29日,张继先所在呼吸科又连续收治4个患者,肺部造影与之前一家三口类似。她详细询问,进行流行病学调查。这4人竟然来自同一区域,且相互认识。

12月29日下午2点,在张继先的建议下,医院业务副院长召集开会,决定上报疫情。

下午4点,武汉市疾控中心和相关专家到来,转诊患者。

12月30日,武汉市疾控中心和中科院武汉病毒所几乎同时做出初步检测结果:一种疑似新型冠状病毒!

12月31日,国家专家组莅临武汉。

几天后,这种疑似新型冠状病毒被正式确定为一种人类新型传染病——新型冠状病毒肺炎,简称"新冠肺炎"。

警报,正式拉响!

继先姐

张继先,瘦瘦小小、文文弱弱,身高只有 1.55 米,体重呢,不足 45 公斤。

这个娇小的南方女子,1966 年生于湖北省黄冈市黄州区,1985 年考入武汉大学医学院,毕业后入职湖北省中西医结合医院,专注于呼吸道疾病诊治,渐成专家。

2003 年"非典"期间,她作为江汉区疫情防控专家组成员,参加防控和排查工作,荣立三等功。"非典"之后,她来到北京朝阳医院呼吸科,深度学习。2006 年,张继先担任湖北省中西医结合医院呼吸科副主任。2011 年,她升任主任。

正是有了这些丰富经历,她才对传染病疫情格外敏感。

全科 33 名医护人员,大部分是女性,她年龄最大。公开场合,大家称她主任,私下里,她的名字是"大姐"。

是的,这些女医护人员,在各自的生活中,是公主,是天使,是优雅的白领丽人。偶尔,她们也慵懒,也自私,也八卦。但谁能挡住她们甜蜜般的幸福和鲜花般的微笑呢,谁让她们是大武汉的小女儿呢。

但,这只是岁月静好时的常态啊。

继先兄

患者转诊了,张继先的心底,却已风起云涌。

她所在的医院,并没有传染病业务,更没有相关防护设备。于是,她马上网购 30 套防护服,并利用屏风,开辟一个简易的 9 人隔离室。

12 月 31 日,隔离室建成,30 套防护服也到了。

2020 年元旦之后,形势大变,患者越来越多。

不能不说,疫情暴发初期,由于各方应对仓促,社会上形成了一些慌乱。最紧要的是各家医院缺少病床,无法收治患者。不少患者奔走于各大医院,气喘吁吁,成为流动传染源。

1 月 13 日,医院决定将住院部一楼改造成隔离病区。1 月 30 日,医院被列为新冠肺炎治疗定点医院。施工队连夜施工,开辟出 18 个病区,600 多张病床。

突然之间,张继先变成了全院近千名医护人员的老师。她不仅需要负责危重症患者治疗,还要负责培训全院医生,用最快的速度,让他们从外科、妇科、儿科、五官科等专业医生变成传染病科医生。

大课教,小班教,当面教,微信教,白天教,晚上教。时间紧急,医生之间没有客气。一时间,张继先哪还是南方女子,必须是黑脸包公。

有些男医生,与她并不熟悉,但看着她的严厉、她的干脆、她的风风火火,便尊称她为"继先兄"。

摸着石头过河

魔鬼来了,无影无形,无声无息,无色无味。它的腥爪,试图抚摸人们的鼻子、眼睑、嘴唇,并觊觎人们的肺叶。

全新敌人,全在暗处,全无经验,如何治疗?

张继先和大家一起,按照国家专家组审定的相关诊治方案,加上自己的经验,试探用药,摸索前行。

一名孕妇感染新冠肺炎,前来住院,入院后便是临产期。没办法,只得在这里接生。孕妇太害怕了,既担心自己生命危险,又害怕传染贻害孩子,整天以泪洗面。

某患者,肾移植已经 7 年,又染此病,且是重症,岌岌可危。但他经济实力雄厚,有自己信任的医生,基本不相信张继先的治疗方案,每每质疑。张继先一方面按自己的方案施治,一方面还要与对方背后的专家角逐。

还有一个重症患者,入院时高烧 39.8℃,呼吸衰竭。他自觉不治,情绪低落,甚至断断续续地交代遗言。

张继先像救火队员一样,不仅要对 160 位危重症患者时时看护诊断,还要兼顾几百个普通患者。此中苦累,实难想象。

这样说吧,仅脱下防护服,就需半个多小时。27 个步骤,需要 12 次消毒双手,需要在 3 个淋浴间洗消。为了减少上厕所次数,她平时只吃热干面之类的快餐,加一个鸡蛋,不喝水,不吃水果。防护服不透气,几个小时下来,身上全部湿透。N95 口罩贴合紧密,鼻梁和眼下,生出一片片压疮。

每次从病房出来,她浑身瘫软,筋疲力尽。

极度痛苦中,她也在极度苦恼。她在苦苦地思索着、试探着,如何用中医汤药进行辅助治疗,使中西药联合发力。

不是爱哭泣

哭,是张继先这段时间的业余生活。

开始阶段,病床根本不够用。看着无奈的患者,她急得直哭。

病区开辟后,住满患者。但如何对症治疗,又全无经验。有些患者,竭尽全力,还是去世了。她感到无能为力,忍不住痛哭。

有些患者,拒不配合治疗,她背过身去,哭。

自己太累了,瘫在地上,哭。

科里有两名女护士,刚刚休完产假,孩子还小,不得不突然断奶,告别孩子。两位年轻的母亲,涨奶疼痛时哭,思念孩子时哭,与孩子视频时,那边孩子哭,这边大人哭。每每这时候,张继先也陪着流泪……

只是,哭,并不是动摇啊,只是情绪释放。但是,偶尔,也有人在哭泣中,情绪摇晃。

是的,他们毕竟是血肉之躯,是普通人,面对死亡,面对危险,也恐惧,也动摇,也埋怨,甚至声言辞职。

这时候,温柔的继先姐,马上就会变脸:"以前我们是'白衣天使',现在我们是'白衣战士'。我们这是在战场上,只能进,不能退,倒也要倒在病房里!"

大家瞪大眼,看着她,熟悉又陌生。

她哭完,抹抹泪,开始穿防护服。穿上防护服的张继先,没有女儿态,俨然大将军。

春天的号啕

每次进入病房时,张继先都要在防护服的胸前背后,各画上一个笑脸。远远地看去,是两张笑脸在晃动。

笑脸的晃动中,形势渐渐转变。

那个孕妇,住院十几天之后,身体恢复正常。更让人惊奇的是,她的孩子也一切正常,丝毫没有受到传染。

那个固执的患者,在与张继先周旋一周之后,相信她了,变成了一个乖乖的孩子。20多天后,病情彻底好转。

还有那位重症患者,挺过十几天的危险期后,也进入安全地带。他千恩万谢,安排家人捐献呼吸机、口罩、防护服。

2月下旬,患者数量终于呈下滑态势。3月初,医院开始出现床等人现象。3月上旬,院内各个病区陆续关闭。3月14日,全院恢复正常医疗秩序。截至4月初,湖北省中西医结合医院总共收治新冠肺炎患者1100多人。

这期间,张继先被强制安排撤离战场,居家休息。这时候的她,终于欣慰地笑了。她的笑,辉映着江城盛开的百花。

更让她欣慰的是,和她一起并肩战斗的战友们,没有一人感染。

看着窗外春天的繁华,看着医院门庭的冷落,想着三个多月来的一切,她再一次涕泗滂沱。只是,所有人都知道,这是幸福的号啕!

(作者:李春雷,系中国报告文学学会副会长、河北省作协副主席)

我来自北京

○ 李琭璐

"驰援武汉 65 天,我们一个不少地全回来啦!"

北京首都国际机场,一架飞机徐徐穿过水门。在航空界,这是象征荣誉的最高礼仪。为北京援鄂医疗队"接风洗尘",这是英雄们受之无愧的一份厚礼。

北京同仁医院呼吸内科主任金建敏出神地望着舷窗外,眼眶湿润。65 天前,紧急集结前往武汉的场景历历在目。那一天,北京市属医疗队集结 12 家医院 136 名医护人员,化身天使,降临武汉。

每位医护人员都有着奋不顾身的理由。

刘颖,北京市卫健委医政医管处三级调研员、北京医疗队临时党总支书记。出发前,她正忙着半年后援非任务的法语学习,她带着法语书来到单位,主动请缨:"我专业对口,让我去吧。"

一天后,金建敏出现在武汉协和医院西院区。她的另一个身份,是北京同仁医院医疗队队长。

与金建敏同行的还有曾宪红。17 年前,她曾披甲战斗在抗击"非典"一线。17 年后,作为北京同仁医院呼吸内科护士长,她第一个报名。

年轻医生开始挑大梁。"我是重症科医生,武汉需要我们。"北京世纪坛医院呼吸与危重症科的年轻医生臧学峰,承担着从凌晨1点到上午9点的大后夜班。

1月27日,北京市属医疗队抵达武汉;1月29日正式上岗,接诊19位患者;1月30日,进行病区改造,打造北京医疗队第二病区;2月4日,增设北京医疗队第三病区;2月7日,第一例治愈患者出院……

他们,就是你我身边的普通人。在选择最美"逆行"时,那些善意和勇气让他们如此高贵。

一

起初,金建敏并不愿意告诉患者"我来自北京"。她怕患者觉得自己很"傲"。

直到有一次,患者从她衣服上的名字查到,这位医生来自北京,金建敏发现,"他的眼睛突然就亮了"。在不少人心目中,首都的医生有权威,意味着病有办法治了。

后来,每当有新患者入院,她就会向大家自我介绍:"我从北京来,呼吸科的。"这句话,在患者间传递着信任;对金建敏则意味着责任。

患者老赵,刚确诊时情绪波动大,每天处于极度焦虑中。这种时刻,金建敏会停下来,陪在他身边聊一会儿。身体上的疾病几近痊愈,心里却一直忐忑,在得到出院准许时,老赵拒绝了。金建敏和同事们开始了长达10余天的"话疗"。

好消息是两周后到来的。"金主任,我相信你们。这张床,我愿意留给更需要的人。"

金建敏向他承诺，在院外有任何问题都可以与她商量。两天后，她收到了老赵的微信："昨天回到家，一改在医院的焦虑不安甚至需要吃安眠药才能入睡的状态，早晨醒来精神状态非常好，衷心感谢您的救治！期盼您平安凯旋，我再去看您。"微信的最后，是三个感叹号。

在隔壁病房曾宪红正在为一位上呼吸机的患者吸痰。曾宪红把脸贴到患者耳边，轻轻地说："曾爷爷，我们来给您擦脸、翻翻身，吸痰时您不要动。"

有一天，曾爷爷醒了。"他慢慢地睁开眼睛，我问他，听见我叫您了吗，他冲我眨眨眼。"这是一个好信号。重症患者在恢复，接下来也许可以脱开呼吸机、拔掉气管插管。

但即使她使出浑身解数，也不可能救所有人。因为疾病的特殊性，亲属无法陪在身边，曾宪红和同事们就成了逝者最后的陪伴者。擦拭身体、更换新衣、向遗体鞠躬，"没有亲人送，我们来送最后一程"。

武汉渐渐热起来了。病区不能开空调，在密不透风的防护服的包裹下，队员们是这样的：

"刚套上防护服，还啥也没干就已经开始出汗了。"

"一抬手就有一股水沿着胳膊流到身上。"

"闷。"

"鞋湿了，就像下雨时刚蹚过水。"

"幸好有痱子粉。"

女士们碰到生理期则更郁闷。北京同仁医院呼吸内科护士王洁脸上的过敏情况严重了，化脓、结痂、再长，"无缝衔接"，但她并不会因此"吝惜"汗水。

为了给大家降温，医院后勤给护士站送来了大冰块。冰块降温法古已有之，只是冰鉴没有王公贵族的那么讲究——是一个塑料桶。队员们乐天知足，"觉得太热了就摸摸冰，可舒服了"！

二

金建敏发现，年轻一代的医生正在悄然成长。

这天，与金建敏配班的是北京同仁医院重症医学科副主任医师何伟。他要面对的是 49 位患者：12 例危重症和 37 例重症。

何伟迅速更换防护服，并拦住了正准备更换防护服的金建敏："金老师，我先进隔离病房，您在外边根据我的汇报出具医嘱。有需要，您再进。"

从清洁区到病房只有几百米。金建敏不时听到何伟发过来的语音，"可以感觉到他不停地奔走在不同的危重症患者病房，并组织抢救呼吸衰竭患者"。金建敏再见到何伟，已是 4 个多小时以后。何伟脱掉防护服，衣服已经湿透，头发湿漉漉地贴在头皮上，脸和嘴唇都有一些紫肿，但疲惫的脸上露出一丝微笑，"还不错，金老师，救过来两个"。

疾病有多凶险，医生与医生、医生与患者间的配合，就有多默契。在医生驻地，臧学峰的早饭由年长同事打好挂在门上。很多人不知道，他还经历过一段难挨的日子。一位患者，呼吸衰竭无法纠正，喘到 40~60 次/分，咳不出痰，臧学峰站在她身边帮助叩背。密闭环境下的病毒量很大，也存在着气溶胶传播可能。"这算是和患者密切接触，但没办法，我看她实在太难受了。"

第二天，臧学峰出现感冒症状，他想，自己不会染上了吧。为此，他失眠了很多天。"晚上要上大夜班，白天要睡储备觉，几乎是两小时一醒，有点扛不住的感觉。"后来，北京市医院管理中心增派北京安定医院两名心理专家援汉，在心理辅导老师的疏解下，臧学峰了解到，很多医护人员都曾有过这样的经历。

每日送队员上车,是刘颖给自己安排的任务。北京医疗队抵达武汉伊始,她在手机上定了 6 个闹钟,最早的那班,是凌晨 4 点。透过车窗,刘颖细心地观察队员的心理变化,或忧郁,或轻松,或迷茫,刘颖觉得,好像自己亲手把队员送到了"战场"上。回京后,刘颖在朋友圈写道:"勇敢的城市,伟大的祖国,取消 65 天来的所有闹钟。"

在武汉,48 岁的金建敏度过了难忘的生日。

来自北京市属医院医疗队 149 名队员的祝福、一枝粉嫩的玫瑰花、三个小巧的蛋糕,还有扮作蜡烛的三支棒棒糖、两大瓶鲜梨汤。

"那场景,我会记忆终生。"

(作者:李琭璐,系中国作协会员)

医者伯礼　仁心接力

——记中国工程院院士、天津中医药大学校长张伯礼

○　谢沁立

那是一双神奇的手，轻轻搭住患者的脉搏，就能获取病灶密码，然后对症下药，病情缓解。

那是一颗滚烫的心，时刻迸发着热量，给患者希望，给学生光芒，给中医力量。

岁月穿梭了半个多世纪，这双手，救人无数；这颗心，报国无悔。

这双手，是中国工程院院士、天津中医药大学校长张伯礼的手。

这颗心，是拥有 30 多年党龄的共产党员张伯礼的心。

张伯礼，这位 72 岁的国士和战士，在庚子之初的武汉，在决战新冠肺炎疫情的前线，谱写了一曲铿锵昂扬的命运交响曲，用他渊博的学识和无限的热忱，将这首交响曲演奏得催人泪下，荡气回肠。

共产党员的初心

2020 年 1 月 27 日，大年初三，因为武汉已经封城，加之各大城市陆续启动重大突发公共卫生事件一级响应，全国局势骤然紧张起来。正在天津指导防控新冠肺炎疫情的张伯礼，被中央赴湖北指导组急召进京集结，转飞武汉。

中央赴湖北指导组成立时，身为中国工程院院士、天津中医药大学校长的张伯礼名列其中。

这并不是张伯礼第一次临危受命。17 年前，在抗击"非典"的前线，处处可见他奔波的身影，对他来说，披荆"逆行"仿佛是他天生的使命。不同的是，那一年，他未及花甲；这一次，他已逾古稀。

"国有危难，医生即战士。宁负自己，不负人民！"两次相似的出征，一句同样的誓言。不是没有身边人劝他："您年纪大了，不是 17 年前的精神头了，是不是考虑不到前线去？"他一下子激动起来，一板一眼道："不行！疫情不严重，国家也不会点我的名。我不但必须去，还要战斗好！"

从机场到定点医院的途中，看着武汉空荡荡的街道，一种悲壮的情绪瞬间涌上心头，张伯礼鼻子一酸。虽然见惯生死，但是此情此景，还是让他猝不及防。

武汉疫情严重到什么程度？不知道。

患者总数多少？不知道。

疫情计划怎么控制？不知道。

医用防护服、口罩缺口多少？不知道。

目前采取了哪些有效治疗方法？不知道。

⋯⋯⋯⋯

当时的武汉，在这位老人心里，在全国人民心里，一切都是未知数。正因为有太多的未知，才会引起连锁的恐慌，让人心中惊悸。

医院发热门诊的情景,更是让张伯礼心头一震。这哪里是正常医院的就诊情景？诊室里人挨人,接诊的医生被挤到角落,检验室、CT室门口人挤人,恐慌的患者和同样恐慌的家属。患者痛苦的表情,家属无助的抱怨,交织在一起。走廊里,输液的患者与排队挂号的人混在一起。医院里根本没有空余床位,一床难求,很多确诊病例也住不进来,只能回家等待。等待,等待的结局是什么？

形势严峻。

张伯礼心急如焚,这种状况如果不尽快改变,将为后续防控和治疗带来巨大压力,而且会加速病毒传播。张伯礼深知,防疫就是决战,机会稍纵即逝,决策正确与否、果断与否,直接关系到武汉的疫情走向,关系到全国的公共安全。

每临大事有静气。责任,重于泰山！

张伯礼不仅是天津中医药大学校长,还是公认的国医名师,中医药领域的领军者。2003年,在与"非典"的对决中,他开辟了全国唯一的中医病区,将中医药在控制病情恶化、改善症状、稳定血氧饱和度、激素停减等方面的重要作用发挥得淋漓尽致,他总结的"非典"发病特点和证候特征、病机及治疗方案,收入世界卫生组织(WHO)颁布的《"非典"中医治疗方案》。

张伯礼十分明了此次中央赴湖北指导组让他来武汉的深意,这是无价的信任,也是殷切的期望。张伯礼在心里对自己说,一定不辜负这份重托,病毒不去,老张不退！

在对一家家医院的走访中,张伯礼和他的中医博士团队逐渐形成了自己的观点和方案。

当晚,在中央赴湖北指导组召开的会议上,张伯礼提出,必须马上对病患分类分层管理、集中隔离,将确诊病例、疑似病例、发热患者、密切接触者"四类人员"隔离开来;确诊患者也要把轻症、重症分开治疗。

他建议,以最快速度征用学校、酒店进行隔离,隔断病毒传播。

中央赴湖北指导组决策:开展大排查,坚决隔离"四类人员"。

"只隔离,不服药,会延误病情,也会加重恐慌。发热的可能是流感,服几服药就好;确诊的,服药也能控制病情不转重,有利于到定点医院治疗。因此,采取'中药漫灌'的方法是可取的。"当时的条件下,不可能一人一方,张伯礼相信,普遍服用中药通治的汤剂,一定会有效果。

快!快!快!

在武汉当地九州通医药集团的帮助下,2月3日,首批几千名发热门诊确诊患者服用了中药;2月4日,约1万人服用了中药。几天后,一些轻症患者体温降到正常,咳嗽、乏力症状明显减轻。效果初显后,普遍服中药的方案就推广开了。

2月初,在隔离点的"四类人员"中,80%的人核酸检测呈阳性;到2月中旬,确诊病例降到30%;而到2月底,确诊病例降到个位数。严格隔离,普遍服中药,截断了病情蔓延扩展势头,为下一步治疗打下了基础。

面对新型冠状病毒的肆虐,需要大智慧,也需要大勇气。张伯礼一直在思考,他一辈子和中医药打交道,他说中医药治病救人延续了几千年,是我们中华民族独有的财富,是无价的瑰宝,一定能在这次疫情防控中有所作为。

中医承办方舱医院!张伯礼与刘清泉教授写下"请战书"。中医西医各有长处、优势互补,人命大于天,能救命就是硬道理。

中央赴湖北指导组迅速拍板,建立江夏方舱医院。

相对于正式医院,方舱医院虽显简单,但也是五脏俱全,心电监测、移动 CT 机、呼吸机等也必须全部就位,还要具备防止传染病传播的设施。筹备的那段日子里,张伯礼每天清晨就到方舱医院驻地,与相关负责同志、工程师开会研究，空气净化设备的调试，三区两通道的安排，床位的摆放，卫生间的设计，网络、饮水机、医用垃圾、废水废物处理问题……事无巨细。他坚持给每个床位都挂上布帘，给患者一点隐私空间，他认为这很重要。每个环节他都不忽略，有时吃不上饭，他就泡一盒方便面。时间紧迫，抓紧再抓紧，尽早收治患者。

身为天津中医药大学校长的张伯礼，曾经全程参与这所大学从蓝图变成现实的过程，他对建筑并不陌生。但几天内建立一所方舱医院，难度可想而知。张伯礼坚持下来了，武汉坚持下来了。

2月12日，江夏区大花山方舱医院(简称"江夏方舱医院")建成启用。张伯礼率领由209人组成的中医医疗团队进驻。由张伯礼挂帅的这支医疗队被称为"中医国家队"，成员由来自天津、江苏、河南、湖南、陕西五省市三甲医院的中医、呼吸重症医学、影像、检验、护理等领域的专家组成。他们扎根这里，在中医中药对新冠肺炎的临床治疗、科学研究等方面大显身手。

国之大医的仁心

偌大的江夏方舱医院，空空荡荡，几个人站在这里，话音大一点都会生出嗡嗡的回响。但仅仅过了一天，魔术般摆放到位的564张病床全部住满确诊患者后，江夏方舱医院顿时显得拥挤起来。患者虽多属普通型患者，少数是新冠肺炎轻症，但也有发烧、咳嗽、乏力症状，部分患者胸部CT显示病理改变。许多患者寝食难安，一边忍受着身体的不适，一边承受着巨大的恐惧。

江夏方舱医院里，四处弥漫着浓重的消毒水气味，这种气味容易给心理脆弱的患者造成身处危险之地的强烈暗示。这时，一股同样浓郁的中药味道散播开来,会让患者的焦虑慢慢稀释,他们感觉又回到家中,仿佛家人正在煤气灶上用药锅为自己煎煮着中药,而且,那不仅仅是一服治病的汤剂,更是一种关怀与希望。

诊室里的张伯礼,穿着密不透风的隔离防护服,口罩、护目镜、橡胶手套也全副武装。一连多日的奔波劳顿,让他感觉到了疲倦。他能清晰听见自己因为憋气而显得有些吃力的呼吸声,护目镜上蒙着一层淡淡的雾气,影响了他的视线。他相信自己的体力,几十年来,虽然无暇锻炼身体,但他总能见缝插针地在校园里快步走上一圈,脚步快得有时连学生都追不上他。在专家门诊坐堂,他常常从早晨到下午3点,仍能岿然不动;他也相信自己的脉头,右手头的精准切脉,不知为多少患者寻出了威胁健康的"真凶"。

这是他今天上午巡诊的第10个新冠肺炎轻症患者。他将右手的食指、中指、无名指自然地搭在患者的脉搏上,慈祥地看着患者的眼睛,轻轻地说,别紧张啊。这一刻,就像他以往千百次的门诊一样,整个世界随之静止,浓缩到他的指尖之下;这一刻,即使隔着橡胶手套,那指尖下的每一次脉动,在他的感觉里,都是一首生命的欢歌。患者脉象偏滑,这是典型的湿邪为主。他让患者摘下口罩,伸出舌头,果然,他看见了一层白腻的舌苔,舌边还有齿痕。他用点头证实了自己的判断,接着,询问病情,对照影像,助手用手机拍些舌象,记录传输诊疗信息。

然而,并不是谁都能接受中药的味道。小李就是其中的一位。25岁的她,被确诊为新冠肺炎患者,高烧38.2℃,咳得彻夜难眠,一日三餐也没胃口。即使难受至此,小李也只是病恹恹地躺在病床上,拒绝那一袋黑乎乎的中药,她绝不相信那汤汤水水的东西会有什么奇效。

小李的隔壁床位住着姚奶奶,65岁,症状比她更重一些,因为惦记着住在隔离病房里的老伴儿,思虑重,精神差。治病心切的姚奶奶,对医生的话言听计从,入院第一天,她就遵照医嘱,按顿服用汤药。

她对小李说:"良药苦口,孩子,喝吧,中药治病呢。"

"我可不喝,太苦了。"小李躺在床上,隔着口罩,似乎都咂出了中药特有的苦味。

姚奶奶每天两顿汤药。第三天清晨,体温表的刻度停留在 36.5℃上。姚奶奶来了精神,咳嗽也见轻。

小李的体温却还在 38℃居高不下,状态也持续萎靡。

眼见姚奶奶明显好转,小李无力地对护士说:"我也要喝中药,今天就喝。"

小李的第一口药是皱着眉头喝的,为了减少药液在舌尖的停留时间,她"咕咚"一声咽了下去,这一口之后,她的眉头舒展开来:"原来中药不是很苦啊,我能接受。"这一袋药剂,她一饮而尽。

一星期的中药治疗,小李的检测报告中出现了抗体,症状全部消失,第 9 天就达到出院标准。走出江夏方舱医院那天,她对医生说,咱的中药真神,今生今世,我都是铁打的"中药粉"。

78 岁的曲爷爷卧床不起,糖尿病、高血压等基础病给他的症状雪上加霜。张伯礼给他开的中药煎煮成汤剂后,他无法喝下那么大的剂量,只能换成小口慢喝,渴了就喝一点,一服药甚至两三个小时才能喝完。刚开始接受中药治疗,曲爷爷也没信心,岁数大了,家属又不在身边,这个新冠肺炎暂时又无药可医,他就宽慰自己,死马当活马医吧,就算不信,也不能浪费了国家给的中药。抱着这种想法的曲爷爷,眼看着一天天好起来,喝药的速度也快起来,14 天后,曲爷爷病愈出舱。

新冠肺炎的治疗无章可循,临床上更是没有特效药物可用,同时面对成千上万的患者,张伯礼率领的"中医国家队""压力山大"。他和刘清泉教授共同研制的宣肺败毒颗粒治疗了 280 余例轻症和普通型患者,他们的发热、咳嗽、乏力症状明显减轻,治疗后 CT 影像显著改善,临床症状明显缓解,没有一例转为重症。这些方剂除了改善患者临床症状,还能改善相关的血液细胞分类计数和免疫学指标。在江夏方舱医院,既有统一方案,又会根据患者的病症采取个性疗法,普遍性和灵活性相统一,所有患者除了统一服用中药汤剂外,医院还配备了一台中药配方颗粒调剂车,因人施治调制中药颗粒剂,再辅以保健操、八段锦和心理疏导。医院制定了严密的诊疗流程,患者在服药过程中,医生会密切观察每一位患者的具体反应,发现问题及时解决。医疗团队还设立了三线把关和评估,确保医疗安全。如果有患者转为重症,按照相关流程,及时转到定点医院。

在张伯礼团队医学追踪的 564 例患者中,服用中药的患者年龄最大的 90 岁,最小的 12 岁。江夏方舱医院所有患者中,无人转为重症,医护人员保持零感染。

一朵朵逐渐枯萎的花儿,又重新迎风而立。于是,武汉的方舱医院都开始使用中药。张伯礼团队和其他中医治疗团队确定的"三药三方",因其良好的治疗效果进入国家卫健委发布的《新型冠状病毒肺炎诊疗方案》,供临床医生根据患者病情选用。

中西医并肩作战、携手抗疫,是这场新冠肺炎疫情阻击战中的一道独特风景。抢救重症患者时,西医为主,中医为辅,但有时辅助角色也起着关键作用。医疗队里的中医西医不分你我,只要能挽救患者生命,谁有办法谁上,谁有效果谁上。

与此同时,在张伯礼等专家的强力推动下,武汉协和医院、武汉同济医院、金银潭医院等医院的重症患者,在全部采用中西医结合治疗后,有些重症患者转为轻症,还有些已经痊愈出院。

痊愈出院的患者越来越多,张伯礼发现,他们中的一部分人还有咳嗽、憋气、心悸、乏力症状,他立刻建议在湖北省中西医结合医院、武汉市中医院建立新冠患者康复门诊,让这些勇闯"鬼门关"的患者,在未来的日子里,一直能用畅快的呼吸去拥抱美好的生活。

在中国工程院和有关单位支持下,张伯礼又牵头组织武汉协和医院、武汉市中医院,共同为湖北被感染的医护人员建起一个健康管理平台,追踪他们的健康状态,以中西医结合的干预方式,帮助这些"逆行"的医护人员更好地康复。这个任务有可能贯穿今后的一两年,但是必须跟踪下去,因为,这里面装着一份责任,也装着一份深情。

严格导师的恒心

差不多每个深夜,张伯礼都会穿过星空下的武汉街头,点点星光追随着这位长者奔波的身影。武汉的夜会记住这位在这里拼过命的老人,即使是黑夜里,他也在用他黑色的眼睛寻找着光明,那炯炯的目光一如他的内心一样澄澈。

张伯礼是武汉的常客,他经常来武汉参加学术会议、参观交流、会诊难症,这座美丽的城市留给他的印象,总是那么的轻松和充满活力。他怎么也想不到,在他的古稀之年,会有这样一段与武汉生死相依的日子;他更不会想到,武汉人民也给了他肝胆相照的深情厚谊。

2月16日深夜,刚刚入睡的张伯礼被腹部的疼痛刺醒。几天来,他工作的节奏快得像是旋转的陀螺,每天不到5个小时的休息时间,让他的身体拉响了警报,胆囊炎急性发作。

疼痛让张伯礼一夜无眠,也只有在被剧痛攫住的几个小时里,他的思绪才有时间任意飞翔。他想了很多,关于自己的人生、家庭、事业,但想得最多的是,中医药治疗新冠肺炎疫情已经展现了较好疗效,更多的患者需要中医药救治呀!在这种关键时刻,作为一名战士、指挥员,无论如何不能离开这个战场,哪怕把自己的生命留给这片沃土。

翌日一早,张伯礼简单做了检查,医生建议手术。中央赴湖北指导组负责人强令他住院。但张伯礼的态度更坚决，他希望保守治疗。他心里清楚，此时的武汉，为阻断疫情，各医院的大多数择期手术均已停止，只有几家医院允许进行不得不做的手术。如果他现在手术，会给武汉的同行添太大的麻烦。

不能麻烦他们啊，因为武汉医生的累已经超过了极限。况且手术后恢复时间长，会耽误江夏方舱医院的工作。

2天的保守治疗，丝毫不见效果，超声提示，结石全部嵌顿在胆管处！

必须手术！各方会商后，下了死命令。

2月19日凌晨，张伯礼被推进武汉协和医院急诊手术室。术前，依照医院惯例，需要征求家属意见，张伯礼说，不要告诉家人了，我自己签字吧。

说罢，他的心还是"咯噔"一下。再过2天，就是老伴儿的生日。我万一……张伯礼瞬间闪现的担心不是因为害怕，而是一种情感上的歉疚。半个世纪的时光，他都奉献给了中医事业……不会，不会有万一……我一个老头子，工作没完成，老天也会……这样想着，张伯礼进入了麻醉状态。

那天凌晨，远在天津的张磊被电话吵醒。张磊是张伯礼之子，子承父业，担任天津中医药大学第一附属医院风湿免疫科副主任、天津中医药大学第四附属医院执行院长。他已经报名准备奔赴武汉疫情一线，随时听候命令准备出征。电话里，传来的是武汉前线指挥部负责人的声音：张院士病了，需要紧急做个手术，我代表组织征求家属的意见。

张磊的心瞬间揪紧，一丝不安涌了上来。72岁的父亲一向身体不错，半夜需要手术，病情必定危急。

我父亲，他危险吗？

是急性胆囊炎，有胆结石嵌顿。

听到这个答复,张磊放下了心,他知道,这类手术难度不大,唯一担忧的是父亲的高龄,但他相信武汉的医生。他说,我同意组织的安排和决定。

凌晨4点,张伯礼手术结束,一切顺利。

从手术室返回病房途中,张伯礼给张磊打了电话。他的声音虽有些虚弱,却一如往日的坚定:"知道你近日来武汉,你不要来我这里,在'红区'一定努力完成任务,保护好同事和自己。"这位父亲,在自己刚刚做过手术醒来的一刻,把对儿子深沉的牵挂浓缩在这样的一句话里。

2天后,张磊带领第十二批天津支援湖北医疗队增援武汉江夏方舱医院。他记着父亲的话,一到武汉便走进"红区"。

术后第3天,张伯礼因为腿部出现血栓,无法下床行走,病床就成了他的工作台。他戴着老花镜,左手扎着输液针,右手执笔修改材料。那几天,正值他的医疗团队与科技部合作的中西医结合治疗新冠肺炎项目进行到关键时期,容不得他喘息片刻。72岁,全麻手术,怎么说也是个大事件,张伯礼却并不在意,只是写了一首题为《弃胆》的诗记下了这段经历:抗疫战犹酣,身恙保守难。肝胆相照真,割胆留决断。

这一天,还是远在天津的老伴儿生日。不过,操持着这个两代中医人的家,她早习惯了父子俩不是在医院、就是在去医院路上的生活。

仗还在打,我不能躺下!术后一个多星期,显得清瘦的张伯礼,穿上防护服又出现在"红区"病房。他的防护服上写着"老张,加油!"。

一连多日,武汉确诊病例数大幅下降。正月十五那天,面对武汉街头温暖的灯光,张伯礼又赋诗一首:灯火满街妍,月清人迹罕。别样元宵夜,抗魔战正酣。你好我无恙,春花迎凯旋。

"你好我无恙,春花迎凯旋"的一天很快到来了。

3月10日,江夏方舱医院休舱。张磊是病区主任。这天有大批患者出院、转院,信息要准确,安置要妥当。张磊规定,与当天工作无关人员一律禁止入内。这时,他接到通知,张伯礼校长与江夏区卫健委的同志一会儿进舱。

唉!张磊轻叹一声。身在武汉20多天,他还没有见过父亲,今天却要在江夏方舱医院见面。虽然时刻惦记着父亲,但此刻,他还是觉得张校长"扰乱"了自己的工作。

病区里走进一群身穿防护服的人,张磊认不出自己的父亲,直到他看到"老张"向自己迎面走过来,才欣慰地笑了起来,紧接着泪流满面。护目镜虚化了他的目光,口罩遮掩了他的笑容,这两行泪水,包含着太多太重的内容。

"张校长好!"

"一切顺利吧,回家好好休整,按时上班。"

就这样两句话,结束了父子俩短暂的相见。直到张磊返津,他在武汉20多天,只和父亲待了这么可怜的10多分钟。

下午2点多钟,结束工作的张磊脱掉防护服、全身消毒完毕走出江夏方舱医院时,远远地看见父亲一行人正在院子里现场办公,研究封舱后的安排。这是胆囊切除手术后还不满1个月的父亲,这是应该享受天伦之乐的父亲,这是全家人眼里可亲可敬可爱的"老头儿"。父亲的身影依然挺拔,但张磊能看出父亲的消瘦和疲惫。这是父亲的选择,也是全家人责无旁贷的选择。

"爸!"这一次的公开场合,儿子没有喊"张校长"。

父子俩在江夏方舱医院门口合影留念,作为驰援武汉的难忘记忆。

那一刻,武汉湛蓝的天空,阳光正灿烂。

习近平总书记这样评价,中医药学是中国古代科学的瑰宝,也是打开中华文明宝库的钥匙。

张伯礼这一代中医药专家,正是以一种使命感紧握着那把钥匙——无形却沉甸甸的钥匙。祖国的传统中医学早已成为流淌在张伯礼血脉里的养分,让他幸福,催他奋进。他热爱中医,就像热爱自己的生命一样。他曾多次上书全国人大常委会,促成了《中华人民共和国中医药法》在 2017 年 7 月 1 日正式实施,让中医药的保护、人才培养、科学研究、传承与传播,从此有法可依。

这次新冠肺炎疫情,他把自己交给武汉,把儿子交给武汉,也把自己得意的学生交给武汉。他不知道自己多年培养的 300 多名硕士博士、数不清的本科毕业生,此刻,有多少人正战斗在抗疫一线。但他知道,被祖国中医学滋养过的医生也一定有着最美的"逆行"。

在这支团队中,杨丰文和黄明两位博士,作为助手一连几十天不离张伯礼左右。他们按照导师的口述,起草建议,提出意见;他们辅导临床医护人员用手机软件搜集患者服药效果评估,将大数据传到大学科研团队,进一步分析。两个多月里,连轴转的师徒三人都成了见过最多武汉夜色的人。

张伯礼性格坚定果敢,内心却无比柔软。央视记者采访他,刚问了一个问题,他就在镜头前不能自持,一时哽咽,他心里最清楚其中的原因:为了中央领导对自己的信任,更是为了对中医药的信任。

学生们看到电视屏幕上的张老师,也是泪湿衣襟。

学生们最了解这位可敬的导师,他把自己多年科研成果获得的400 余万元奖金全部捐给天津中医药大学,成立"勇博励志基金"。12 年的默默捐助,为 3000 多名年轻人照亮了未来。

学生们最了解这位严厉的导师,他指导的硕士、博士的每一篇毕业论文,他都会逐字逐句修改。每次答辩前,一定会进行很多次模拟答辩,"磨薄你的嘴唇"。

学生们最了解这位国医名师级的导师,他带领 3 位院士、9 位国医大师,为了中医药传播,俯下身来,用通俗易懂的词语,悉心编辑了一

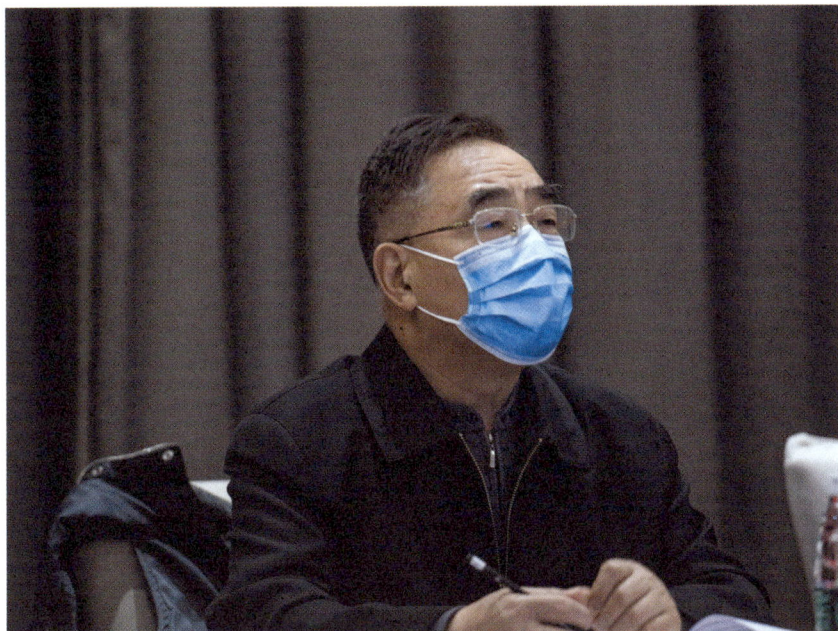

张伯礼参加"全球疫情会诊室"中医专场的视频会议。（潘松刚 摄）

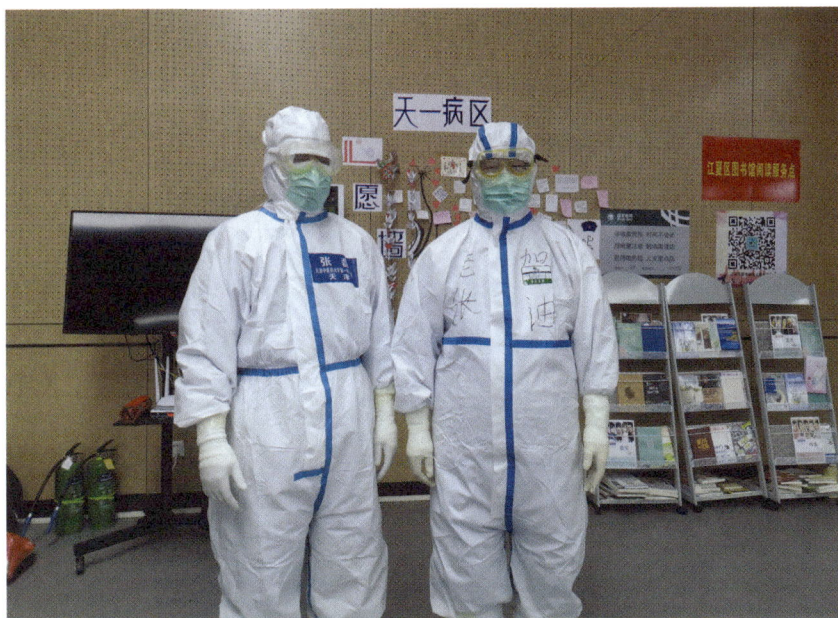

张伯礼(右)和儿子张磊在武汉江夏方舱医院合影。（张磊 供图）

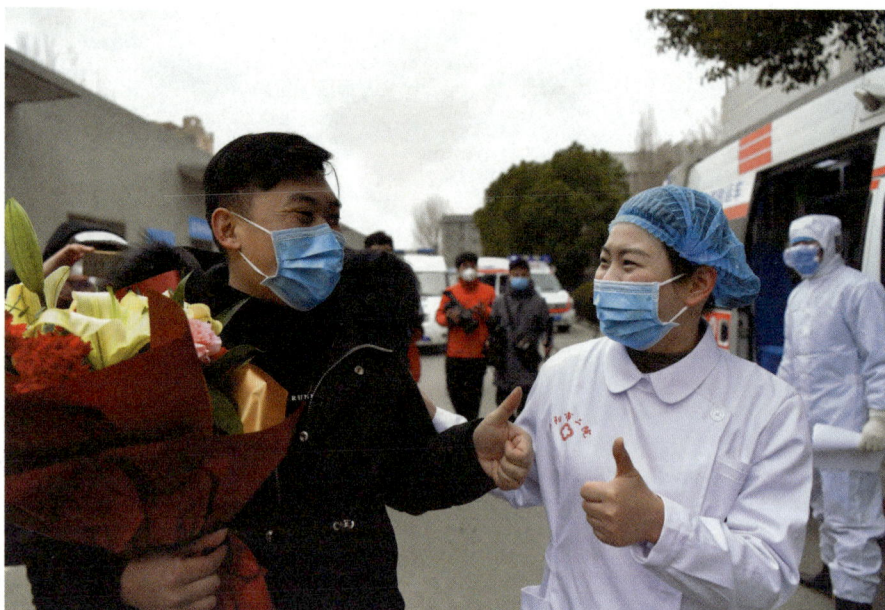

　　2月6日，安徽省阜阳市第二人民医院的一名护士在送一名新冠肺炎治愈患者出院。（戴文学 摄）

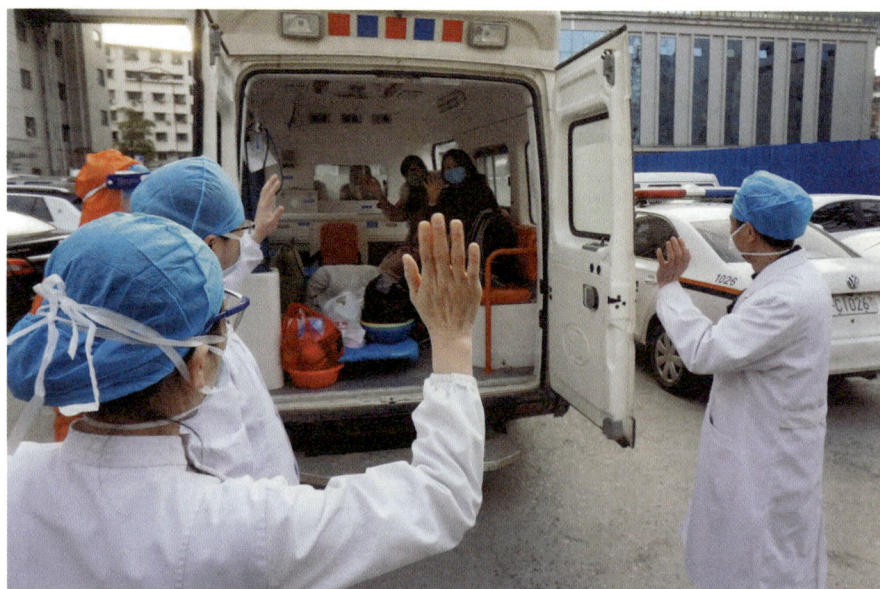

　　2月10日，湖北省十堰市郧阳区人民医院隔离病区两位女患者康复出院。（周家山 摄）

　　3月6日,最后21名患者治愈出院,武汉光谷科技会展中心方舱医院顺利休舱。医护人员与患者舱内外视频连线,挥手告别。(**季春红 摄**)

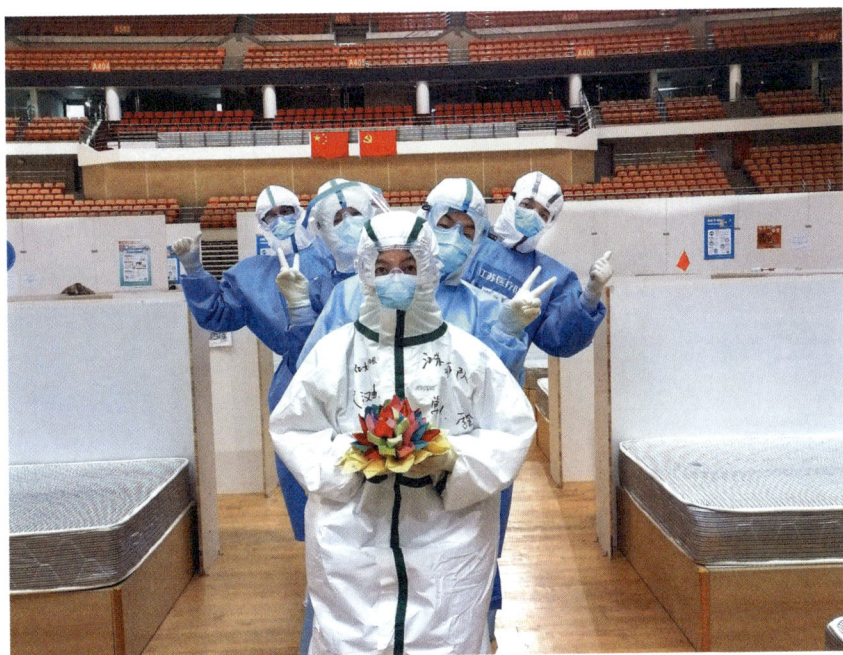

　　3月8日,武汉体育中心方舱医院休舱,江苏援鄂医疗队告别战斗过的特殊阵地。(**李根 摄**)

　　3月8日,湖南省郴州市嘉禾县人民医院,志愿者为刚刚解除观察的一线医护人员送上鲜花。(**黄春涛 摄**)

　　3月10日,武汉江夏方舱医院,一名治愈的新冠肺炎患者在医护人员陪同下出院。(**季春红 摄**)

　　3月10日,运行了35天的武汉洪山体育馆武昌方舱医院正式休舱。至此,武汉所有方舱医院均已休舱。图为一线医护人员、公安民警、消防队员等参加休舱仪式。(季春红 摄)

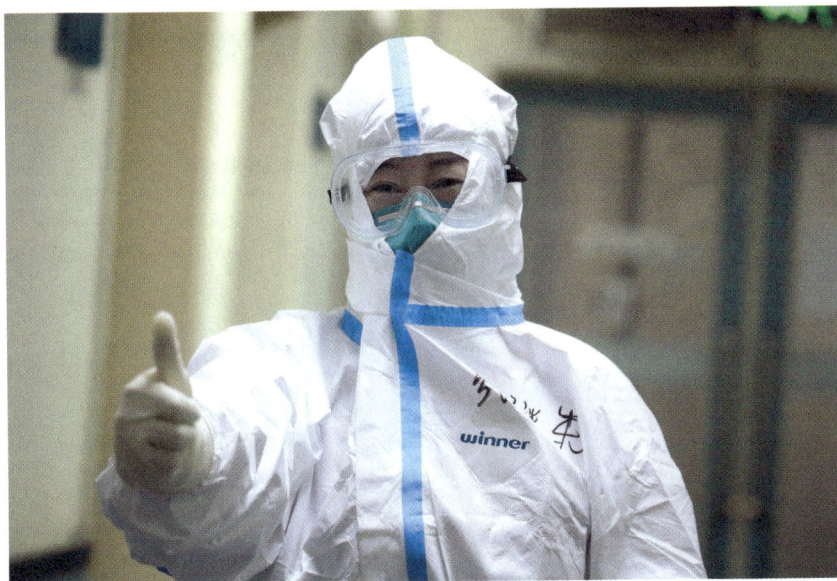

　　3月11日,湖北省中西医结合医院,呼吸与危重症医学科主任张继先为患者点赞加油。(季春红 摄)

　　3月11日,湖北省武汉市,江西省支援武汉医疗队队员,骑着共享单车在下班的路上。(季春红 摄)

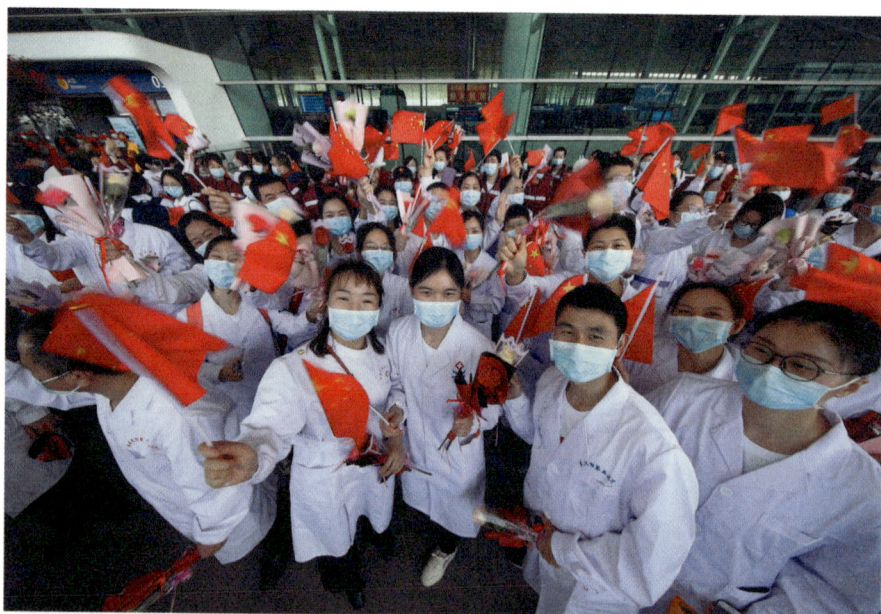

　　3月20日,武汉天河国际机场,即将撤离的援鄂医疗队队员们挥舞着国旗祝福武汉,祝福中国。(季春红 摄)

　　武汉市武昌区桃山村小区居民在自家窗户贴上手写祝福，向仅一墙之隔的湖南省支援湖北医疗队的医护人员致敬。（李溪 摄）

3月11日,武汉市武昌区,一列动车组从黄鹤楼景区驶过。(季春红 摄)

3月12日,武汉市东湖樱花园内,樱花争相绽放。(季春红 摄)

套 5 本中医科普丛书,包括小学版、中学版以及英文版。

大道至简,大医精诚。

无论是课徒、出诊,还是管理、攻关,张伯礼的每一个角色,都表现得近乎完美——

他肩有担当。为摸索实验条件,建立基础数据库,需要大量新鲜血液反复测试。他连续 8 次抽取自己的静脉血,同事心疼他,阻拦他,他却说:"我是实验室负责人,就应该抽我的血!"

他胸有大爱。他的专家门诊一号难求,多少次他疲惫地走出诊室,都会有患者家属哭着拦住他求救,他总是尽己所能,全力施治。对于那些家境贫困的患者和家属,他千方百计减少费用。在用药好转后,患者和家属都动情地拉着他的手叫他一声"活菩萨"。

他心有柔情。在攻关国家科技项目的紧张时刻,他带着团队夜以继日摸爬滚打。他的家就在校园旁边,3 个多月却很少回去,好在老伴儿理解,儿子支持,那是一个医者家庭对祖国中医学的集体贡献。

张伯礼的大道,就是一个共产党员的本色;张伯礼的精诚,就是以悬壶济世的博爱之心,以"博极医源,精勤不倦"的习医之心,为天下苍生带去安康。

有人说,这次疫情,是张伯礼挺起了中医药人的脊梁,也将中医药学的地位上升到历史新高度,他把这种守正传承创新发展当作自己毕生的责任、时代的使命,他要带领中医药生力军,昂首走在中医药支撑健康中国建设的前列。

如今的他,依然白衣执甲,依然脚步铿锵,依然一路向前,依然为中医药这一幅美丽的中国画卷描绘着属于他这一代人的浓墨重彩。

(作者:谢沁立,系中国报告文学学会会员、天津市作协签约作家)